Don Juan Tenorio

Letras Hispánicas

José Zorrilla

Don Juan Tenorio

Edición de Aniano Peña

DECIMOCUARTA EDICION

CATEDRA

LETRAS HISPANICAS

Ilustración de cubierta: David Lechuga

© Ediciones Cátedra, S. A., 1992
Telémaco, 43. 28027 Madrid
Depósito legal: M. 35.347/1992
ISBN: 84-376-0213-0
Printed in Spain
Impreso en Fernández Ciudad, S. L.
Catalina Suárez, 19. 28007 Madrid

Índice

Introducción

Zorrilla: vida y obra

José Zorrilla y Moral nació en Valladolid el 21 de febrero de 1817. Su padre, José Zorrilla Caballero, era relator de la Chancillería de la ciudad[1]. Hombre rígido, jamás llegó a comprender el carácter libre e impulsivo de su hijo, ni aprobó su dedicación a las letras en detrimento de las leyes. En *Recuerdos del tiempo viejo*[2], Zorrilla refleja una constante obsesión por esta desavenen-

---

[1] Chancillería: «Audiencia, tribunal superior donde (a más de todos los pleitos y causas que en él tienen principio) van en apelación las sentencias criminales y civiles de todos los Jueces de las Provincias, que están dentro de su territorio: como Corregidores, Alcaldes mayores y demás Justicias ordinarias... Divide el Río Tajo las jurisdiciones de las dos Chancillerías que hai en España: todo lo que está de la parte que tira hacia Mancha pertenece a la de Granada, y todo lo que mira a las Castillas toca a la de Valladolid» (*Diccionario de Autoridades,* I, Madrid, Gredos, 1968, edición facsímil, pág. 308). Relator: «Se llama... la persona aprobada, y disputada en cada Tribunal, para hacer relación de las causas o pleitos» (*Diccionario,* III, 557).

[2] José Zorrilla, *Recuerdos del tiempo viejo* (Madrid, Publicaciones Españolas, 1961). Se trata de una colección de artículos de carácter autobiográfico (vida y obra), publicados en las columnas del *Lunes del Imparcial,* entre 1880 y 1883. En la Introducción agradece al señor don Eduardo Gasset y Artime el haberle dado dicha oportunidad. Ortega Munilla, yerno de Eduardo Gasset y padre de Ortega y Gasset, era el director por entonces. En citas sucesivas usaremos la «R» inicial como referencia.

11

cia y distanciamiento familiar, que no logró acortar ni con el éxito de su obra literaria. Su madre, Nicomedes Moral, era modelo de mujer piadosa, tímida y callada, el polo opuesto del marido.

Sus primeros estudios tuvieron lugar en Valladolid. Ya desde niño se destacaba en él una exaltada imaginación. Su cerebro infantil, propenso a lo misterioso y plástico, forjaba mundos y hechos insólitos anunciando al futuro poeta.

En 1823 el magistrado Zorrilla fue nombrado gobernador de Burgos, y allá se trasladó con toda la familia. En 1826 fue destinado a la Audiencia de Sevilla donde permanecieron un año. Esta ciudad andaluza se adentró en el alma del joven José, y el sentimiento del paisaje se apoderó de él. Los rincones sevillanos más pintorescos aparecerán constantemente en su obra literaria. En 1827 nuevo traslado de la familia Zorrilla, esta vez a Madrid. Tadeo Calomarde [3] había encargado al ma-

---

[3] Calomarde desempeñó el ministerio de Gracia y Justicia durante el reinado de Fernando VII, y fue el jefe del partido ultrarrealista. La enemiga que mostró contra los liberales y el servilismo palaciego le hicieron conservar su valimiento. El rey estimaba particularmente su sagacidad. A su instancia fueron fusilados muchos constitucionales, unos pública, otros secretamente. Mente retrógrada, mandó cerrar todas las universidades por estimarlas focos de agitación liberal, para abrir escuelas públicas de tauromaquia. Buscó y encontró la pragmática en que Carlos IV abolió la Ley Sálica de Felipe V, y refrendó el decreto de Fernando VII, confirmando aquella pragmática, hecho que le indispuso con los partidarios del Infante don Carlos. Durante los últimos meses del reinado de Fernando VII declaradamente se inclinó hacia los carlistas y, aprovechando el estado de abatimiento del rey enfermo, le hizo firmar la revocación de la pragmática y el reestablecimiento de la Ley Sálica. Con este motivo se refiere que la Infanta Luisa Carlota le dio un bofetón en plena Cámara Real, a lo cual respondió el ministro con esta frase consagrada: «manos blancas no ofenden». Mejorado el rey y ocupando la regencia María Luisa, Calomarde fue depuesto de todos sus cargos y huyó a Francia para evitar la prisión. Los años de su ministerio se designan con el calificativo de la «ominosa década de Calomarde». Buero Vallejo, en su drama La detonación, le presenta como sanguinario, rigidísimo censor y fanático defen-

gistrado de la Superintendencia General de Policía. En la corte, Zorrilla hijo entró en el Real Seminario de Nobles [4], dirigido por los jesuitas, «para entrar en el cual», escribe, «era preciso hacer pruebas de nobleza» (R, I, 23). Víctor Hugo había asistido al mismo centro en 1811.

En la capital se dedicó particularmente a las bellas artes, leyendo a escondidas a Walter Scott, Fenimore Cooper y Chateaubriand. A los doce años escribió sus primeros versos y de esta época data su iniciación teatral. Frecuentemente organizaba veladas dramáticas en el Real Seminario y hacía de galán en comedias antiguas refundidas «a lo divino» por los padres jesuitas, resultando de una moralidad tan inverosímil que hacía sonreír al malicioso Rey Deseado y fruncir el entrecejo a su hermano don Carlos, que solían asistir a esas funciones de Navidad. Al mismo tiempo tomaba lecciones de drama con los actores del Teatro del Príncipe y asistía frecuentemente a sus funciones en compañía de su padre.

A la muerte de Fernando VII (1832), la caída de Calomarde ocasionó la de sus protegidos, y el superintendente Zorrilla fue desterrado de Madrid y Sitios Reales, y se retiró al pueblo castellano de Quintanilla de Somuñó. Como su gran ambición era hacer de su hijo un prominente abogado, en el otoño de 1833 le envió a estudiar leyes a Toledo, que entonces todavía tenía Universidad [5].

---

sor de las «virtudes» que hicieron grande a nuestra España: «la devoción a nuestra Santa Iglesia, de grado o por fuerza; la saludable ignorancia de tanto filosofismo extranjero; el acatamiento al trono absoluto; las hogueras de la Inquisición para todos los masones...» (Antonio Buero Vallejo, *La detonación,* edición de *Estreno,* IV, núm. 1, Primavera, 1978, T4).

[4] Este colegio estaba establecido en la calle del Duque de Alba, para vástagos de la nobleza.

[5] La Universidad toledana se suprimió en 1845. Algunos estudiantes y catedráticos pasaron a la de Valladolid. Según el plan de enseñanza de Calomarde de 1824, aún vigente durante esta estancia de Zorrilla, el primero y segundo cursos de leyes comprendían sólo la asignatura de Derecho romano bajo el nombre de «Historia y elementos de Derecho romano e Instituciones de

13

En la ciudad del Tajo, como de niño en Valladolid y Sevilla, sintió los hechizos de sus calles moriscas, de sus antiguas sinagogas, de la Plaza de Zocodover, del Cristo de la Vega, y se dedicó a pintar sus puentes romanos, los peñascos de la Virgen del Valle y el castillo de San Servando. Toledo será otra ciudad presente en su obra y escenario obligado de muchas de sus leyendas. De noche leía a los románticos. Su tío, el prebendado a cuya casa le había enviado su padre, se sorprendió un día al verle leer las *Orientales,* de Víctor Hugo, a quien él confundía con Hugo de San Víctor. Al ver sus dibujos y conocer sus correrías y amistades, como la de Pedro de Madrazo [6], escribió al padre diciéndole que su hijo «más *iba para pintamonas* que para abogado» *(R,* I, 25). José no aprobó en junio y el padre le envió a Valladolid (1834) a continuar su carrera, esta vez bajo la constante inspección de un procurador de la Chancillería y del rector de la Universidad. El resultado fue nulo: «Hícelo allí mucho peor que en Toledo» *(R,* I, 25), escribe refiriéndose a sus estudios. Vagaba por lugares solitarios estudiando viejas ruinas, leyendas y tradiciones. No se hizo esperar una carta del procurador diciendo al padre que José era un holgazán, que andaba por las noches por los cementerios como un vampiro y que se dejaba crecer el pelo como un cosaco [7]. La respuesta del

_____

Derecho Civil romano». Ver *Amigos de Zorrilla,* Valladolid, Imprenta Castellana, 1933.

[6] Pedro de Madrazo, hijo del pintor José de Madrazo, era estudiante de Derecho. De Toledo pasó a Valladolid donde se hizo abogado. En 1895 desempeñó el cargo de director del Museo de Arte Moderno de Madrid. Murió en 1898.

[7] *R,* I, 26. Efectivamente, Zorrilla era sonámbulo y hasta escribía versos en ese estado. Él mismo alude a esa enfermedad: «Sí: ¡yo era sonámbulo a los diecinueve años! Los disgustos de la familia me habían envenenado el corazón, y la fiebre del corazón me había exaltado y descompuesto el cerebro. Yo era sonámbulo: y el sonambulismo es la primera estación del camino de la locura. ¿Y quién duda que mi desarreglo cerebral tiene que haber influido en el giro loco y desordenado de mi poesía? ¿Y quién sabe si un poeta no es más que un monomaníaco que va para loco?» *(R,* I, 299).

padre nos la transmite el propio Zorrilla: «Tú tienes trazas de ser un tonto toda tu vida, y si no te gradúas este año de bachiller a claustro pleno, te pongo unas polainas y te envío a cavar tus viñas de Torquemada» (*R*, I, 26). Pero el joven poeta odiaba a Justiniano y adoraba al trío romántico: García Gutiérrez (1813-1884), Hartzenbusch (1806-1880) y Espronceda (1808-1842). No logró pasar tampoco el curso de 1835-1836 y sus tutores le enviaron a casa. Pero José, decidido ya a dedicarse a la vida literaria, logró escaparse, regresó a Valladolid y finalmente consiguió llegar a Madrid, Meca de sus aspiraciones.

En la capital pasó por hijo de un artista italiano hablando la lengua de Dante. Vivió días de bohemia y estrecheces, siempre alerta para evitar a los ministriles de su padre que le buscaban. Como sus largas melenas le podían traicionar, usaba unos anteojos verdes enormes que le desfiguraban la cara en caso necesario. Así, unas veces trenzándose la melena, otras destrenzándola, desfigurándose ya de gitano, ya de italiano, pasó Zorrilla sus días en la capital entre sobresaltos y aventuras, hospedado en la no muy cómoda buhardilla de un cestero. Pintaba para sobrevivir, enviaba ilustraciones para el *Museo de las familias* de París, y colaboraba en *El Burro*, periódico satírico que pronto cerró la policía.

Corría el invierno de 1836-1837. José frecuentaba la Biblioteca Nacional, unas veces para estudiar y encontrarse con amigos poetas, otras para disfrutar del calor y abrigo que no le brindaban ni el hospedaje de su amigo Miguel de los Santos Álvarez (1817-1892), ni la helada buhardilla del cestero. El 14 de febrero de 1837, estando en la Biblioteca con Álvarez y Madrazo, Joaquín Massard, italiano al servicio del Infante don Sebastián [8],

---

[8] Sebastián María Gabriel de Borbón (1811-1875), Infante de España, era hermano de Fernando VII. Aficionado a las bellas artes, en 1827 fue nombrado miembro de la Real Academia de San Fernando.

les dio la trágica noticia: Larra se había suicidado la noche anterior de un pistoletazo. Fueron a visitar el cadáver yacente en la bóveda de Santiago. La bala mortífera le había penetrado junto al oído derecho. Y mientras Álvarez cortaba un mechón de los cabellos de «Fígaro», Massard, conocedor de la vena poética de Zorrilla, le invitó a hacer unos versos para el sepelio. Aquella misma noche, en la fría buhardilla, utilizando un mimbre aguzado por pluma y el tinte del cestero, encontró la inspiración.

Al día siguiente, vistiendo una componenda de prendas prestadas, asistió al funeral en Santiago. Se hallaban presentes, de riguroso luto, los principales artistas y literatos de Madrid, a excepción de Espronceda que estaba enfermo. Ya en el cementerio de Fuencarral, ante el cuerpo presente y la fosa abierta, se sucedieron discursos y recitales como homenaje de despedida al desventurado crítico. Al irse a cerrar la caja, se le pidió a aquel joven desconocido la lectura de los versos compuestos la noche anterior. Zorrilla describe la emoción del momento:

> El silencio era absoluto: el público, el más a propósito y el mejor preparado; la escena solemne, y la ocasión, sin par. Tenía yo entonces una voz juvenil, fresca y argentinamente timbrada, y una manera nunca oída de recitar. Y rompí a leer..., pero según iba leyendo aquellos mis tan mal hilvanados versos, iba leyendo en los semblantes de los que absortos me rodeaban, el asombro que mi aparición y mi voz les causaba. Imagíneme que Dios me deparaba aquel extraño escenario, aquel auditorio tan unísono con mi palabra...: Creí ya imposible que mi padre y mi amada no oyesen la voz de mi fama... y se me embargó la voz y se arrasaron mis ojos en lágrimas... Y Roca de Togores, junto a quien me hallaba, concluyó de leer mis versos (R, I, 35-36).

Sus versos, además del valor poético, triunfaron por la ocasión de la lectura que le consagró oficialmente como poeta y le abrió un amplio camino de fama y gloria[9]. Su vertiginosa producción literaria se inició entonces, pero de ella hablaremos más adelante.

En 1839 Zorrilla contrajo una breve enfermedad y fue asistido por una atractiva viuda, doña Florentina Matilde de O'Reilly, diecisiete años mayor que él[10]. Aunque en un principio sólo veía en ella una segunda madre, el 22 de agosto contrajeron matrimonio. Esta unión tan desigual trajo consigo una serie de desastres: su esposa, llevada de los celos, indispuso al poeta con su familia, le alejó de los teatros por miedo de las actrices y causó más tarde su huida al extranjero (Francia y México) en busca de paz y sosiego. En cartas furibundas doña Florentina le siguió acusando de infidelidad, crueldad, deserción y abandono, y él la hizo responsable de todas sus desgracias. Cuando Zorrilla planeaba un divorcio, su esposa murió en 1865. Fruto de esta unión había sido Plácida Ester María muerta al año y medio de nacer. En 1869 Zorrilla se casará de nuevo con Juana Pacheco, la «niña de mármol», fiel soporte del poeta en medio de los achaques de sus últimos años.

Su primer contacto directo con los paladines del romanticismo francés tuvo lugar en 1846 durante su visita a Burdeos y París donde conoció a Dumas, Jorge Sand y Teophile Gautier. En 1848, en la cumbre de su popularidad, fue elegido miembro de la Real Academia Española para ocupar la vacante de Alberto Lista, pero dejó expirar el plazo reglamentario sin aceptar. Elegido

---

[9] *R*, I, 43. Zorrilla recoge algunas impresiones de la prensa a raíz de este suceso de Fuencarral. José Valverde escribía en *El Imparcial:* «Un sol se alzaba en el oriente de la literatura al hundirse otro sol en el ocaso.» Y «España, al perder al más grande de los críticos, encontró al más popular de los poetas» (*R*, I, 12).

[10] Era madre de Antonio Bernal de O'Reilly, diplomático y escritor, amigo de Zorrilla.

nuevamente en 1885, su recepción revistió una solemnidad desacostumbrada, presidida por Alfonso XII. Zorrilla leyó su discurso en verso y el marqués de Valmar pronunció la respuesta.

Su madre había muerto en 1846, y en 1849 falleció el viejo magistrado sin llamarle a su lado, de cara a la pared como gesto de condena de los éxitos literarios del hijo. Su padre había sido el móvil de su actividad y existencia, y estas muertes le llenaron de amargura. Arrastrado por un río de melancolía, confuso y trastornado, sin paz ni calor matrimonial, planeó una fuga del suelo patrio. «Mis versos», escribe, «estaban malditos por mi padre, y yo comencé a aborrecerlos, comenzando a pensar en atravesar el Atlántico en busca de una muerte que creía yo casi segura, bajo pretexto de ir a buscar una fortuna que estaba yo más seguro de no alcanzarla jamás con mis obras» (R, II, 9).

Entre 1850 y 1854 su producción fue casi nula y pasó estos años en visitas a París, Bruselas y Londres tras ciertos amoríos. Finalmente, en el otoño de 1854 salió para México donde vivió varios años un poco a la deriva, intentando negocios, escribiendo versos y participando en festivales poéticos. Su popularidad como poeta le dio acceso a la corte y contrajo una sincera amistad con el emperador Maximiliano, quien le hizo cronista del reino y le encargó del Teatro Nacional Mexicano y del particular de Palacio. Después de doce años, regresó a España con una comisión, en junio de 1866. Pocos días después los periódicos anunciaron el levantamiento revolucionario y el fusilamiento del emperador por Benito Juárez. Tales noticias le llenaron de aflicción y echaron por tierra sus esperanzas de regreso.

España entera recibió con entusiasmo al más popular de sus poetas, y se organizaron homenajes en Barcelona, Tarragona, Burgos, Valladolid, Valencia y Madrid. Pero la apoteosis de sus triunfos y popularidad la marcaría la solemne coronación en Granada (1889) donde más de catorce mil personas le aclamaron como príncipe de los poetas nacionales mientras el duque de Rivas ceñía las sienes del poeta con una corona de laurel [11].

La actividad productiva de Zorrilla se centró entre 1837 y 1850. Durante ese periodo poesías, leyendas y dramas se sucedieron en constante progresión. Antes de finalizar el 1837 ya había publicado el primer volumen de *Poesías*, que le elevó a paladín de la nueva escuela romántica. Para 1840 serían ocho los tomos publicados, más tres de los *Cantos del trovador*, editados por Ignacio Boix, y destacados por la alta calidad de sus versos.

La obra zorrillesca, incluso la poética, posee una configuración dramática y narrativa. Ya en 1837 aparece su primer drama *Vivir loco y morir más*, de escaso valor. Siguieron dos imitaciones del teatro del Siglo de Oro: *Más vale llegar a tiempo que rondar un año* y *Ganar perdiendo*, de mejor calidad. La primera obra que le abrió las puertas del escenario con dos representaciones (junio de 1839) fue *Juan Dándolo*, escrita en colaboración con García Gutiérrez. A este relativo triunfo escénico siguieron dos imitaciones del drama cásico: *Cada cual con su razón* (1839) y *Lealtad de una mujer* (1840). En este mismo año apareció *El zapatero y el rey* (Primera parte), drama histórico romántico de alta calidad y ejecución, que le aportó un considerable triunfo escénico [12]. En 1841 apareció la Segunda parte, en realidad un drama nuevo,

---

[11] En *Recuerdos* Zorrilla da´una explicación del acto: «Mi patria, representada por la sociedad, no ha podido hacer más en España por un poeta, a quien indudablemente estima en más de lo que vale, sólo porque su poesía es la expresión del carácter nacional y de las patrias tradiciones» (*R*, I, 20). El doctor Blas (M. Martín Fernández), cronista de Valladolid, y testigo ocular del acto, en representación del excelentísimo Ayuntamiento de Valladolid, escribió un folleto, *Zorrilla y su coronación*, Valladolid, Establecimiento Tipográfico de F. Santarén, 1889. Tras una biografía del poeta, se hace eco de los actos de la coronación y de los asistentes al acto.

[12] Protagoniza el drama Don Pedro I de Castilla, presentado no como «cruel» sino como «justiciero». Zorrilla recoge aquí la leyenda dramatizada por Hoz y Mota (1622-1714) en *El montañés Juan Pascual*, y recogida después por el Duque de Rivas en *Una antigualla de Sevilla*.

que consiguió treinta representaciones en el Teatro de la Cruz. Siguieron *El eco del torrente, Los dos virreyes, El molino de Guadalajara, Un año y un día* y *Apoteosis de Calderón. Sancho García,* «composición trágica», fue escrita en 1842. *El puñal del godo* (sobre la leyenda del rey Rodrigo) y *El caballo del rey don Sancho,* en 1843. Por estas fechas llevó a cabo una refundición de *Las travesuras de Pantoja,* de Moreto, bajo el nuevo título *La mejor razón la espada.* De estos años son también *Sofronia* y *La copa de marfil* (dos intentos de imitación de tragedia clásica), *La oliva y el laurel, La creación y el Diluvio, El rey loco, La reina y los favoritos* y *El alcalde Ronquillo.* En 1844 apareció su obra cumbre, *Don Juan Tenorio,* que le habría de elevar a una apoteosis de popularidad [13]. *La calentura,* continuación de la leyenda del último rey godo, data de 1847 [14]. *Traidor, inconfeso y mártir* (1849) fue el tercer gran drama de Zorrilla con gran éxito de representaciones [15]. En colaboración

---

[13] A un estreno modesto siguieron éxitos resonantes que pronto envolvieron el drama en una orgía de popularidad sin igual en la historia del teatro español. Al llegar el mes de las ánimas el *Don Juan* zorrillesco desbancó de los escenarios españoles *No hay deuda que no se pague ni plazo que no se cumpla y convidado de piedra,* de Antonio Zamora, que venía representándose anualmente el Día de Difuntos desde su aparición en 1744. Este hecho se convirtió en costumbre anual, en requisito imprescindible del mes de noviembre, enraizando así en una secular tradición hispánica que ha persistido casi ininterrumpida hasta nuestros días.

[14] Por estas fechas vendió la propiedad de sus obras a la prestigiosa casa Baudry. En 1847 se publicaron en París los dos primeros tomos de *Obras Completas* (el tomo tercero apareció en 1850) con un estudio de Ildefonso Ovejas y el Prólogo que Pastor Díaz escribió para el libro publicado a raíz de la muerte de Larra.

[15] Este drama, favorito del propio autor, aunque nunca consiguió la popularidad y aplauso del *Tenorio,* es una obra de mayor maestría. En ella se dramatiza el hecho histórico del pastelero de Madrigal, impostor que intentó pasar por el desaparecido rey Don Sebastián de Portugal, y fue procesado y ahorcado en 1595. El mismo tema había sido tratado por Escosura en su novela *Ni rey ni roque* (1835).

con Heriberto García de Quevedo publicó *María* y *Un cuento de amores* (1850). En 1877 registró un doble fracaso publicitario: el de su drama sacro *Pilatos* y el de su ópera *Don Juan Tenorio,* con música de Nicolás Manent (ver nota 21). Finalmente, en 1888 publicó tres nuevos libros: *A escape y al vuelo, De Murcia al cielo* y *Mi última brega.*

De toda su obra Zorrilla estimaba particularmente sus leyendas. Fue el amigo Olózaga quien le sugirió la idea de componer un legendario cristiano que inició con *A buen juez mejor testigo.* Esta y otras leyendas eran bocetos de piezas dramáticas con elementos donjuanescos que preconizaban el *Tenorio. El capitán Montoya* y *Margarita la tornera* eran «embriones del *Don Juan*», según el propio autor. El mayor mérito de las leyendas, que las convirtió en lectura preferida del pueblo, fue su origen e inspiración. Zorrilla recogió los temas de la tradición popular, de vidas de santos, de dramas del Siglo de Oro, de novelas, romances y crónicas antiguas, esos fragmentos históricos perpetuados en la memoria del pueblo, transmitidos de generación a generación y poetizados por el tiempo.

Los últimos años del poeta transcurrieron entre las dulzuras de una fama, gloria y popularidad adquiridas, y las amarguras y frustraciones, causadas por estrecheces económicas y achaques físicos, y por las dificultades que encontró con empresarios y editores. De estos años datan varias cartas escritas a su amigo el doctor Thebussem a quien hace confidente de sus problemas. En carta del 6 de octubre de 1890 le recordaba su mal estado de salud después de haber sobrevivido dos operaciones de cabeza y haber estado vendado ciento trece días. Y respecto a la coronación de Granada, comentaba:

> Lo que en otro país me hubiera traído a una resurrección y a una nueva vitalidad, procurándome editores y empresarios para mis últimas obras, me ha quitado todos los medios de trabajo y venta de mis escritos, y no hay quien me ofrezca veinte duros por mis artículos, ni mil pesetas

21

por un libro. Dicen que ya tengo bastante con mi gloria, que yo creo, doctor querido, que está maldita de Dios[16].

Tres años más de enfermedad y desilusiones pasó Zorrilla en Madrid. Finalmente, el 23 de enero de 1893, le sorprendió la muerte. Toda España se conmovió ante la pérdida del más estimado de sus poetas. Su cadáver fue trasladado a la Real Academia de la Lengua, calle Valverde, 26.· El salón de actos se convirtió en capilla ardiente. Como siglos antes con Lope de Vega y en 1878 con la joven reina doña Mercedes de Orléans y Borbón (primera esposa de Alfonso XII, muerta a los dieciséis años), una gran multitud acudió al entierro, verificado el veinticinco, para despedir al excelso cantor de sus glorias nacionales. Pero, asegura el doctor Thebussem, la muerte de este poeta contemporáneo excedió en muestras públicas de sentimiento a los lutos antes señalados.

Sagasta representó al gobierno. Los restos recibieron sepultura en el patio de Santa Gertrudis de la Sacramental de San Justo. Periódicos y revistas del mundo hispánico se hicieron eco de este auténtico y espontáneo dolor de la patria[17].

No poseemos muchos retratos de Zorrilla[18]. Era un

---

[16] Doctor Thebussem, *Thebussianas,* Valencia, Librería de Aguilar, s. a., págs. 107-108.

[17] El doctor Thebussem logró coleccionar parte de esta abundante literatura: «Pasan de setecientos los periódicos españoles y americanos correspondientes al primer trimestre de 1893 que he logrado reunir, y en los cuales se ven recuerdos, artículos, versos, notas, láminas, alegorías y geroglíficos en honor del poeta, y se estampa sus retratos y autógrafos... Hay hasta números totalmente dedicados a Zorrilla» (pág. 93). Hubo importantes veladas literarias, muestras del luto nacional. Fue famosa la del Ateneo de Madrid, presidida por Moret, en que participaron Menéndez Pelayo, Valera, Zorrilla de San Martín, Manuel del Palacio, Palau, Narciso Campillo, Ferrari, Sellés, Echegaray y Fernández Shaw. El Ayuntamiento de Valladolid trasladó los restos del poeta a la ciudad castellana, el 2 de mayo de 1896, cumpliendo así la voluntad de Zorrilla.

[18] Existen: un fragmento de retrato, por A. M. de Esquivel, un dibujo-retrato, por Madrazo, y un apunte al natural de Zo-

hombre pequeño, delgado de cuerpo, rostro alargado de una palidez que acentuaba su melena, bigote y perilla. En *Recuerdos* alude a su «sietemesina naturaleza» [19]. Su perfil humano está presente en *Recuerdos del tiempo viejo*, donde abundan sus testimonios sobre su vida y obra, y en el epistolario que el doctor Thebussem ansiaba recoger. Para dicho doctor, su amigo José era la antítesis de Víctor Hugo, poeta francés lleno de vanidad y jactancia. «En el carácter de Zorrilla me encantaban la modestia y el olvido de su gloria, de su valer y de su fama... El vate castellano fue la personificación de la sencillez y de la humildad» (*Thebussianas,* pág. 121). La inmensa celebridad que consiguió en vida en todas las capas y esferas sociales fue debida no a politiqueos ni a coplas a la libertad y despotismo, sino a su dedicación literaria al pueblo. «Zorrilla alcanzó una de las cosas que, según don Quijote, más debe de dar contento a un hombre virtuoso y eminente, o sea la de verse, viviendo, andar con buen nombre por las lenguas de las gentes impreso y en estampa, pues así andaba a pesar de las envidias y tristezas que le afligían» (*Thebussianas,* página 113).

Hemos mencionado ya algunos juicios del poeta sobre

---

rrilla en su lecho de muerte, por Vicente Cutanda. En Valladolid se erigió un monumento al poeta, proyecto del escultor Aurelio Carretero.

[19] *R,* I, 49. Como en el caso de Cervantes, también él se retrató en una carta dirigida a su amigo Wenceslao Ayguals de Izco:

> Yo soy un hombrecillo macilento,
> de talla escasa, y tan estrecho y magro
> que corto, andando, como naipe el viento,
>   y protegido suyo me consagro;
> pues son de delgadez y sutileza
> ambas a dos, mis piernas, un milagro.
>   Sobre ellas van mi cuerpo y mi cabeza
> como el diamante al aire; y abundosa,
> pelos me prodigó Naturaleza.

>   (*Los Gigantes: José Zorrilla,* núm. 16, Madrid, Prensa Española, 1972, pág. 5.)

su obra. Aunque admitía poseer una enorme facilidad de versificación, sus versos estaban, según él, vacíos de contenido y emoción. Es notoria su animosidad contra el *Tenorio*. A la autocrítica del drama dedica el capítulo XVIII, «Cuatro palabras sobre mi *Don Juan*», de *Recuerdos*. Zorrilla, a los sesenta y cuatro años de edad, pasados treinta y seis de triunfos del *Tenorio* y asistido a muchas de sus representaciones, parece sentir la conciencia profesional de reconocer las lacras del drama y reclama el derecho y la obligación de refundirlo. Los errores que alega y descubre en la más popular de sus obras, se reducen a «amaneramientos y mal gusto» de situaciones, «ripios y hojarasca» en la versificación y la desafortunada creación de don Juan, personaje sin carácter y con defectos enormes. La falta de verosimilitud era, según él, el gran pecado de su drama. En 1887 escribía a Boris de Tannenberg:

> No hay otro drama donde yo haya acumulado más locuras e inverosimilitudes: el carácter de mi héroe no tiene consecuencia; los trozos líricos y en particular las famosas estancias de amor que todo el mundo sabe de memoria, están fuera de situación; será necesario que yo escriba algún día un folleto: *Don Juan Tenorio ante la conciencia del autor* [20].

Junto a estos ataques frecuentemente encontramos en sus escritos menciones concretas del gran negocio económico que todos los años aporta su *Tenorio* a editores, actores y empresarios, mientras él, su autor, se ve obligado a vivir casi de la caridad pública, con una pensión insignificante del Gobierno. «Mi drama *Don Juan Tenorio* es al mismo tiempo mi título de nobleza y mi patente de pobre de solemnidad» (*R*, I, 157), escribe con tono de resentimiento. Y sale al paso de la opinión contraria insistiendo en que esta autocrítica no implica lo que han supuesto algunos, es decir, desacreditar la obra y cons-

---

[20] Narciso Alonso Cortés, *Zorrilla: su vida y sus obras*, Valladolid, Santarén, 1943, pág. 365.

pirar contra su representación y éxito anuales, por el placer de perjudicar a editores, empresarios y actores, pues reconoce que la propiedad del drama no le pertenece desde que treinta años antes vendió los derechos a Manuel Delgado por 4.200 reales de vellón. Pero se lamenta de que la nueva ley de propiedad de autor no tenga efecto retroactivo. La solución será una refundición del drama para corregir sus defectos y recobrar los derechos. Se conservan varias cartas y un autógrafo del propio Zorrilla donde señala los puntos débiles del *Tenorio* que califica como el mayor disparate que se ha escrito, y anticipa detalles del segundo *Don Juan,* que comenzaba a planear, ya que el primero había sido un no muy feliz bosquejo [21].

[21] Estas cartas, fechadas entre 1869 y 1877, están dirigidas a Pedro M. Delgado, hijo de Manuel Delgado, comprador del *Tenorio.* «Yo creo en consecuencia», escribe en 1871, «que mi Don Juan es el mayor disparate que se ha escrito; que no tiene sentido común ni literaria, ni moral ni religiosamente considerado; que están en él desperdiciados todos los elementos de mi drama, habiendo yo echado a perder los caracteres de Don Juan y de Doña Inés, a quien maté en la primera parte; porque siendo al escribirlo un chico tan atrevido como ignorante, ni pensé el plan, ni supe lo que hice; y no quiero que ni los que me aplauden hoy ni la posteridad, si llega a ella mi fama, crean que yo duermo muy tranquilo sobre los laureles de la obra, que yo tengo por la peor de todas las que se han escrito en mi tiempo, por más que esté escrita con la frescura de la juventud y vestida con una gala de versificación fascinadora.» Y el 23 de marzo de 1877: «Corrijo el Don Juan porque es un absurdo con cuya responsabilidad no quiero morir cargado. No ha habido un actor que haga bien el Don Juan: es claro; como que ni es carácter, ni tiene lógica, ni consecuencia, ni sentido común, ningún actor del mundo puede estar bien fuera de todo carácter y de toda situación» (*Zorrilla,* pág. 419). Alonso Cortés califica de «injustos» este ensañamiento y animosidad de Zorrilla con la más aplaudida de sus obras, si bien «justificables», ya que el venero de inagotable producción en que se convirtió el *Tenorio,* hubiera generosamente solucionado los agobios económicos de los últimos años del poeta. En cuanto a la realización de dichos planes, según Federico Balart (crítico amigo de Zorrilla y defensor del *Tenorio* original), nuestro dramaturgo llevó a cabo dos refundiciones del *Don Juan,* una de ellas en forma de

25

Otro aspecto fundamental de este Zorrilla amargado por la desproporción entre gloria literaria y penurias económicas, es el Zorrilla «desfasado», es decir, un Zorrilla que vive sus últimos años sintiéndose anticuado, como una persona llena de prestigio, pero cuyo mensaje ha perdido actualidad. De ahí su frustración al no conseguir que los editores aceptaran sus obras.

La razón puede ser personal, en cierto modo. En la dedicatoria de su drama *Entre clérigos y diablos* (1870), a don Julián García, no solamente alude al poco crédito literario que le queda, sino a su «casi agotado ingenio» y cómo ha perdido la costumbre de dialogar después de veinticinco años alejado de los teatros [22]. Pero puede depender también del cambio de interés en los distintos géneros, que tuvo lugar en las tres décadas finales del siglo. El periodo romántico se caracteriza por el predomino de la poesía y, sobre todo, del drama, mientras que a partir de 1870, con la aparición de la primera obra de Galdós, *La fontana de oro,* surge un mayor interés por la novela con una marcada tendencia al realismo costumbrista, psicológico y social. La Restauración (1874) incrementa aún más dicho interés y da lugar a obras como *Pepita Jiménez, El sombrero de tres picos.* Galdós, por su parte, escribe intensamente los *Episodios Nacionales* desde 1873. A diferencia del pasado español, exaltado por Zorrilla y preferido por los románticos, don Benito descubre la historia española inmediata, la del siglo xix, más asequible al público a que se dirige y más conforme con su sentido de actualidad, de ansia por una España nueva, de responsabilidad ante la problemática nacional, trayec-

---

zarzuela con música de Nicolás Manent, cuyo estreno tuvo lugar el 31 de octubre de 1877 en el Teatro de la Zarzuela. Se mantuvo en el cartel los ocho días de rigor, pero, como ya adelantamos, el fracaso fue rotundo, pues según la crítica, se trataba de una profanación del drama original, de un robo a saco, con innovaciones poco acertadas, de una obra tan arraigada en el alma del pueblo.

[22] José Zorrilla, *Obras Completas,* Madrid, Manuel Delgado, 1895, II, pliego 20, sin páginas.

toria claramente precedente del 98. En 1879 cierra oportunamente la segunda serie de los *Episodios;* la novela histórica pasa temporalmente de moda y, observador atento del gusto del público, abre la serie de «Novelas contemporáneas», obras ideológicas, de tesis y tendencia social, en consonancia con los gustos y corrientes de la época.

El teatro de estos años nos ofrece una objeción, sin embargo. Es el caso de Echegaray cuyos dramas monopolizaron el escenario y fascinaron al público durante veinticinco años. En su éxito quizá intervinieron motivos personales también, como la escasez de dramaturgos rivales y las insuperables actuaciones de Vico, Calvo y María Guerrero; pero su popularidad y monopolio hay que verlos principalmente en el secreto de su arte dramático. Este «rezagado del romanticismo», como le llamó Emilia Pardo Bazán, comprendió maravillosamente la función social de la literatura, especialmente del teatro, en ese final de siglo, sin olvidar jamás que la norma en que se basa la gloria literaria la fija el público y el empresario apoyados por el crítico. Desde esta perspectiva pragmática se fabricó su propia receta teatral utilizando los ingredientes a mano más propicios para causar el «sublime horror trágico», la mayor emoción estética. Para ello resucita el drama romántico en su forma más florida, melodramática y efectista, y le aplica el moderno teatro realista de ideas y nuevos problemas de la época positivista. No le interesa el elemento tiempo y, contrariamente al romanticismo, desliga sus dramas del pasado histórico y legendario sin situarlos tampoco en la época contemporánea. Sus tipos son entelequias cerebrales, símbolos de violentas pasiones humanas en conflicto con los rígidos conceptos del deber y del honor calderonianos, haciéndoles llegar, por fines efectistas pensados y rebuscados, a una solución detonante de moral implacable, sin tener en cuenta la lógica interna y natural de las pasiones humanas.

Esta fusión de lo español del Siglo de Oro, lo externo

27

calderoniano y lo más efectista y superficial del romanticismo con unos imperativos de conciencia inspirados en Ibsen dentro de una arquitectura teatral dinámica y una forma poética detonante y ripiosa, hizo de Echegaray el «monstruo de la naturaleza» de su tiempo. En 1904 compartió el premio Nobel con Mistral, como dramaturgo simbolista, «por su obra genial y copiosa, en la que ha revivido de una manera independiente y original las grandes tradiciones del teatro español» [23], según la Academia Sueca. Zorrilla, por el contrario, pasaba como exactamente opuesto al simbolismo. El romántico cantor de las glorias nacionales, en un pasado histórico y legendario, sonaba a eco anticuado en una época burguesa, materialista y crítica, de ideas y gustos positivistas.

Don Juan, drama romántico

El tema del romanticismo ha sido suficientemente estudiado para que le dediquemos aquí atención detenida. De ese movimiento revolucionario, que abarca todo, desde la política a las letras, nos interesa aquí el aspecto histórico, el retorno a la Edad Media y la revaloración de dramas y dramaturgos del Siglo de Oro, tan despreciados en la centuria clasicista anterior. Este neomedievalismo suscita en Alemania un interés enorme por España, «país del Romancero», y la nueva estética germana acepta los principios que habían inspirado a la «comedia» de Lope y aclama el genio dramático de Calderón. Ante estos intentos de reivindicación de nuestro teatro clásico las fuerzas se dividen y en España se forma la llamada «querella calderoniana». A ella van unidos inicialmente los nombres de Böhl de Faber y Alcalá Galia-

---

[23] José Echegaray, *Teatro escogido,* Madrid, Aguilar, 1955, página 29.

no y la revista *El Europeo* (1823-1824) con su grupo de redactores entusiastas del romanticismo triunfante fuera. En 1828 el *Discurso sobre el influjo que ha tenido la crítica moderna en la decadencia del teatro antiguo español,* de Agustín Durán, es un paso definitivo de avanzadilla, verdadero «manifiesto» en favor de la «comedia», que liquidaba definitivamente las viejas polémicas de los neoclásicos. Si a este documento unimos el Prólogo de López Soler a su novela *Los bandos de Castilla* (1830) y el de Alcalá Galiano a *El moro expósito,* del duque de Rivas, en 1834 —año del retorno de los emigrados—, vemos el romanticismo oficialmente consagrado como escuela. El estreno de *Don Álvaro* (1835) es su inauguración solemne. Su dominio en las letras patrias va a durar poco más de una década.

Lo dominante en el espíritu del romanticismo español, ya lo hemos dicho, es el entronque con la tradición nacional del Siglo de Oro, la de Lope, Calderón y el Romancero. Pero fue un espíritu venido de fuera e impuesto en gran medida desde el extranjero, resultando así un entronque formal y retórico, y los dramas remedos estilísticos, parodias, de la comedia antigua. Para Américo Castro, Calderón y su teatro están en completa oposición a la concepción romántica del universo. A la luz de estos presupuestos hay que considerar a los dos representantes máximos del romanticismo nacional y legendario, Rivas y Zorrilla.

Don Juan Tenorio es la obra más representativa del teatro romántico español con su poder de parodia clásica. En la parodia hallamos todos los elementos de la obra seria, pero sin bases para la credibilidad. En efecto, el drama en cuestión es un muestrario de ecos del Siglo de Oro. Según el propio Zorrilla, su *Don Juan* es una refundición del *Burlador de Sevilla* y del *Convidado de piedra,* de Zamora. Con técnica y sensibilidad románticas el poeta revive de nuevo la figura mítica del libertino, creada por Tirso. A esto alude Ortega: «El *Don Juan* de Zorrilla no pretendió nunca ser una nueva interpretación del tema donjuanesco, sino todo lo contrario: un retorno a la imagen más tradicional y tópica de la leyenda» [24]. Pero es un retorno que implica ciertos cambios debido a los presupuestos literarios de la época en que se concibe [25]. Esta ductilidad del personaje para aparecer en múltiples reencarnaciones (a diferencia de otros más universalmente caracterizados, como Hamlet y Don Quijote) disminuye el carácter de parodia de sus representaciones, escribe acertadamente el profesor Morón-Arroyo en su Introducción a *El condenado* [26]. Y cita, en confirmación, un párrafo de Kierkegaard donde describe a don Juan como un individuo en constante formación y crecimiento, pero jamás adulto y concluido.

Sus rasgos de héroe romántico y lo esencial de la intriga y acción cobran vigor con la presencia del antagonista Luis Mejía, sucesor en varios aspectos del marqués de la Mota, de Tirso, de una personalidad paralela a la de don Juan, si bien más esquemática y desdibujada. La escena de las apuestas tiene un claro antecedente en *El condenado* tirsiano cuando Enrico, rodeado de amigos en Nápoles, relata la serie de crímenes de su vida pasada (I, 12). El rígido código del honor clásico está representado en don Gonzalo de Ulloa con la misma inflexibilidad que en los dramas calderonianos. Brígida encarna la tercera celestinesca de la mejor tradición literaria. Ciutti es la «figura del donaire», tan esencial en el teatro del Siglo de Oro. Lucía, por su parte, es la criada clásica, materialista e infiel, que vende a su ama al pri-

---

[24] José Ortega y Gasset, «La estrangulación de Don Juan», *Obras Completas,* V, Madrid, Revista de Occidente, 1970, página 250.

[25] Maeztu subraya así estos cambios: «El Don Juan de Tirso es más fuerte que el de Zorrilla, pero el de Zorrilla es más humano, más completo y más satisfactorio. La diferencia fundamental consiste en que el de Tirso es exclusivamente un burlador, mientras que el de Zorrilla es también un hombre» *(Don Quijote, Don Juan y la Celestina,* Madrid, Austral, 1963, pág. 74).

[26] Tirso de Molina, *El condenado por desconfiado,* edición, introducción y notas de Ciriaco Morón-Arroyo y Rolena Adorno, Madrid, Cátedra, 1974, pág. 19.

mer brillo del oro. La unión del tema del «burlador» con el del «convidado de piedra» y su banquete macabro, es de una lógica poética superior a las comedias anteriores de Tirso y Zamora. Pero la gran contribución de Zorrilla y del romanticismo al tema donjuanesco es la bella creación de doña Inés, ángel de amor, «Virgen María» medianera, que hace posible la salvación del libertino. La Inés del *Capitán Montoya* es, sin duda, un antecedente esquemático. La salvación por el amor sitúa de lleno el drama dentro del gusto romántico. Aunque Zorrilla sigue aquí la trayectoria ya iniciada por Zamora (cuyo don Juan se arrepiente y apela a la piedad divina), al unir los nuevos elementos de mujer y amor, contribuye a ese alto sentido de redención romántica.

El estilo del drama está en armonía con el tono paródico propio de estas obras románticas. A parte de algunos desdichados intentos de habla populachera, los personajes usan un castellano moderno, si bien salpicado de ciertos arcaísmos, dichos, giros, juramentos e interjecciones, que abundan en los dramaturgos del Siglo de Oro. El breve diálogo en italiano entre don Juan, Buttarelli y Miguel es también un remedo de recursos parecidos de la comedia clásica. En Lope son frecuentes generalmente con fines cómicos y en labios del gracioso [27]. Zorrilla ha querido aquí dar sin duda cierta gracia y exotismo a la escena, a la vez que un tono realista.

Una acumulación de motivos románticos invade el drama. Al misterio inicial del héroe, acompañan elementos carnavalescos como antifaces, máscaras, disfraces y embozados, duelos y peleas callejeras, apuestas sobre vicios y crímenes, el tiempo con calidad dramática, la noche de

---

[27] En *El perro del hortelano,* Tristán habla en latín y griego. En *La esclava de su galán,* Pedro usa igualmente expresiones latinas. En *El arenal de Sevilla,* dos moros se expresan en algarabía. El mismo recurso estilístico encontramos en otros dramaturgos del Siglo de Oro: Moreto pone una serie de «latinajos» en labios de Polilla, en *El desdén con el desdén,* y parecidas expresiones latinas encontramos en Camacho, gracioso del drama de Zamora.

luna y misterio en las calles sevillanas, encarcelamientos, tapias de convento asaltadas, celdas de clausura mancilladas, sacrilegio y rapto, caballos briosos apostados y bergantín fugaz dispuesto, el río Guadalquivir profundo y enigmático, muertes a fuego y espada y huida veloz del héroe arrebatado por un vértigo infernal de desesperación. Esto en la Primera Parte, todo envuelto en movimiento, dinamismo y acción. Don Juan es una tromba, una vorágine, que arrebata todo a su paso.

La Segunda Parte se abre en el panteón de la familia Tenorio. Sepulcros, estatuas de piedra, sauces llorones inclinados sobre las tumbas y cipreses enhiestos hacia lo alto en una noche de luna plateada y gélida. Pasos meditabundos y nostálgicos de don Juan entre el misterio de tumbas que sobrecogen, sombras de ultratumba, la estatua animada del Comendador, invitación temeraria. Banquete, brindis, euforia en casa de don Juan, seguidos de duelos y muerte. Cena paródica en el sepulcro del Convidado de piedra, espectros, osamentas, sudarios y sombras macabras. El reloj de arena, implacable, marca el último instante. Campanas fúnebres y cantos funerarios. Arrepentimiento y apoteosis final del amor. Dos almas brillantes como llamas ascienden hacia el Empíreo entre músicas angelicales al esclarecer el alba de un nuevo día que aterrará a los sevillanos.

Estructura del drama

La libertad omnímoda con que está construido el *Tenorio* es otra gran evidencia de su romanticismo. La obra está dividida en dos partes bien delineadas por su carácter diverso: comedia de capa y espada la primera, con la historia del libertino, y drama religioso, con la moralidad propia del auto sacramental, la segunda, cuya culminación marca la salvación del pecador. Los cuatro actos que componen la Primera Parte y los tres de la Segunda van encabezados con títulos efectistas e impresionantes, que nos previenen y ambientan: «Libertinaje y escándalo», «Destreza», «Profanación», «El Diablo a las puertas del cielo», «La sombra de Doña Inés», «La estatua de Don Gonzalo», y «Misericordia de Dios y apoteosis del amor». Esta innovación no es original de Zorrilla; la encontramos igualmente en otros dramas de la época, como en *El Trovador* (1836), de García Gutiérrez, y en *Muérete ¡y verás!* (1837), de Bretón de los Herreros. Pero procede, sin duda, de inspiración francesa o alemana [28].

La Primera Parte es un despliegue de acción y violencia dentro de una increíble concentración de tiempo [29].

---

[28] Víctor Hugo encabeza así los cinco actos de su drama *Cromwell* (1836): «Les conjures», «Les espions», «Les fous», «La centinelle», «Les ouvriers». Lo mismo hace en *Hernani* (1830). En otros dramas divididos en partes y actos (*Les Burgraves* (1843), *Torquemada* (1842) esos títulos preceden a las partes, no así en el *Tenorio*, que preceden a los actos. En *Fausto* (1790 y 1832), Goethe coloca los títulos delante de las escenas.

[29] Uno de los detalles de la autocrítica de Zorrilla es la inverosimilitud de las horas del reloj de don Juan. Toda la primera parte tiene lugar en una noche, desde las siete y media u ocho de la tarde a la una de la madrugada aproximadamente. Al dar el reloj los cuartos para las ocho tiene lugar la masiva entrada de amigos y curiosos en la Hostería del Laurel esperando la llegada de don Juan y Mejía. Varias cosas han pasado antes y otras muchas pasan después: lectura de las listas de crímenes, nueva apuesta, enfrentamiento con don Gonzalo y don Diego, arrestos de don Juan y de don Luis en la calle y encarcelamientos consecutivos. Libres ambos, don Juan y Ciutti hacen planes para llevar a cabo el lance de doña Ana. Entrevistas con Brígida y Lucía, concluyendo el acto II con esta alusión al tiempo: «Ciutti, ya sabes mi intento: / a las nueve, en el convento; / a las diez, en esta calle» (vs. 1431-1433 de esta edición). Zorrilla critica así este pecado contra la verosimilitud: «Estas horas de doscientos minutos son exclusivamente propias del reloj de mi don Juan... La unidad de tiempo está *maravillosamente* observada en los cuatro actos de la primera parte de mi *Don Juan,* y tiene dos circunstancias especialísimas; la primera es milagrosa: que la acción pasa en mucho menos tiempo del que absoluta y ma-

La Segunda (cinco años más tarde y en una noche de verano) marcha a un ritmo lento y meditabundo, en armonía con los conflictos interiores del héroe, que vacila entre realidad y delirio, y con el misterio y «suspense» que se abre en torno a su salvación. El reloj de arena, al deslizar implacable los granos de la vida, marca el ritmo y eleva la tensión en progresión aritmética.

Los personajes aparecen aislados sin saber de donde vienen y en cuadros sucesivos, brotando el drama de la interacción de ellos. Don Juan se nos presenta en la primera escena con un antifaz, y sus primeras palabras son un intento de pronta definición de su personalidad fogosa y violenta. Ciutti, que le ha servido un año, cree que es español, pero — ¡cosa rara! — ignora su nombre. Como lebrel-criado, conoce bien sus prontos de impaciencia, pero poco le importan, ya que con amo tan franco, noble y bravo, vive mejor que un prior, sin que le falte tiempo libre, bolsa llena, buenas mozas y mejor vino.

La técnica interna de los actos sigue una serie de paralelismos y contrastes de personajes, temas y situaciones, que nos recuerdan la comedia clásica. Esta construcción simétrica domina particularmente en el primer acto. Se inicia con dos diálogos paralelos: entre Buttarelli y Ciutti, y Buttarelli y don Juan. Con la llegada de los héroes, momento climático del acto, la escena se transforma en una concentración de paralelismos y contrastes, espaciales unos, temporales otros: entrada sucesiva de don Juan y de don Luis, ambos con antifaces; ante la mesa central, dos sillas que se disputan; se sientan frente a frente; a su alrededor dos bandos de amigos. En un rincón don Gonzalo, en otro don Diego, dos jueces rí-

terialmente necesita; la segunda, que ni mis personajes ni el público saben nunca qué hora es» *(R, I,* 154). El acto IV se abre con Ciutti y Brígida impacientes por don Juan. Ésta comenta: «Las doce en la catedral / han dado ha tiempo» (vs. 1967-1968). Y siguiendo el ritmo del fogoso don Juan, es fácil señalar la una de la madrugada como hora de arranque del bergantín calabrés.

gidos frente a los dos libertinos. Los paralelismos temporales crean un «crescendo» tensional hacia el clímax: lectura de las listas de crímenes, enumeración y suma de muertos y conquistas, nueva doble apuesta que conmueve aún más la Hostería del Laurel; mensajes secretos a ambos criados que parten; enfrentamiento, identificación y salida de don Gonzalo; enfrentamiento, identificación violenta y salida de don Diego. En la calle dos prendimientos sucesivos y similares; y los bandos de amigos se separan agrupados en torno a las apuestas. El paralelismo y los contrastes penetran aún en el segundo acto, presentándonos a los dos héroes libres ya de la prisión, acudiendo fatídicamente a la misma encrucijada de la calle. En el resto la técnica de simetrías es menos rebuscada y efectista una vez que don Juan se deshace de don Luis. En los actos finales de la Segunda Parte aparecen nuevamente situaciones paralelas: invitación y banquete de don Juan, invitación y cena paródica de la Estatua; dos fuerzas opuestas se disputan el alma de don Juan, que vacila entre virtud y pecado, condenación y salvación. La gracia y el amor triunfan y dos brillantes llamas, en ascensión paralela se pierden en el espacio.

Al paralelismo de acción y situaciones hay que añadir el paralelismo del estilo. Son frecuentes las repeticiones de versos, de palabras y expresiones de diálogos con idéntico tono y rapidez, de estrofas paralelas, como las décimas del sofá (vs. 2170-2223). Para Ortega, esta construcción simétrica revela la intención del autor de crear una obra con la simplicidad y primitivismo del arte plenamente popular (V, 247). Y hasta encuentra un género literario sin nombre y acotamiento hasta Valle-Inclán, en que encuadrar este drama zorrillesco, el «esperpento». Se trata de un recurso técnico de gran valor efectista, tensional y climático, dentro de la libertad estructural del romanticismo.

PARTE PRIMERA

Acto primero

(Estrofas)	(Versos)
Redondillas (abba)	1-72
Quintillas (abbab), (ababa)	73-102
Redondillas (abba), (abab)	103-254
Romance (éa)	255-380
Redondillas (abba), (abab)	381-440
Quintillas (abaab), (ababa), (aabba)	441-695
Redondillas (abba)	696-835

Acto II

Redondillas (abba)	836-1141
Versos sueltos	1120-1121
Ovillejos (aabbcccddc)	1142-1201
Redondillas (abba)	1202-1249
Octavillas (abbcdeec)	1250-1345
Redondillas (abba)	1346-1365
Ovillejos (aabbcccddc)	1366-1425
Redondillas (abba)	1426-1433

Acto III

Romance (é)	1434-1547
Redondillas (abba), (abab)	1548-1648
Octavillas (abbcdeec), Redondillas (abba), (abab)	1649-1731

37

A excepción del romance, que prefiere la asonancia, las demás combinaciones métricas usadas por Zorrilla, con su rima consonante, llenan el drama de una sonoridad intensa, y en ello radica parte de su popularidad. Según Ortega, «estos consonantes de *Don Juan* son uno de los pocos tesoros que hay en nuestra tierra» (V, 244). Para este pensador, el *Tenorio* es un claro ejemplo del estilo prosaico y funambulesco preferido por el post-romanticismo. Se fermenta en dicho periodo un afán de prosa, pero se hace un esfuerzo para que aparezca disfrazada chillonamente como verso dando prioridad al ritmo y rima. Y concluye: «Así se explica que el *Don Juan* sea casi por entero pura prosa a quien se ha puesto el arreo del verso, subrayando lo que tiene de externo arreo, charretera y gualdrapa. Pero esto es precisamente una de las causas de su popularidad» (V, 249). Estos versos, aparentemente sencillos y «naturales», resuenan con eco pegajoso en los oídos del público que los retiene fácilmente en la memoria.

Este fenómeno lo experimentó Unamuno. En *Recuerdos de niñez y mocedad* menciona cómo de joven le gustaba recitar los sonoros versos de nuestro romántico, que venían en su libro de Retórica y Poética, y lo que le encantó *Margarita la tornera*. Su aversión al *Tenorio* brotó más tarde: «Luego di, no sé bien por qué —aunque sí lo sé, y trataré de explicarlo más tarde—, en execrar de Zorrilla, del ruiseñor gentil, y decir y repetir que sus gorgeos no creaban nada, no eran poesía. Y no más que música de tamboril» [30]. El Unamuno antimodernista, enemigo de los «árcades bohemios» que labran filigranas poéticas encerrados en la torre de marfil, disociadora del poeta y del pueblo, veía en esa musicalidad exterior de los versos zorrillescos, un antecedente de los vicios literarios que combatía. El vacío y la artificialidad de esas tiradas paródicas contradecían su concepto de la misión del poeta: «es que ese tú de escritor es algo que es

---

[30] Miguel de Unamuno, *Obras Completas,* Madrid, Escelicer, 1971, pág. 908.

de todos, es que estás en medio de la calle recibiendo las voces de todos y devolviéndolas. Serías no un egotista, sino un egoísta miserable, si te encerraras en la torre de marfil, lejos de tus prójimos, a labrar allí día tras día un joyel cualquiera de filigranas» (III, 401). En «La regeneración del teatro español» (1896) aboga por aquel popularismo que llevó a Lope de Vega a alzarse con la monarquía cómica de los corrales. La regeneración del teatro únicamente está en volver a ser lo que fue, en su retorno a lo popular. «La salvación está, una vez más, en volver a hablar en necio, con la sublime necedad con que Lope hablaba a los mosqueteros de los corrales y desde los carros de los cómicos de la legua al pueblo de los campos» (I, 908).

Con ocasión del centenario de Zorrilla (1917), Unamuno escribe «El zorrillismo estético», en un afán de aclarar el secreto de ese culto, especie de liturgia patriótica, que se rinde al autor del *Tenorio*. El defecto principal de la estética de Zorrilla es la falta de universalidad. La razón, el no haber ahondado ni en sí mismo ni en el pueblo. Su poesía es, estéticamente, superficial, los sentimientos que quiere expresar son superficiales y están superficialmente expresados. Este poeta, improvisador verboso y hojarascoso, rara vez acierta con el epíteto justo, definitivo y único. Utiliza los consagrados, los gastados, y sus metáforas son las del acervo común. «Zorrilla no tenía idea ni sentimiento muy claros del valor de muchas de las palabras que usaba; le sonaban bien, es decir, encajaban bien en el sonsonete melopeico y bastante metronómico y primitivo de que se valía, y eso le bastaba» (III, 1001). Y se pregunta por qué se empeñan algunos en querer hacer de Zorrilla nuestro primer poeta, el poeta de la raza. «Sin duda», contesta, «representa a ésta en lo que tiene de más exclusivo, de menos universal, en sus defectos... No podrá nunca representarnos ante los demás pueblos... Nos representará ante nosotros mismos, o mejor dicho, nos servirá de espejo para que veamos nuestra desnudez estética, nuestra desnudez de pensamiento, de sentimiento y hasta de imaginación» (III, 1003).

Estos juicios algo extremistas de Unamuno tienen sus antecedentes en la autocrítica del propio Zorrilla. Ya mencionamos cómo encontraba en su *Tenorio* exceso de ripios y hojarasca, y su poesía estaba vacía de contenido y emoción por haber sido producto de su delirante imaginación, no brote espontáneo del corazón. En efecto, el drama en cuestión es un muestrario de esos ingredientes externos y efectistas que componen la sonoridad populachera de poesía primitiva: encabalgamientos, repeticiones, ripios, todo al servicio de una rima y ritmo enfáticos y rebuscados, propios de esa poesía de la eterna niñez, que siempre se recuerda con nostalgia.

El problema de fuentes y originalidad

El tema de este drama de Zorrilla, como hemos adelantado, no era nada nuevo. Durante tres siglos había venido rodando por escenarios y literaturas desde la primera versión dramática del mercedario Gabriel Téllez. La leyenda del «Burlador» había alcanzado un desarrollo sin precedentes en España y más aún fuera de España.

A los veintiséis años, Zorrilla recoge el tema y en veintiún días (según carta suya) escribe su versión romántica del don Juan. Años más tarde, en la autocrítica del drama, menciona su inexperiencia del mundo y del corazón humano, su falta de plan global al escribirlo, y, lo más curioso, su casi total *originalidad* por su desconocimiento de cuanto sobre el tema donjuanesco se había escrito fuera y dentro de España. Éstas son sus palabras:

> No recuerdo quién me indicó el pensamiento de una refundición de *El burlador de Sevilla,* o si yo mismo, animado por el poco trabajo que me había costado la de

Las travesuras de Pantoja, di en esa idea registrando la
colección de las comedias de Moreto; el hecho es que,
sin más datos ni más estudios que El burlador de Sevilla,
de aquel ingenioso fraile, y de su mala refundición de
Solís, que era la que hasta entonces se había representado
bajo el título No hay plazo que no se cumpla ni deuda
que no se pague o El convidado de piedra, me obligué
yo a escribir en veinte días un Don Juan de mi confec-
ción (R, I, 148).

Alonso Cortés encuentra en este párrafo varios «errores de pluma», explicables en un Zorrilla ya viejo y enemigo de revisar y corregir sus propios escritos. La alusión a las obras dramáticas de Moreto es uno de esos
errores; se trata de Tirso de Molina. Y la refundición
de El convidado no es de Solís, sino de Antonio de
Zamora. Thomas A. Fitz-Gerald no acepta gratuitamente
la primera deducción de Alonso Cortés, y ofrece una
nueva y acertada lectura del párrafo zorrillesco. Zorrrilla
no atribuye El burlador a Moreto, sino que la idea de
una refundición del drama de Tirso le vino «registrando
la colección de las comedias de Moreto». Y el profesor
de Kansas encuentra una comedia moretiana, San Franco de Sena, como posible fuente inspiradora de Zorrilla,
por la semejanza y paralelismo de trama y situaciones:
«Certain resemblances to the Burlador are unmistakable,
and may very easily have suggested the subject to Zorrilla»[31]. Frank Sedwick, por su parte, rechaza acertadamente esa posibilidad, ya que San Franco de Sena care-
ce de un convidado de piedra y consecuentemente no
puede ser considerado, sensu strictu, drama donjuanesco[32].
La clave explicativa de esa idea de Zorrilla de refun-
dir el drama de Tirso hay que verla, a mi parecer, en la
colección de las comedias de Moreto, que tenía entre

---

[31] Thomas A. Fitz-Gerald, «Some Notes on the Sources of Zorrilla's Don Juan Tenorio», Hispania, V (1922), pág. 3.
[32] Frank Sedwick, «More Notes on the Sources of Zorrilla's
Don Juan Tenorio, The 'Catalog' and the Stone-mason Episodes»,
Philological Quaterly, 38 (1959), págs. 504-509.

manos, y, dentro de la colección, no en *San Franco de Sena,* sino en *Las travesuras de Pantoja,* que el propio Zorrilla había refundido poco antes casi sin esfuerzo alguno, como él mismo testifica. Hay algunos detalles en confirmación de esta hipótesis: el nombre de Pantoja, que da a doña Ana, está obviamente tomado de la comedia de Moreto. El personaje «Ana» es muy frecuente en las comedias moretianas. Las palabras de Zorrilla: «Mi plan, en globo, era conservar la mujer burlada de Moreto», se refieren a doña Ana de Pantoja, convertida de esta forma en la versión zorrillesca de doña Ana de Ulloa de Tirso. De esta forma la mujer burlada de Moreto le trajo a la mente la necesidad de un burlador, que no podía ser otro que el clásico burlador sevillano [33].

En cuanto a la alusión a Solís como responsable de la «mala refundición» del drama de Tirso, Fitz-Gerald admite con Alonso Cortés, una inexactitud o fallo de memoria de Zorrilla; claramente se trata de Zamora. Dionisio Solís fue bien conocido como refundidor dramático, pero en la lista de sus refundiciones no se ha podido encontrar ninguna del *Burlador.* La única lejana posibilidad es que Zorrilla confundió a Zamora con Antonio Solís, quien, según Picatoste [34], había compuesto una loa para el actor Sebastián de Prado, en 1659, con motivo de la representación del drama de Tirso en París.

La cuestión de la deuda con Zamora tampoco está totalmente resuelta. La primera edición conocida de la refundición data de 1744, y vino representándose hasta 1844 en que se estrenó el drama de Zorrilla. Alonso Cortés rechaza toda influencia directa, si bien sugiere que Zorrilla se animaría con la obra de Zamora. Éstas

---

[33] En *Las travesuras,* el estudiante Pantoja es un libertino a lo don Juan. Su criado Guijarro, hablando con Leonor, le describe así: «Porque Pantoja, mi dueño, / como sabes, es un hombre / del demonio, y tiene nombre / de medio Luzbel pequeño» (Agustín Moreto y Cabaña, *Las travesuras de Pantoja, Obras escogidas,* Madrid, Rivadeneyra, 1856, Biblioteca de Autores Españoles, vol. 30, pág. 302).

[34] Felipe Picatoste, *Don Juan Tenorio,* Madrid, 1883, pág. 152.

son sus palabras: «Nadie diría, en verdad, que la comedia de Zamora, abiertamente mala, pudo servir de guía a Zorrilla para su *Don Juan*. Ni el plan de la obra ni su desarrollo, ni la trama de sus episodios culminantes, guardan la menor semejanza entre una y otra» (*Zorrilla,* I, 406). Según él, tan sólo conserva de Zamora el nombre de los personajes principales y el carácter del héroe, necesariamente invariable.

Pero no faltan críticos que han tratado de encontrar ciertos paralelismos e influjo de Zamora en Zorrilla. Así, Joseph W. Barlow, en su artículo «Zorrilla's Indebtedness to Zamora» [35], enumera varias coincidencias («points of resemblance») entre ambos dramas donjuanescos, además de todas esas circunstancias y situaciones comunes a la leyenda, que obviamente proceden del *Burlador.* Casalduero basándose, en este caso, en la sinceridad de Zorrilla, insiste igualmente en «la aportación de Zamora, porque sin él Zorrilla no hubiera podido crear su *Don Juan Tenorio*» [36].

Dada la popularidad del drama de Zamora, que venía representándose regularmente en los escenarios españoles desde su aparición hasta el estreno del *Tenorio* —y aún siguió repitiéndose algunas veces aisladas después—, es obvio dar crédito al testimonio del propio Zorrilla y admitir cierta aportación de Zamora. En el largo epistolario de Zorrilla a su editor Delgado, que Alonso Cortés nos transcribe, hay dos alusiones valiosas sobre este asunto. En carta de 1869 leemos: «Todo el mundo sabe que mi *Tenorio* es la refundición de *El burlador de Sevilla* y *El convidado de piedra.*» Y en carta de 1870, esta declaración iluminadora: «Yo quise con mi *Don Juan Tenorio* matar al *Convidado de piedra.*» De dar crédito a

---

[35] Ver *Romanic Review,* XVII (1926), págs. 303-18.

[36] Joaquín Casalduero, *Contribución al estudio del tema de Don Juan en el teatro español,* vol. XIX, núms. 3 y 4, Northampton, Smith College Studies in Modern Languages, 1938, página 96. Pero reduce dicha aportación a una simple idea, a una posible iluminación del drama de Dumas, *Don Juan de Marana,* que considera como fuente principal del *Tenorio.*

estas afirmaciones habría que ver a Tirso como fuente básica, primaria y remota del *Tenorio,* y como incentivo inmediato a Zamora.

En ambos dramas don Juan aparece como el clásico burlador sevillano, osado con las mujeres, valiente con los hombres y atrevido con los difuntos, envuelto en satanismo y temeridad. La algazara carnavalesca de Zorrilla corresponde a la algazara de estudiantes de Zamora, que don Juan intenta apaciguar y disolver. Para sus fines y conquistas se vale de los recursos tradicionales, como sobornos de criados y alguaciles. Es un criminal notorio con larga lista de muertes y conquistas en su historial. En ambos dramas ha escalado claustros y roto clausuras. Prometido a doña Ana de Ulloa (en Zorrilla a Inés de Ulloa), su amor fingido no termina en matrimonio porque ambos padres rompen el compromiso acordado al saber la vida criminal de don Juan. La actitud para con su padre, don Diego, es provocativa e insolente, y el Comendador cae muerto a manos de don Juan por defender la puerta de su casa, en Zamora, y por cuestión de honor familiar, en Zorrilla. Este percance origina toda la acción posterior en torno al «convidado de piedra»: estatua, cena sobre la tumba con idénticos manjares. Finalmente, en ambos dramas don Juan se arrepiente y acude a la piedad y clemencia divinas, en Zamora aprovechando «la eternidad del último instante», y en Zorrilla el último grano del reloj de la vida.

Hay otros detalles paralelos de menor importancia, pero los nuevos elementos introducidos por Zorrilla «para matar al *Convidado*», son aquí de mayor importancia. La diferencia esencial radica en el carácter del protagonista. En Zamora es un frívolo burlador de honras desde el principio hasta el último instante en que se arrepiente. El don Juan zorrillesco sufre, por el contrario, un cambio radical hacia la mujer desde el momento en que oye de Brígida la «incentiva pintura» de esa joven ideal, doña Inés, quien en la oscuridad del claustro alimenta ya una llama de amor puro por él. Este amor convertido en sacrificio hará posible su redención. A este amor angelical corresponde contrariamente la venganza del burlador en el *Convidado*. Doña Ana, que no perdona el haber sido burlada por el infiel asesino de su padre, no busca su salvación, sino el castigo. Y este castigo, la muerte del Burlador, se ejecuta por mediación de la estatua del Comendador (como en Tirso), mientras que Zorrilla, con más verosimilitud, hace intervenir la espada del capitán Centellas. Si a todo esto añadimos la técnica dramática claramente superior en Zorrilla y la riqueza de recursos estilísticos populares, fácilmente comprendemos cómo el *Tenorio* mató el *Convidado* desbancándolo de los escenarios.

Muchos son los críticos que ven en obras extranjeras las fuentes básicas del *Don Juan* zorrillesco. El tema ha sido extensamente estudiado, intentando aquí y allá descubrir los distintos préstamos de Zorrilla. Las conclusiones son variadísimas, extremistas y hasta contradictorias. Sin embargo, la mayor parte de dichos críticos (E. Mérimée, Pineyro, Cejador, Gendarme de Bévotte, Hurtado y Palencia, Casalduero, Fitzmaurice Kelly, Thompson, A. Castro, etc.) ven en *Don Juan de Marana ou la chute d'un ange,* de A. Dumas, la principal inspiración del *Tenorio*. Thompson encuentra hasta trece casos de semejanza entre ambos dramas [37]. Y no faltan extremistas, como Pi y Margall, que ven en el *Tenorio* un casi «puro calco» del *Marana* [38], o una «copia al pie de la letra», según Martínez Villegas.

Es probable que Zorrilla conociera *Don Juan de Marana*. Dos traducciones de este drama habían sido hechas en España anteriormente a su *Tenorio*: una titulada *Don Juan de Marana y Sor Marta* (Tarragona: Chu-

---

[37] J. A. Thompson, «Alexandre Dumas Père and the Spanish Romantic Drama», *Louisiana State University Studies,* 37 (1938), páginas 160-74.

[38] Ésta es su conclusión: «Es verdad que ha corregido algunas faltas del que tomó por modelo... Por suyo y exclusivamente suyo tengo lo más capital del drama», *Observaciones sobre el carácter de Don Juan Tenorio,* Madrid, 1878.

liá, 1838) y otra la llevada a cabo por García Gutiérrez, titulada *Don Juan de Marana o la caída de un ángel* (Madrid, Yenes, 1839). Esta versión fue estrenada el mismo año en Madrid, y es obvio suponer que Zorrilla asistió a alguna de sus representaciones. Es más, A. Dumas era enormemente popular en los círculos dramáticos españoles y resulta increíble que nuestro poeta, en más de una ocasión, no oyera o participara en comentarios o alusiones al romántico francés y a su drama. Personalmente conoció a Dumas durante su visita a Francia en 1846. Pero sus escritos habían sido pábulo de sus lecturas desde 1833 durante sus estudios de abogacía en Valladolid. Basados en estos datos y supuestos, la alegada deuda de Zorrilla a Dumas parecería obvia y fundada.

Sin embargo, en 1945, aparece un interesante articulito de John Kenneth Leslie tratando de fundamentar con pruebas unas palabras aparentemente paradójicas de J. A. Oría: «Y nadie ignora que el *Don Juan* de Dumas procede en parte del *Tenorio* de Zorrilla» [39]. De los trece puntos de semejanza, alegados por Thompson, la mayor parte están ausentes en las primeras versiones de Dumas y, consecuentemente, en sus traducciones. Faltan: el reloj de fuego que marca el tiempo de vida de Marana y el aviso de Marta de que un momento de arrepentimiento basta para purificar una vida de pecado. Don Juan duda en aceptar esa invitación a la contrición por el corto tiempo que le queda, mientras Marana, con instinto diabólico, pospone el asunto para mañana («demain»). Marta, como doña Inés, ruega por el arrepentimiento de Marana, pero éste, herido por Sandoval, expira con un grito de condenación («¡Maldición!»), mientras

---

[39] José A. Oría, «Don Juan en el teatro francés», *Cuadernos de Cultura Teatral,* Buenos Aires, Instituto Nacional de Estudios de Teatro, 1936, IX, pág. 27. Citado por J. K. Leslie, «Towards the Vindication of Zorrilla: The Dumas-Zorrilla Question again», *Hispanic Review,* XIII (1945), págs. 288-89.

que Tenorio es llevado al Dios de la misericordia de manos de doña Inés.

Ante este problema, J. K. Leslie formula esta pregunta: ¿De dónde recogió Dumas el material para los cambios operados en las últimas ediciones de su drama? Probablemente de *Don Juan Tenorio,* es su respuesta («Presumably from knowledge, direct or indirect, of *Don Juan Tenorio*». Leslie, pág. 292). Y alude a ciertos hechos históricos en confirmación de su hipótesis: Dumas estuvo en España en 1846. En Madrid frecuentó círculos culturales como la tertulia del Café del Príncipe y conoció personalmente a dramaturgos y actores del Teatro del Príncipe donde se acababa de representar el drama zorrillesco. Teniendo presentes estas circunstancias y el hecho de la semejanza temática de su drama con el reciente de Zorrilla, es fácil suponer en Dumas un total conocimiento del *Tenorio* y de su autor. Y, sobre todo, sentiría una profunda admiración por la innovación romántica-religiosa llevada a cabo por Zorrilla, la salvación del libertino por el amor de doña Inés, que él introdujo en las versiones posteriores de su drama.

La deuda de Zorrilla con Tirso ha sido igualmente punto de discordia y diatriba entre los críticos. Algunos, como A. Castro, hasta aventuran la idea de que nuestro romántico desconocía el drama del mercedario: «Zorrilla... vio en el Tenorio motivo para desplegar una acción fantástica, y la envolvió en la espléndida sonoridad de sus versos. Más que en la leyenda tradicional, se inspira en Alejandro Dumas. No conocía el drama de Tirso, y en todo caso no lo utiliza» [40]. Siempre me ha parecido imposible aceptar tal aserto (que Castro ha recogido probablemente de Cotarelo) en abierta contradicción con las palabras de Zorrilla en *Recuerdos,* donde testifica que su drama es una refundición del *Burlador* y del *Convidado,* teniendo por base el «magnífico argumento» del drama de Tirso. Efectivamente, la primera impre-

---

[40] *Cinco ensayos sobre Don Juan,* Prólogo de Américo Castro, Santiago de Chile, Editorial «Cultura», 1937, pág. 23.

sión que recibimos al encararnos con el héroe zorrillesco, es su enorme parecido físico y espiritual con el libertino tradicional, burlador de mujeres de toda clase social. Pero Zorrilla ha introducido cambios, explicables —repetimos— desde el mundo literario en que se sitúa. Su concepción del burlador tenía que ser más ideal y humanizada. Tirso nos dio un símbolo del barroco, un mito con cara de hombre. El don Juan de Zorrilla comienza siéndolo también: de joven es el burlador tradicional antes de conocer a doña Inés. Pero el candor e inocencia de esta alma angelical rinde el corazón del libertino. Ese don Juan vencido y enamorado, humillado y de rodillas, dispuesto a someterse a las leyes sociales y a vivir vida normal dentro de los lazos del matrimonio, no es ya un mito, es un hombre, como escribía Maeztu. El milagro de tal cambio es debido al poder civilizador de la belleza, y el mérito literario a Zorrilla.

El *Burlador* tirsiano es el drama de la presunción e impenitencia final («pecados contra el Espíritu Santo», de que hablaremos más tarde), el de Zorrilla es el de la misericordia, de la salvación, no por obras ni méritos personales, sino por el poder educador y redentor del amor. Y en este aspecto, magnífica dramatización de la idea de la contrición o gracia santificante, ese aceptar la infinita misericordia de Dios que santifica y salva, hay que volver la vista a otro drama de Tirso, *El condenado por desconfiado*, por el paralelo que presenta la salvación de ambos libertinos, Enrico y Tenorio.

A la vista de lo expuesto, el problema de las fuentes y originalidad del *Tenorio* es arduo y complicado. La clave está en que quizá no se pueda hablar de fuentes *concretas* de Zorrilla, sino de resonancias, ecos del teatro anterior, particularmente de la comedia del Siglo de Oro (como mencionamos en páginas anteriores), de la que estaba tan imbuido. Y en ese caso habría que dar más credibilidad a su propia confesión de originalidad y desconocimiento de material donjuanesco extranjero y aceptar sus palabras introductorias de la primera edición de *Cada cual con su razón,* de que había buscado recursos y personajes en Calderón, Lope y Tirso. Una cosa parece clara: tanto Alonso Cortés como otros críticos que han tratado el tema de las fuentes, concluyen subrayando enérgicamente la originalidad del dramaturgo por haber magistralmente superado a todos sus inspiradores. Las palabras siguientes de Claude Cymerman reflejan el parecer más común de estos críticos:

> Así y todo, la originalidad de Zorrilla no admite restricciones. Ha aprovechado leyendas u obras literarias anteriores, pero ha sabido utilizarlas, refundiéndolas en una forma totalmente personal sin la cual su drama no hubiera tenido el valor que se le reconoce y el éxito que no se le discute [41].

Los problemas teológicos: la salvación por el amor

El *Burlador* de Tirso es un clásico ejemplo de moralidad ortodoxa: don Juan, fiel a su lema «tan largo me lo fiáis», desperdicia el último grano del reloj de su vida, y, según la rigidez moral, ha de condenarse por morir impenitente e incontrito. La misma suerte corre el don Juan de Molière. Se trata de pecados no de ateísmo, sino de presunción, de irresponsable autosuficiencia, de imperdonable desprecio de la gracia, «pecados contra el Espíritu Santo», que según el Evangelio, no se perdonan ni en esta vida ni en la otra [42]. Otro caso paralelo de esta

---

[41] Claude Cymerman, *Análisis de Don Juan Tenorio,* Buenos Aires, Centro Editor de América Latina, 1968, pág. 29.

[42] Ver Mt 12, 13; Mc 3, 28; Lc 12, 10. Estos pecados o blasfemias contra el Espíritu Santo son los pecados propios de los fariseos, quienes pertinazmente se negaban a ver y reconocer la obra divina de Jesús, atribuyendo a un poder diabólico los

clase de pecados en la obra de Tirso, es la condenación de Paulo en *El condenado*. Su soberbia espiritual, sus dudas sobre la economía de la salvación, le llevan a tentar a Dios, a desconfiar de su misericordia y a creer en un fatalismo predestinacionista que le conduce a la desesperación e impenitencia final. Enrico, por el contrario, nunca pierde la esperanza, esa fe-confianza en el amor y misericordia divinos, virtudes que reviven cuando, condenado a muerte, recibe la visita de su padre, el viejo Anareto, para recordarle: «Hoy has de morir: advierte / que ya está echada la suerte; / confiesa a Dios tus pecados, / y ansí, siendo perdonado, / será vida lo que es muerte» (vs. 2488-2492). Y por amor a su padre, Enrico acepta la infinita piedad divina, «una gota solamente / de aquella sangre real» (vs. 2537-2538). El don Juan de Zorrilla seguirá el mismo camino, el camino de la contrición, pero no por el amor paterno, sino por el amor sincero a una mujer.

Los pecados del don Juan zorrillesco son pecados normales, no pecados contra el Espíritu Santo. Paradójicamente es don Gonzalo de Ulloa, el recto, el intransigente, el «bueno», quien va al infierno por pecados de esta índole: orgullo, odio y soberbia espirituales. Nada más conmovedor que ver a todo un don Juan de rodillas a los pies del Comendador, confesando sincero amor a su hija, un amor que le ha regenerado, ofreciéndose ahora a ser su esclavo y a vivir en su casa vida de matrimonio, totalmente sometido a su voluntad y arbitrio. Pero el odio ciega el corazón de este padre orgulloso y egoísta, víctima del frío código del honor: «... ¿Tú su esposo? /

_____

milagros que hacía en virtud del Espíritu Santo. Esta clase de pecados son *irremisibles,* no por su misma esencia, sino por la disposición obstinada de los propios fariseos, quienes, al rechazar a Cristo, se cerraban la única vía de salvación ofrecida por el Espíritu Santo. Los teólogos dan esta explicación: «Peccatum in Spiritum Sanctum non dicendum est irremissibile in se et absolute, ratione gravitatis eiusdem; sed ratione dispositionis subiectivae voluntatis et hypothetice» (*Sacrae Theologiae Summa,* IV, Madrid, Biblioteca de Autores Cristianos, 1962, pág. 399).

Primero la mataré» (vs. 2544-2545), es su firme decisión. Su pecado de orgullo y egoísmo llega al máximo de culpabilidad cuando a la última súplica de don Juan: «Míralo bien, don Gonzalo, / que vas a hacerme perder / con ella hasta la esperanza / de mi salvación tal vez» (vs. 2550-2553), contesta con tono de satánica soberbia anticristiana: «Y ¿qué tengo yo, don Juan, / con tu salvación que ver?» (vs. 2554-2555) [43].

Mucho se ha traído y llevado el «satanismo» de don Juan [44]. Las alusiones en el *Tenorio* son ciertamente numerosas en boca de sus personajes (Ciutti, Mejía, don Gonzalo, don Diego, Brígida, Escultor y Alguacil), ya para acentuar su destreza, fuerza y valor físicos, ya su arrojo y temeridad con los muertos y su poder seductor en el terreno del amor. Pérez de Ayala subraya este último aspecto como ingrediente esencial de la facultad «diabólica» del burlador. El verdadero don Juan, según él, es el de Tisbea, cuya fascinadora presencia deshace en un momento la bravura de la arisca pescadora, y el de doña Inés, que arrebata por seducción misteriosa el alma angelical de la novicia. Y parafraseando palabras del Credo referentes a la concepción virginal de María, escribe para acentuar este poder seductor del libertino:

---

[43] Pérez de Ayala expresa bien gráficamente la opuesta condición de ambos personajes: «Don Juan, de Zorrilla, con todas sus fanfarronadas y canallerías, en el fondo es un infeliz, una buena persona. Hasta en el *ars amandi* se delata de no muy docto, pues al habérselas por vez primera frente a la feminidad selecta y cándida adolescencia de Doña Inés se entrega como un doctrino, abomina de su mala vida pasada y quiere contraer matrimonio. Si en tal coyuntura el Don Juan de Zorrilla, no ingresa en el apacible gremio de los casados, es por culpa del Comendador, que es un bruto, y no achaque ni tibieza de Don Juan» (*Las máscaras, Obras selectas,* Barcelona, Editorial AHR, 1957, página 1.473).

[44] Pérez de Ayala dedica un apartado de *Las máscaras* al «satanismo» de Don Juan. Para él, la virtualidad diabólica del hechizo es la esencia íntima del donjuanismo. J. L. Varela se hace eco de estas ideas y dedica igualmente un apartado, «El satanismo de Tenorio», en la Introducción a su edición del *Don Juan Tenorio,* Madrid, Espasa-Calpe, 1975, pág. xvi.

«las mujeres se enamoran de él como por obra y gracia del Espíritu Santo, sólo que es por obra y gracia del diablo» [45].

Dado el carácter religioso de la obra («drama religioso-fantástico» lo subtitula), Zorrilla, que atestigua haberse puesto a escribirlo sin plan alguno preconcebido, muestra que tuvo uno al menos, el plan de rodear al libertino de un marcado satanismo. En efecto, desde el principio don Juan aparece como personaje sobrehumano, «monstruo de liviandad» (v. 249) y escandaloso en extremo («pues por doquiera que voy / va el escándalo conmigo», vs. 411-412). Leída su «increíble» lista de crímenes y conquistas, el mismo don Luis se hace cruces de hombre tan extraordinario. Don Gonzalo, que ha visto por sus propios ojos qué monstruo de maldad es su planeado yerno, jura matar a su hija antes que consentir en un matrimonio tal. Y es ahora cuando don Diego reniega de su paternidad y huye para no ver tal engendro monstruoso, porque «los hijos como tú», le dice, «son hijos de Satanás» (vs. 782-783). Para don Luis, libertino sin contrincante fuera de Tenorio, don Juan es un superhombre, «un Satanás» (v. 886) que lleva consigo «algún diablo familiar» (v. 907). De ahí que no se fíe de las bravuconadas del testarudo aragonés, «que el valor es proverbial / en la raza de Tenorio» (vs. 946-947). Todo lo teme de ese «loco desalmado» (v. 991): «... y a fe / que de don Juan me amedrenta, / no el valor, más la aventura. / Parece que le asegura / Satanás en cuanto intenta. / No, no; es un hombre infernal» (vs. 1039-1044). Brígida, la beata, inmediatamente advierte lo diabólico de don Juan: «Vos sí que sois un diablillo» (v. 1235), le dice en su primer encuentro. Pero pierde el tino cuando este hombre, que ella creía «sin alma y sin corazón» (v. 1325), se humaniza enajenado por esa «hermosa flor» enclaustrada. Es el principio de su cambio de un satanismo inicial a un amante civilizado que terminará en religiosa conversión.

---

[45] *Las máscaras,* pág. 1.509.

Inés es víctima del poder diabólico de don Juan. Desde que le vio por primera vez a través de unas celosías, confiesa a Brígida: «No sé qué fascinación / en mis sentidos ejerce, / que siempre hacia él me tuerce / mi mente y mi corazón» (vs. 1624-1627). La lectura de la carta es un «filtro envenenado», un «encanto maldito» que engendra en su alma un anhelo fatal: «... juntó el cielo / los destinos de los dos» (vs. 1758-1759). Y la llegada de don Juan, de ese «espíritu fascinador», la arrebata en un delirio que causa su desmayo. Y en la quinta al otro lado del Guadalquivir, Brígida y Ciutti comentan lo extraordinario de los sucesos:

> BRIG. Preciso es que tu amo tenga
>   algún diablo familiar.
> CIUT. Yo creo que sea él mismo
>   un diablo en carne mortal
>   porque a lo que él, solamente
>   se arrojara Satanás (vs. 1938-1943).

Despierta Inés, siente la tiranía de su pecado la debilidad de su corazón fatalmente rendido al poder seductor de don Juan a despecho de su honor y obligación. Y se siente víctima de misteriosos amuletos y filtros infernales que la arrastran tras el libertino con la fuerza irresistible de un amor que ella cree de Satanás. Don Juan, en un afán de calmar tales inquietudes, le declara: «No es, doña Inés, Satanás / quien pone este amor en mí: / es Dios, que quiere por ti / ganarme para él quizá» (vs. 2264-2267). Pero Inés reconoce la culpabilidad de su amor, que confirmará la sentencia divina tras su muerte: su mármol mortuorio será el purgatorio donde ha de esperar al asesino de su padre, ya que por permanecer tan fiel a un amor de Satanás, su salvación quedará pendiente de la decisión final de don Juan. El resultado ya lo sabemos: el poder del amor hará un ángel de quien un demonio fue.

Este satanismo así intentado y tratado por Zorrilla tiene sus antecedentes literarios en el *Burlador* original y en otras obras donjuanéscas. En ambos dramas se justifica desde una específica intención didáctico-moral: hacer triunfar la justicia divina en Tirso, y la infinita misericordia de Dios en Zorrilla.

Los pecados de don Juan se reducen a calaveradas y bravuconadas juveniles motivadas por su vanagloria, pundonor y estima personal. Según Alonso Cortés, es «arriscado, pendenciero, inconsiderado en amores; pero noble, generoso y capaz de sentir los afectos más dulces» (*Zorrilla,* pág. 429). Sus problemas religiosos son primariamente dudas, no obstinación contra la fe. No está seguro de si tras esa anchura sideral hay un Dios que pueda mirar las lágrimas que vierten sus ojos sobre el frío mármol de la sepultura de su amada. Ante la desaparición misteriosa de la estatua y la presencia de la sombra de doña Inés, que le habla, su mente entra en un estado conflictivo de duda: ¿realidad? ¿visión sobrenatural? ¿delirio, sombra, sueño, imaginación febril y exaltada quimera? Sus palabras reflejan ese conflicto interior: «¡Jamás mi orgullo concibió que hubiera / nada más que el valor...! Que se aniquila / el alma con el cuerpo cuando muere / creí..., mas hoy mi corazón vacila» (vs. 3616-3619). Cuando la estatua del Comendador le prueba la existencia de un Dios y una vida tras la muerte, don Juan se torna blasfemo: «¡Injusto Dios! Tu poder / me haces ahora conocer, / cuando tiempo no me das / de arrepentirme» (vs. 3697-3700). La visión de un pasado de pecado le sumerge en un estado desesperanzador basado en el concepto humano de justicia: imposible borrar en un momento treinta años de crímenes y delitos. Pero el milagro se opera cuando la fe le ilumina antes de caer el último grano del reloj de su vida: «... si es verdad / que un punto de contrición / da a un alma la salvación / de toda una eternidad, / yo, Santo Dios, creo en Ti: / si es mi maldad inaudita, / tu piedad es infinita... / ¡Señor, ten piedad de mí!» (vs. 3762-3769). Y es Inés quien toma la mano que don Juan tiende al cielo sosteniendo así su fe: «Yo mi alma he dado por

ti, / y Dios te otorga por mí / tu dudosa salvación»
(vs. 3787-3789). Y refiriéndose a la incomprensible
grandiosidad del misterioso obrar de la gracia divina,
añade: «Misterio es que en comprensión / no cabe de
criatura: / y sólo en vida más pura / los justos com-
prenderán / que el amor salvó a don Juan / al pie de
la sepultura» (vs. 3790-3795).

La tesis de «salvación por el amor» necesita ciertas
aclaraciones. La justificación de un pecador sólo se da
tras la penitencia o arrepentimiento personal. Según la
Escolástica, el acto primario de la virtud de la penitencia
es la contrición que integra un triple elemento: dolor,
detestación del pecado y propósito de no volver a pecar.
Los griegos usaban la palabra *metanoia* y los hebreos
niham para expresar dicho concepto. El Concilio de Tren-
to trató de precisar el sentido de contrición distinguiendo
la perfecta de la imperfecta, llamada atrición. Dos son
las diferencias: *a)* por razón del motivo; *b)* por razón
del efecto. La contrición perfecta requiere que los elementos de dolor, detestación y propósito se realicen por
caridad, es decir, por amor de Dios. Si, por el contrario,
intervienen otros motivos menos elevados, como la fealdad del pecado o el temor al infierno, tenemos la atrición. A esta diferencia de motivos corresponden efectos
radicalmente dispares: la contrición justifica aun fuera
del sacramento, mientras que la atrición, en sí un don
de Dios, no causa la gracia santificante sin la confesión
sacramental.

En el *Tenorio* asistimos a un caso de salvación por
contrición perfecta. Don Juan se duele y detesta de sus
pecados e invoca al Dios de la clemencia. En este acto
de arrepentimiento necesariamente *personal,* ¿qué intervención tiene doña Inés? Para la teología su participación
en la salvación del pecador es un caso concreto de la comunión de los santos. Según su sombra ella movida por
amor ofreció a Dios su alma en precio del alma impura
de don Juan. Y ya conocemos la disposición divina ante
tal fidelidad a un amor «satánico». Tras una espera de

cinco años en el purgatorio de su tumba, llega don Juan arrastrado por un amor dolorido a verter lágrimas amargas sobre su sepultura: «Inocente doña Inés, / cuya hermosa juventud / encerró en el ataúd / quien llorando está a tus pies; / si de esa piedra a través / puedes mirar la amargura / del alma que tu hermosura / adoró con tanto afán, / prepara un lado a don Juan / *en tu misma sepultura*» (vs. 2944-2953). Y es ahora cuando la sombra intercede, suplica, insta al arrepentimiento a este amante sumido en un mar de dudas, conflictos y amarguras. Nubes de delirio y confusión oscurecen su mente por breves momentos, pero el misterioso poder de la comunión de los santos obrará el milagro de la conversión del pecador. El sacrificio de la «Virgen María» medianera ha sido aceptado por Dios. Ya anteriormente había recordado don Juan cómo por amor a ella pensó en la virtud, en Dios, en su Edén. Y ahora frente a su estatua, despojado de todo egoísmo, su amor sincero hace que vuelva sobre sí mismo y reconozca, junto a su maldad inaudita, la infinita piedad de Dios. No es tanto salvación por el amor como salvación por la sinceridad, por el encuentro consigo mismo, dentro del misterioso operar del Cuerpo Místico.

No deja de haber críticos que han atacado la salvación de don Juan como algo totalmente inverosímil y hasta repugnante a la fe [46]. Parte del odio de Unamuno al *Te-*

----

[46] Narciso Alonso Cortés recoge algunos de estos pareceres, que se metieron con las honduras del dogma, a raíz del estreno del *Tenorio. El Laberinto* (16 de abril de 1844) criticaba «la extraña facilidad con que Don Juan se convierte, y convertido se salva... Aquella balumba de espantosos crímenes pedía un resultado menos favorable al héroe, con quien el señor Zorrilla ha andado, en verdad, sobradamente caritativo» (pág. 417). El periódico *La Censura,* famoso por su fanatismo anticlerical, se mostró más intransigente. Sólo dos desenlaces podía tener el drama según la sana razón y las reglas del arte: el que nos han dado Tirso y Molière —la condenación eterna del libertino—; o el que don Juan se arrepintiese a tiempo y expiase con una sincera y dura penitencia su vida licenciosa. Pero el autor de este drama «religioso-fantástico», según dicho periódico, ha dado diverso

norio tiene su base precisamente en la salvación del héroe. Para el autor de *Del sentimiento trágico de la vida* y de *San Manuel bueno, mártir,* esas historietas de salvación le resultaban absurdamente incomprensibles. En «Sobre el paganismo de Goethe» escribe: «La historia de Fausto con Margarita es de un género verdaderamente lamentable. Varias veces he maldecido de Don Juan Tenorio, a quien profeso una repulsión máxima» (IV, 1380). Y más adelante: «El Fausto de Marlowe, como el Tenorio de Zorrilla, se salva. ¿Se salva? ¡No! Se aniquila; se hunde en la nada» (IV, 1381). Ortega, por el contrario, encuentra en el hecho de que don Juan se salve uno de los motivos del éxito y popularidad del drama:

> Si en el *Don Juan Tenorio* hubiera la dimensión de lo irrevocable, de auténtica tragedia, que hay en el *Convidado de piedra,* de Tirso, y aun en el *Don Álvaro,* del Duque de Rivas; en suma, si «Don Juan» «acabase mal», ¿iríamos los españoles tan a gusto todos los años, por esos días de la melancólica otoñada, a oír y a ver «Don Juan»? ¿Sería «Don Juan» tan popular. (V, 246).

¿Quién introdujo por primera vez el motivo de la salvación por el amor? Zorrilla parece atribuirse cierto mérito al respecto descartando influencias y antecedentes:

---

giro al asunto, ideando otro desenlace extravagante, inverosímil y que repugnaba a nuestra fe (*Zorrilla,* págs. 412-13). Manuel de la Revilla, el marqués de Valmar y el padre Blanco García expresan ideas parecidas, alegando que la justicia divina queda malparada en el drama zorrillesco. El propio autor, años más tarde, influido en parte por esta crítica adversa, entre los planes para su segundo *Tenorio,* incluía la necesidad de explicar los gérmenes de bien de su don Juan: «Esta semilla debe saber el público quién y cómo y cuándo y cómo se ha pervertido y cómo puede renacer, explayarse y salvarse en un minuto al poder del amor de Doña Inés» (*Zorrilla,* pág. 420). Y anticipa una solución más verosímil: desvelar la importancia de la madre depositaria de gérmenes buenos en el alma juvenil del libertino. Así la apoteosis final estaría justificada: «Una mujer debe soplar en las cenizas del fuego que alimentó otra mujer en el alma de Don Juan» (*Zorrilla,* pág. 420).

> Yo corregí a Molière, a Tirso y a Byron, hallando el amor
> puro en el corazón de Don Juan haciendo la apoteosis ese
> amor a Doña Inés: yo más cristiano que mis predeceso-
> res (en Don Juan) saqué a la escena por primera vez
> el amor tal como lo instituyó Jesucristo. Los demás poe-
> tas son paganos: su Don Juan es pagano: su mujeres no
> son más que prostitutas: las pasiones de Don Juan no
> son más que vicios (*Zorrilla,* pág. 420).

En Molière, efectivamente, la intervención de Elvira
no surte efecto, y don Juan, hipócrita engañador, muere
impenitente. Otro caso paralelo se da en *El estudiante de
Salamanca,* de Espronceda, antecedente del drama de Zorrilla en algunos aspectos. Félix de Montemar, «segundo
don Juan Tenorio», ve pasar su propio entierro y no obs-
tante las súplicas y advertencias de Elvira —su amada
muerta—, se condena. El don Juan de Zamora, como vi-
mos, se arrepiente y salva por primera vez siguiendo pa-
recida trayectoria a la de Enrico en *El condenado:* la
mediación y ruegos de su padre.

La primera vez conocida que don Juan se salva por
el amor de una mujer es en *Le souper chez le Comman-
deur,* de Blaze de Bury. Se trata de una obra dialogada,
con partes musicales, que apareció en 1834 en la *Revue
des Deux Mondes* (3e série, vol. II, 497-553), bajo el
seudónimo de «Hans Werner». Como el título indica,
don Juan asiste a una cena sobre la sepultura del Comendador, donde tiene lugar una reunión de estatuas que
llegan de visita. Doña Anna, seducida en vida por don
Juan, está condenada a diez mil años de purgatorio y su
destino eterno depende de la conversión del seductor.
Sus súplicas y las de su padre, el Comendador, tocan el
alma del libertino y operan el milagro de su conversión.
Don Juan pasará el resto de sus días haciendo penitencia.

Pero el tema no era nada nuevo. En *La divina comedia,* Dante nos ofrece ese elemento —recuerdo de la
técnica literaria del *dolce stil nuovo*—, la salvación del
hombre por el amor puro de una mujer. Muerta Bea-

triz —el amor de Dante en *La Vita Nuova*—, el poeta la visualiza de nuevo en el Canto II del «Inferno» junto a Virgilio (la razón humana) que guía a Dante (la humanidad) a través de sus escollos. Ya en el «Purgatorio», Beatriz misma (la revelación) se hace cargo del poeta, le recrimina su pasado pecaminoso y le conduce al «Paradiso» a través de las esferas siderales.

La Segunda Parte del *Fausto* (1832), de Goethe, nos presenta otro caso clásico de salvación por el amor. Cuando el alma de Fausto asciende al juicio divino, Margarita, penitente ante el trono del Empíreo, consigue salvarle por sus ruegos y la intercesión de la Madre celestial. Era el cumplimiento de aquellas palabras esperanzadoras con que le había despedido en la Primera Parte: «We shall meet once again. / Henry, I shudder to think of thee» [47].

Los casos de salvación del pecador por la intercesión del justo pudieran multiplicarse indefinidamente. Abundan en la Biblia (la conversión de Saulo por las oraciones del mártir Esteban), en la patrística (la conversión de San Agustín por las lágrimas de su madre Santa Mónica) y en la literatura religiosa medieval, especialmente la relacionada con el culto mariano (recordemos algunos de los milagros de Berceo). Zorrilla conocía, sin duda, ese material, pero aquí, como en otros muchos aspectos del drama, nuestro teatro del Siglo de Oro ejerció una influencia más inmediata.

La controversia *De auxiliis* y el dogma de la comunión de los santos dentro del Cuerpo Místico, aparecen frecuentemente dramatizados en comedias de santos y autos sacramentales. *El esclavo del demonio* de Mira de Amescua, documenta el problema del libre albedrío y la predestinación, problema muy debatido por los teólogos del siglo XVI, divididos en torno a dos figuras influyentes: Luis de Molina, jesuita y Domingo Báñez, dominico. Los dos dramas de Tirso, ya mencionados, son igualmente cla-

---

[47] Goethe, *Faust*. Introducción de V. Lange. Traducción al inglés de B. Taylor, Nueva York, The Modern Library, 1950, páginas 178-79.

ros exponentes de dicha polémica teológica. Mira de Amescua dramatiza la leyenda de San Gil de Portugal, quien por desconfiado peca y arrastra tras sí a Lisarda a una vida de disolución y crimen. Como más tarde Fausto, Gil pacta con el diablo y le vende su alma por la posesión de la atractiva Leonor, hermana de Lisarda. Cuando luego descubre el engaño del pecado, busca ayuda en su arrepentimiento, y es el ángel de la guarda (de quien no ha renegado) quien intercede y le devuelve la cédula de su rescate. «Esclavo fui del diablo / pero ya lo soy de Dios» [48], exclama entregándose a una nueva vida donde asombre la penitencia. Lisarda tiene mejor intercesora, la Madre de Dios. Y, pues se perdió desobedeciendo, promete salvarse obediente. Convertida en «esclavo de Dios», muere al servicio de su propio padre tras una vida de dolor, trabajo y sacrificios.

El mágico prodigioso, de Calderón, presenta un caso similar. El sabio Cipriano, ciego por la atractiva Justina, renuncia a su ciencia y pacta con el demonio entregándole su alma a cambio de los secretos de esa otra ciencia prodigiosa que ponga en sus manos las bellezas de Justina. Cuando creyendo tener entre sus brazos el cuerpo real de la hermosa cristiana, descubre el engaño del pecado, rompe su pacto y clama por el Dios de los cristianos. Presos Cipriano y Justina en Antioquía, ella intercede y le invita a la fe y confianza en el perdón divino. Martirizados ambos por el gobernador Aurelio, sus almas «a las esferas subiendo / del sacro solio de Dios, / viven en mejor imperio» [49].

La devoción de la Cruz nos ofrece igualmente antecedentes del *Tenorio.* Calderón ha querido dramatizar el poder de la gracia de Dios aun con los más grandes criminales como Eusebio, quien se salva por su devoción a la Cruz, ilustrando así el tan discutido tópico de la pre-

---

[48] Mira de Amescua, *El esclavo del demonio,* Zaragoza, Clásicos Ebro, 1963, pág. 120.
[49] Pedro Calderón de la Barca, *Obras Completas, I* (Madrid, Aguilar, 1969), 642.

destinación. Ya desde los principios del drama Eusebio relata a Lisardo una serie de hechos extraordinarios que le ligan con el símbolo de la Cruz. La devoción que rinde a ese símbolo del cristianismo es el medio de que se sirve Dios para mostrar el poder de su providencia con los humanos. Cuando al final, herido y despeñado muere Eusebio llamando a Alberto y pidiendo confesión, la omnipotencia de Dios rompe el determinismo de los acontecimientos y permite la apoteosis milagrosa en la que el forajido héroe obtiene la confesión deseada, aun después de su muerte física, y así la salvación, «que tanto de Dios alcanza / de la Cruz la devoción» (I, 419).

Teoría de la extremaunción

La conversión de don Juan en el *Tenorio* tiene un epílogo que ha causado cierta confusión entre los críticos: ¿Cómo se justifica su contrición desde los postulados de una teología ortodoxa? Ya hemos mencionado que, en efecto, se da una contrición perfecta en el alma de don Juan merced a la acción mediadora de un justo, doña Inés. Según el congruismo de la Escolástica, es doctrina común que el justo puede merecer para otro «de congruo» (es decir, cuando no existe igualdad o correspondencia entre obra y premio) no sólo lo que merece para sí mismo, sino hasta la primera gracia actual que lleva al arrepentimiento [50]. Esta doctrina, que está basada en la Escritura, en la tradición de la iglesia y en el concepto paulino del Cuerpo Místico, sirve de fundamento

---

[50] «*De congruo* potest iustus pro aliis mereri, quidquid de congruo meretur pro se ipso. Insuper potest alteri mereri primam gratiam actualem; quam sibi mereri non valet» (*Sacrae Theologiae Summa*, III, 703). Santo Tomás trata de esto en *Summa Theologica*, I-II, q. 114 a. 6.

teológico a la interdependencia de los destinos eternos de ambos amantes.

El punto clave de la controversia se centra en torno a la muerte de don Juan, más concretamente, al momento preciso en que ésta ocurre, ya que el drama ofrece cierta confusión debido a textos aparentemente contradictorios. El elemento tiempo es aquí, pues, de importancia suma. Según la teología, la muerte (*privatio vitae*) establece el término del tiempo de prueba (*tempus probationis*) durante el cual el hombre adulto (*viator*) ha de elegir entre Dios (*conversio ad Deum*) o el pecado (*aversio a Deo et conversio ad creaturam*). El arrepentimiento, pues, ha de preceder a la muerte.

Basados en estos postulados teológicos, muchos críticos entresacan los textos del drama que hacen referencia a un don Juan «vivo» en el cementerio momentos después del duelo habido entre él y Centellas y Avellaneda: «Necesitaba víctimas mi mano / que inmolar a mi fe desesperada / y al verlos en mitad de mi camino, / presa les hice allí de mi locura. / No fui yo, ¡vive Dios! ¡Fue su destino! / Sabían mi destreza y mi ventura» (vs. 3602-3607). Igualmente se basan en referencias ya a su muerte inminente, a su agonía, ya al reloj de arena que marca los granos de vida que aún le quedan para ordenar su conciencia:

JUAN. ¿Y ese reloj?
ESTA. 　　　　　Es la medida
　　　　de tu tiempo.
JUAN. 　　　　　　¿Expira ya?
ESTA. Sí; y en cada grano se va
　　　　un instante de tu vida.
JUAN. ¿Y esos me quedan no más? (vs. 3692-3696).

Cuando rodeado de espectros y sombras, que cual buitres hambrientos cercan a su víctima agonizante, les grita don Juan: «¿Qué esperáis de mí?» (v. 3744), la estatua del Comendador contesta con esta clara connotación a la muerte física: «Que mueras / para llevarse tu alma» (vs. 3744-3745). Y a la luz del nuevo día Sevilla toda quedará aterrada al saber que su héroe ha caído a manos de sus víctimas, a los pies de la estatua del Comendador.

Hay, sin embargo, otros pasajes oscuros con una serie de hechos que parecen suponer la muerte anterior de don Juan: el doblar de las campanas la fosa que le están cavando, los cantos funerales que cantan por él y el paso de su propio funeral:

> JUAN.　¿Y aquel entierro que pasa?
> ESTA.　Es el tuyo.
> JUAN.　　　　　¡Muerto yo!
> ESTA.　El capitán te mató
> 　　　　a la puerta de tu casa (vs. 3716-3719).

Ante esta clara confirmación del Comendador, las interpretaciones varían. Fred Abrams expresa así su parecer:

> In this dialogue (entre don Juan y la Estatua) readers are misled by the line «El capitán te mató»..., and assume that Don Juan is dead as he converses with the ghost of the Comendador. The true significance of these words, we believe, is «El capitán te dio el golpe mortal»... If one accepts this interpretation, it logically follows that Don Juan is not dead but merely in the throes of death. That Zorrilla uses «te mató» as a preterit to imply immediate futurity rather than a campleted action and is entirely plausible [51].

Otros críticos, sin embargo, rechazan esta interpretación y tergiversación del texto. Don Juan no está «mortally wounded», sino muerto del todo por la espada del capitán. Consiguientemente su arrepentimiento es un escándalo contra la ortodoxia de la justificación [52]. Guido

---

[51] Fred Abrams, «The Death of Zorrilla's Don Juan and the Problem of Catholic Orthodoxy», *Romance Notes,* I (1964), página 43.

[52] «A heresy from the theological point of view», lo llama Leo Weinstein, en *The Metamorphoses of «Don Juan»*, Nueva York, AMS Press, Inc., 1967. Casalduero escribe a este respecto:

Mazzeo expresamente desecha la opinión de Abrams. Para Zorrilla lo importante era ese elemento romántico de la salvación del héroe enamorado de la pura Inés, sin preocuparle grandemente la verosimilitud del tiempo[53].

Ante la objeción de cómo se explica que don Juan presencie su propio funeral estando aún vivo, Héctor R. Romero contesta: «Si don Juan asiste a su propio funeral no es porque esté muerto, sino porque Dios, en su gracia infinita, permite que él tenga una visión que le impulse al arrepentimiento y a su salvación eterna»[54]. Otros críticos favorecen igualmente este recurso de una fugaz visión del propio entierro o una alucinación provocada por el Comendador para urgir el arrepentimiento de don Juan. Así, José Luis Varela en su edición del *Don Juan,* ya mencionada (p. xxvii). Zorrilla había usado la misma visión en *El capitán Montoya* (1840) con fines igualmente edificantes. Efectivamente, para entonces la leyenda del libertino que asiste a su propio entierro ya se había convertido en tópico romántico por el elemento sobrenatural que encierra. En *El estudiante de Salamanca* (escrito entre 1836 y 1840 y que guarda un enorme parecido con *El capitán Montoya)* tenemos un clásico ejemplo. El libertino Montemar, en seguimiento de aquella fatídica figura blanca a través de calles tortuosas, se encuentra con un lúgubre entierro. Horrorizado, reconoce los dos

---

«El desenlace de *Don Juan Tenorio* confrontado con la doctrina católica no resiste al más ligero examen, es algo absurdo, monstruoso y hasta cómico, pero la cuestión es que no hay que confrontarlo. Zorrilla (... no pensador, sino poeta, nada más que poeta) es capaz de recoger los anhelos de su época y darles forma y expresarlos. Se sirvió de una serie de mitos y metáforas tradicionales —que sirvieron, por cierto, para que el pueblo español se asimilase fácil, rápida y totalmente su obra— sin que él mismo notara el nuevo contenido que les infundía y por la razón que ya dejo apuntada» (pág. 105).

[53] Guido E. Mazzeo, «*Don Juan Tenorio:* Salvation or Damnation?», *Romance Notes,* V, (1964), pág. 153.

[54] Héctor R. Romero, «Consideraciones teológicas y románticas sobre la muerte de Don Juan en la obra de Zorrilla», *Hispanófila,* 4 (1975), pág. 14.

cuerpos que conducen al sepulcro: el de don Diego de Pastrana y el suyo propio. Y suspenso por tal visión, pregunta:

> Diga, señor enlutado,
> ¿a quién llevan a enterrar?
> —Al estudiante endiablado
> don Félix de Montemar—,
> respondió el encapuchado.
> —Mientes, truhán. —No por cierto.
> —Pues decidme a mí quién soy,
> si gustáis, porque no acierto
> cómo a un mismo tiempo soy
> aquí vivo y allí muerto [55].

De 1834 data una novela corta de Mérimée, *Les Ames du Purgatoire.* Es la historia del Conde de Mañara en Sevilla, considerado por muchos como el modelo histórico del don Juan de Tirso. Esta novelita francesa presenta varios puntos comunes —supuestos préstamos— con el *Tenorio.* Entre ellos la lista de doble columna donde encontramos los nombres «de toutes les femmes qu'il avait séduites et de tout las maris qu'il avait trompés» [56]. Pero dicha lista no está completa: «Il n'y a pas de religieuse» (pág. 421). Y la obsesión de Mañara se va a centrar en un convento famoso de la ciudad entre cuyas lindas monjitas («jolies nonnes») está Teresa de Ojeda. En medio de su vida libertina, el Conde asiste a su propio funeral cuyos penitentes son almas del purgatorio. Esta visión espantosa le cambia moralmente y entra en un convento como Hermano Ambroise. Pero, como en el *Don Álvaro,* de Rivas, el destino le persigue: don Pedro de Ojeda, hijo de don Alonso muerto por Mañara, y hermano de Fausta y de la monja Teresa, le descubre. Le insta a la pelea, le insulta y hasta le abofetea. Mañara

[55] José Espronceda, *Poesías líricas,* Madrid, Austral, 1966, página 136.
[56] Mérimée, *Romans et Nouvelles,* París, Gallimard, 1951, página 421.

siente el hervor de su sangre antigua y espada en mano sale y mata a don Pedro. Ante esta nueva sangre derramada, acude al superior en busca de perdón y arrepentimiento. Y concluye Mérimée: «Il vecut encore dix années dans la cloître... Il mourut vénéré comme un saint» (página 437).

Para Valbuena Prat el don Juan zorrillesco es un don Juan «espectral». En la apariencia le había matado ya el «capitán Centellas a la puerta de su casa». Éstas son sus palabras:

> Le había matado el capitán, cuando menos en apariencia. La «especie» de su cuerpo ya iba a ser enterrada, y los cantos funerales sonarían pronto. Y sin embargo, la muerte adecuada, la verdadera de don Juan, iba a tener lugar a los pies del Comendador, como en la leyenda. Por eso, con la audacia poética, que comprende un mito, coloca Zorrilla en el cementerio a don Juan, no sólo en espíritu, sino en cuerpo también, a quien desmaya el corazón, y cuya mano puede ofrecerse al implacable don Gonzalo [57].

En conclusión, para estos críticos, don Juan victorioso del duelo, haciendo uso de su libre albedrío, acepta la gracia eficaz que Dios le ofrece (mediante la mediación de doña Inés y de la visión de su propio entierro), se arrepiente y salva.

Pero hay un punto aquí, jamás tocado por los críticos que de la salvación de don Juan han tratado: es la tesis de «la muerte aparente», base de ciertas prácticas en la administración del sacramento de la extremaunción, y que pudiera explicar teológica y científicamente el enigma del estado de don Juan al arrepentirse.

La extremaunción es el sacramento de la confortación de los fieles gravemente enfermos mediante la unción del óleo sagrado y la oración del sacerdote. Su efecto primario es confortar espiritualmente al enfermo en sus últimos trances, y el secundario, la remisión de los peca-

---

[57] Ángel Valbuena Prat, *Historia del teatro español,* Barcelona, Noguer, 1956, pág. 523.

dos, la liberación de las reliquias del pecado y hasta la recuperación de la salud física si le conviene. La iglesia claramente establece que se trata de un sacramento de «vivos», pero de vivos «in articulo mortis». El Derecho Canónico ofrece una provisión para ciertos casos de excepción: «cuando se duda si el enfermo ha alcanzado el uso de la razón, o si se halla realmente en peligro de muerte, o *si ya ha fallecido,* confiérase *bajo condición* este sacramento» (c. 941).

Es doctrina probable de algunos moralistas e hipótesis científica de algunos médicos, que existe un estado de «muerte aparente», especialmente tras una muerte repentina o accidental. El padre Arregui, en su *Compendio de Teología Moral,* resume así las normas a seguir en este asunto:

> *Respecto a los que parecen ya muertos:* Es muy probable que el aparentemente muerto viva aún media hora, más o menos desde el momento en que se le da por fallecido, si hubiera sufrido larga enfermedad —hasta por dos o más horas, si la muerte hubiera sido repentina—. Por tanto:
>
> *a)* SE PUEDEN, y lo más probable es que *se deben* administrar en ese intervalo *condicionalmente* la absolución y la extremaunción.
>
> *b)* CONVIENE INSTRUIR a los fieles sobre la gran conveniencia de llamar al sacerdote para que administre estos sacramentos a los que tuvieron muerte repentina, aunque los crean muertos incluso los mismos médicos [58].

A la luz de esta opinión y práctica de la iglesia, el caso de don Juan en el cementerio no ofrece dificultad alguna: muerto accidentalmente por el capitán, su alma, ligada aún al cuerpo durante ciertas horas y en estado de «muerte aparente», puede merecer o desmerecer espiritualmente. Llevado al cementerio para el entierro, tras

[58] Antonio María Arregui, S. I., *Compendio de Teología Moral,* Bilbao, El Mensajero del Corazón de Jesús, 1954, pág. 615. Ver Ferreres-Mandría, *La muerte real y la muerte aparente,* II, Barcelona, 1930, págs. 792-797.

su enfrentamiento con espectros, estatuas y sombras, don Juan, finalmente, se torna a Dios arrepentido y muere definitivamente a los pies del Comendador y junto al cuerpo de su amada, quien resucita por breves instantes y expira por segunda vez en su lecho de flores.

No es éste un caso insólito en la literatura. En *La devoción de la Cruz* encontramos un claro antecedente. Lisardo, mortalmente herido por Eusebio (gran devoto de la Cruz), es llevado por éste a unos religiosos, que viven en cuevas, para que le confiesen antes de expirar. Ante este acto de caridad, Lisardo promete: «Pues yo te doy mi palabra, / por esa piedad que muestras, / que si yo merezco verme / en la divina presencia / de Dios, pedirle que tú / sin confesarte no mueras» (pág. 395). Muerto más tarde Eusebio sin confesión depositan su frío cadáver entre unas ramas del bosque en «rústica sepultura». Y ahora tiene lugar el poder de la intercesión. El sacerdote Alberto llega y el cadáver se reanima.

> ALBERTO.   Dime, de parte de Dios,
>   ¿qué me quieres?
> EUSEBIO.   De su parte,
>   mi fe, Alberto, te llamó,
>   para que, antes de morir,
>   me oyeses en confesión.
>   Rato ha que hubiera muerto;
>   pero libre se quedó
>   del espíritu el cadáver;
>   que de la muerte el feroz
>   golpe le privó del uso,
>   pero no le dividió (págs. 418-419).

Curcio, padre de Eusebio, que ha presenciado la sublimidad del misterio, refiere: «Así como el santo viejo / hizo de la absolución / la forma, segunda vez / muerto a sus plantas cayó» (pág. 419). Lo mismo refiere Alberto: «Después de haber muerto Eusebio, / el Cielo depositó / su espíritu en su cadáver, / hasta que se confesó / que tanto con Dios alcanza / de la Cruz la devoción» (página 419).

Una aclaración final respecto a doña Inés. El hecho de que Dios condicione su salvación a la de don Juan —que por su libre albedrío puede aceptar o rechazar la gracia en el último instante— no es una injusticia divina sin fundamento teológico, como han pensado algunos críticos (Guido Mazzeo). Según el Molinismo, Dios en su *ciencia media* (ciencia de los futuribles) conoce la determinación de un alma libre ante su gracia en tales o cuales circunstancias. Por consiguiente, salvando siempre la libertad, Dios escoge esa gracia determinada, que infaliblemente ha de ser eficaz en esas determinadas circunstancias en que el alma se encuentre. Es lo que el Congruismo llama «praedefinitio formalis» [59]. La condición para que la gracia opere en el alma de don Juan es el amor de doña Inés y el sacrificio por ella ofrecido. Así, Dios escoge y determina las circunstancias especiales para que *infaliblemente* su gracia cambie al alma del libertino. Zorrilla, que no había olvidado su catecismo, supo combinar maravillosamente la doble visión teológico-romántica de esta obra acertadamente subtitulada: «Drama religioso-fantástico.»

Texto

Este texto está basado en la edición hecha por la casa Baudry, París, Librería Europea, Mesnil-Dramard y Compañía Sucesores (Poitiers, Imprimerie Oudin et Cía.), 1895. Dicha edición, juzgada como definitiva por el propio Zorrilla, lleva el siguiente título: *Obras de D. José Zorrilla. Nueva edición corregida y la sola reconocida*

---

[59] «*Iusta Congruismum:* Deus absolute decernit Petrus eliciat hunc actum salutarem per hanc determinatam gratiam, quam per scientiam mediam novit congruere huic homini ad hunc actum faciendum, seu quam novit per eandem scientiam obiective et cognoscitive connexam infallibiliter cum hoc actu, si huic homini in his adiunctis daretur» (*Sacrae Theologiae Summa,* III, 686).

por el autor con su biografía por Ildefonso de Ovejas.
Contiene tres tomos: I. Obras poéticas; II. Obras dramáticas; III. Obras poéticas y dramáticas. *Don Juan Tenorio* se encuentra entre las páginas 428 y 471 del tomo II. Hemos confrontado dicha edición con el manuscrito autógrafo, propiedad de la Real Academia Española publicado en edición facsímil en 1974. Las variantes más notables aparecen al pie de página. Al mismo tiempo hemos hecho las correcciones necesarias en la puntuación.

Otras ediciones consultadas:

Don Juan Tenorio, edición de N. B. Adams, Nueva York, Appleton-Century-Crofts, Inc., 1957.
—— Austral, Madrid, 1967.
—— edición de Señores Ferrant, Jiménez Aranda, Madrid, Establecimiento Tipográfico de El Escorial, 1911.
—— edición S. García Castañeda, Barcelona, Editorial Labor, 1975.
—— edición F. García Pavón, Madrid, Taurus, 1970.
—— edición W. Mills, Londres, University of London, 1966.
—— edición José Luis Varela, Madrid, Espasa-Calpe, 1975.
—— Imprenta de don C. López, Madrid, 1857.
—— Establecimiento Tipográfico «Sucesores de Rivadeneyra», Madrid, 1904.
—— Casa de G. Opetz, Gotha, 1866.
—— Librería Impr. Gil., Lima, 188.
—— *El puñal del Godo y Poesías escogidas,* Sopena, Buenos Aires, 1938.

Bibliografía selecta

ADAMS, Nicholson B., «A little known Spanish adaptation of Dumas 'Don Juan de Marana'», *Romance Notes,* XX (1929), pág. 241.

ABRAMS, Fred, «The Death of Zorrilla's Don Juan and the Problem of Catholic Orthodoxy», *Romance Notes,* VI (1964), págs. 42-46.

ALONSO CORTÉS, Narciso, *Zorrilla, su vida y sus obras,* 2 vols., Valladolid, Imprenta Castellana, 1916.

Amigos de Zorrilla, Valladolid, Imp. Castellana, 1933.

AYMERICH, José, «Sobre la popularidad de *Don Juan Tenorio*», *Ínsula,* 204 (noviembre 1963), págs. 1 y 10.

BARLOW, Joseph W., «Zorrilla's Indebtedness to Zamora», *Romanic Review,* XVII (1926), págs. 303-18.

CASALDUERO, Joaquín, *Contribuciones al estudio del tema de Don Juan en el teatro español,* vol. XIX, Northampton, Mass., Smith College Studies in Modern Languages, 1938.

CASTRO, Américo, «Don Juan en la literatura española», en *Conferencias del año 1923,* Buenos Aires, Imprenta de Jockey Club, 1923, págs. 145-68.

CERVERA F., «Zorrilla y sus editores. *El Don Juan Tenorio,* caso cumbre de explotación de un drama», *Bibliografía Hispánica* (1944), págs. 147-90.

CYMERMAN, Claude, *Análisis de Don Juan Tenorio,* Buenos Aires, Centro Editor de América Latina, 1968.

DOCTOR BLAS (M. Martín Fernández), *Zorrilla y su coronación,* Valladolid, Establecimiento Tipográfico de F. Santarén, 1889.

Farinelli, Arturo, «Cuatro palabras sobre Don Juan», en *Homenaje a Menéndez y Pelayo,* Madrid, Librería General de Victoriano Suárez, 1899, págs. 205-22.

Fitz-Gerald, Thomas A., «Some Notes on the Sources of Zorrilla's *Don Juan Tenorio*», *Hispania,* V (1922), páginas 1-17.

Gendarme de Bévotte, Georges, *La légende de Don Juan,* París, Librairie Hachette, 1929.

Jiménez Placer, Fernando, «Los valores plásticos en el *Don Juan, de Zorrilla*», *Bibliografía Hispánica,* 3, Madrid, marzo 1944, págs. 131-46.

—— *Centenario del estreno de «Don Juan Tenorio»,* Madrid, Instituto Nacional del Libro Español, 1944.

Los Gigantes: José Zorrilla, núm. 16, Madrid, Prensa Española, 1972.

Leslie, John K., Towards the vindication of Zorrilla: the Dumas-Zorrilla question again», *Hispanic Review,* XIII (1945), págs. 288-93.

Maeztu, Ramiro de, *Don Quijote, Don Juan y La Celestina,* Madrid, Austral, 1926.

Mazzeo, Guido, «*Don Juan Tenorio:* Salvation or Damnation?», *Romance Notes,* V (1964), págs. 151-55.

Oría, José A., «Don Juan en el teatro francés», *Cuadernos de Cultura Teatral,* Buenos Aires, Instituto Nacional de Estudios de Teatro, 1936.

Ortega y Gasset, José, «La estrangulación de *Don Juan*», en *Obras Completas,* V, Madrid, Revista de Occidente, 1970.

—— «Introducción a un *Don Juan*», *Obras,* VI.

Pérez de Ayala, Ramón, *Cinco ensayos sobre Don Juan,* Prólogo de Américo Castro, Santiago de Chile, Editorial Cultura, 1937.

—— «El centenario de Zorrilla», en *Divagaciones literarias.*

—— «Don Juan», en *Las máscaras. Obras selectas,* Barcelona, Editorial AHR, 1957.

Picatoste, Felipe, *Estudios literarios. Don Juan Tenorio,* Madrid, Librería de Gaspar, 1883.

Pi y Margall, Francisco, *Observaciones sobre el carácter de Don Juan Tenorio*, Madrid, 1878.

Revilla, Manuel de la, *El tipo legendario de Don Juan Tenorio y sus manifestaciones en las modernas literaturas*, Madrid, Ilustración Española, 1878.

Rubio Fernández, Luz, «Variaciones estilísticas del *Tenorio*», *Revista de Literatura*, XIX (1961), págs. 55-92.

Sáid Armesto, Víctor, *La leyenda de Don Juan Tenorio*, Madrid, 1908.

Salgot, A. de, *Don Juan Tenorio y donjuanismo*, Barcelona, 1953.

Sedwick, F. V., «More Notes on the Sources of Zorrilla's *Don Juan Tenorio:* 'Catalog' and Stone-Mason Episodes», *Philological Quaterly*, XXVIII (1959), pág. 506.

Sierra Corella, Antonio, «El drama de *Don Juan Tenorio*. Bibliografía y comentarios», *Bibliografía Hispánica* (1944), págs. 191-219.

Thebussem, Doctor, *Thebussianas*, Valencia, Librería de Aguilar, s. a.

Thompson, J. A., *Alexandre Dumas Père and Spanish Romantic Drama*, Louisiana State University Studies, número 37 (1938), págs. 160-77.

Unamuno, Miguel de, «El zorrillismo estético», en *Obras Completas*, III, Madrid, Escelicer, 1971.

Valbuena Prat, Ángel, «El Don Juan español del Romanticismo poético», en *Historia del teatro español*, Barcelona, Noguer, 1956, págs. 499-526.

Valembois, Víctor V., «El mito de Don Juan en el teatro de la posguerra», *Ínsula*, 361 (diciembre 1976), página 10.

Weinstein, Leo, *The Metamorphoses of Don Juan*, Stanford, 1959.

Wilson, W., «Zorrilla's use of the familiar and poetic forms of adress in his *Don Juan Tenorio*», *Hispania*, XII (1929), págs. 367-70.

Zorrilla, José, *Recuerdos del tiempo viejo*, Madrid, Publicaciones Españolas, 1961.

Don Juan Tenorio

Drama religioso-fantástico en dos partes

Al señor

DON FRANCISCO LUIS DE VALLEJO

en prenda de buena memoria,
su mejor amigo.

José Zorrilla *

Madrid, marzo de 1844.

---

* Después de veintiún días de creación, el 21 de febrero de 1844, Zorrilla entregó el manuscrito de su *Don Juan* al empresario Carlos Latorre. Su estreno tuvo lugar el 28 de marzo en el Teatro de la Cruz. Latorre hizo el papel de don Juan; Bárbara Lamadrid el de doña Inés; Lumbreras el de Mejía; Pedro López el de Comendador; Calatañazor el de Ciutti. Para el 18 de marzo ya había vendido los derechos de autor al editor Manuel Delgado. Un mes más tarde regaló el manuscrito original a su amigo Aureliano Fernández Guerra con esta dedicatoria: «A su buen amigo el Sr. D. Aureliano Fernández Guerra ofreció este borrador en muestra de franco aprecio, José Zorrilla. Madrid, abril 27/44.» Hoy día el autógrafo es propiedad de la Real Academia Española. La edición del drama lleva esta dedicatoria: «Al señor Don Francisco Luis de Vallejo en prenda de buena memoria, su mejor amigo, José Zorrilla. Madrid, marzo de 1844.» Paco Vallejo fue corregidor de Lerma (Burgos). Zorrilla le conoció a los diecisiete años. En *Recuerdos* (I, 191) menciona la amistad que les unía y la honda impresión que le causó, tanto la formación cultural de este alcalde provinciano, como su apreciación literaria.

PERSONAS

Don Juan Tenorio.
Don Luis Mejía.
Don Gonzalo de Ulloa, *comendador de Calatrava.*
Don Diego Tenorio.
Doña Inés de Ulloa.
Doña Ana de Pantoja.
Cristófano Buttarelli.
Marcos Ciutti.
Brígida.
Pascual.
El capitán Centellas.
Don Rafael de Avellaneda.
Lucía.
La Abadesa de las Calatravas de Sevilla.
La Tornera de ídem.
Gastón.
Miguel.
Un Escultor.
Dos Alguaciles.
Un Paje *(que no habla).*
La Estatua de don Gonzalo *(él mismo).*
La sombra de doña Inés *(ella misma).*

Caballeros sevillanos, Encubiertos, Curiosos, Esqueletos, Estatuas, Ángeles, Sombras, Justicia y
Pueblo

*La acción en Sevilla por los años 1545, últimos del Em-
perador Carlos V. Los cuatro primeros actos pasan en una
sola noche. Los tres restantes cinco años después, y en
otra noche*

78

Parte primera

ACTO PRIMERO

Libertinaje y escándalo

Hostería de Cristófano Buttarelli.—Puerta en el fondo que da a la calle: mesas, jarros y demás utensilios propios de semejante lugar

ESCENA PRIMERA

DON JUAN, *con antifaz, sentado a una mesa escribiendo;* BUTTARELLI y CIUTTI, *a un lado esperando. Al levantarse el telón, se ven pasar por la puerta del fondo Máscaras, Estudiantes y Pueblo con hachones, músicas, etc.*

JUAN.	¡Cuál gritan esos malditos!
	Pero, ¡mal rayo me parta
	si en concluyendo la carta
	no pagan caros sus gritos!
	(Sigue escribiendo.)

1-5 En *Recuerdos* menciona cómo comenzó el drama con esta famosa redondilla para calificar a su protagonista lo antes posible (*R*, I, 149).

Butt.	(*A* Ciutti.)
	Buen carnaval.
Ciut.	(*A* Buttarelli.)

                  Buen agosto   5
para rellenar la arquilla.

Butt.   ¡Quia! Corre ahora por Sevilla
poco gusto y mucho mosto.
Ni caen aquí buenos peces,
que son cosas mal miradas   10
por gentes acomodadas
y atropelladas a veces.

Ciut.   Pero hoy...

Butt.   Hoy no entra en la cuenta,
Ciutti: se ha hecho buen trabajo.

Ciut.   ¡Chist! Habla un poco más bajo,   15
que mi señor se impacienta
pronto.

Butt.   ¿A su servicio estás?

Ciut.   Ya ha un año.

Butt.   ¿Y qué tal te sale?

Ciut.   No hay prior que se me iguale;
tengo cuanto quiero y más.   20
Tiempo libre, bolsa llena,
buenas mozas y buen vino.

Butt.   ¡Cuerpo de tal, qué destino!

---

[5] Ciutti y Butarelli fueron dos personajes históricos: «Ciutti, el criado italiano que Jústiz, Allo y yo habíamos tenido en el café del Turco de Sevilla, y Buttarelli, el hostelero que me había hospedado el año 42 en la calle del Carmen» (*R*, I, 150). Y recuerda dos especialidades de su Hostería de la Virgen del Carmen: chuletas emparrilladas y *tortellini* napolitanos. Ciutti representa el gracioso de la comedia clásica. Es bastante diferente de sus antecesores: Catalinón, de Tirso, y Camacho, de Zamora. Éstos son como la conciencia del libertino, mientras que Ciutti parece llevar una vida más alejada e independiente. Paradójicamente hasta ignora el nombre de su amo. Al fin de la primera parte huye con don Juan por el Mediterráneo hacia su Italia nativa. Tras cinco años de ausencia regresará a Sevilla todavía al servicio de Don Juan.

CIUT.	(Señalando a DON JUAN.)
	Y todo ello a costa ajena.
BUTT.	¿Rico, eh?
CIUT.	Varea la plata. 25
BUTT.	¿Franco?
CIUT.	Como un estudiante.
BUTT.	¿Y noble?
CIUT.	Como un infante.
BUTT.	¿Y bravo?
CIUT.	Como un pirata.
BUTT.	¿Español?
CIUT.	Creo que sí.
BUTT.	¿Su nombre?
CIUT.	Lo ignoro en suma. 30
BUTT.	¡Bribón! ¿Y dónde va?
CIUT.	Aquí.
BUTT.	Largo plumea.
CIUT.	Es gran pluma.
BUTT.	¿Y a quién mil diablos escribe
	tan cuidadoso y prolijo?
CIUT.	A su padre.
BUTT.	¡Vaya un hijo! 35
CIUT.	Para el tiempo en que se vive,
	es un hombre extraordinario.
	Mas silencio.
JUAN.	(Cerrando la carta.)
	Firmo y plego.
	¿Ciutti?
CIUT.	¿Señor?
JUAN.	Este pliego
	irá dentro del orario 40

---

40 «Orario» aparece aquí sin «h» en el manuscrito (M) y en otras primeras ediciones. Parece referirse a un libro de oraciones. Pero en el acto III encontramos dos veces dicha palabra escrita con «h», aludiendo al libro de horas, regalo de don Juan a doña Inés, y que supone contener el rezo del coro. Se trata posiblemente de un Oficio Parvo, que consiste en una serie de rezos y salmos dedicados a la Virgen María, y que, como el Breviario de los clérigos, está dividido en horas: maitines, laudes, prima,

81

	en que reza doña Inés	
	a sus manos a parar.	
CIUT.	¿Hay respuesta que aguardar?	
JUAN.	De el diablo con guardapiés	
	que la asiste, de su dueña,	45
	que mis intenciones sabe,	
	recogerás una llave,	
	una hora y una seña:	
	y más ligero que el viento	
	aquí otra vez.	
CIUT.	Bien está. *(Vase.)* 50	

ESCENA II

DON JUAN, BUTTARELLI

JUAN.	Cristófano, vieni quà	
BUTT.	Eccellenza!	
JUAN.	Senti.	
BUTT.	Sento.	
	Ma ho imparato il castigliano,	
	se è più facile al signor	
	la sua lingua…	
JUAN.	Sí, es mejor;	55
	lascia dunque il tuo toscano,	
	y dime: ¿don Luis Mejía	
	ha venido hoy?	

tercia, sexta, nona, vísperas y completas. Las religiosas lo rezan en distintos momentos del día. El que dicha palabra aparezca escrita distintamente es una inconsistencia del autor. Por ser el medio de que se vale don Juan para hacer llegar su carta a manos de doña Inés, este horario nos recuerda el libro de Galeoto (encubridor de los amores entre Lanzarote y la reina Ginebra), lectura de Francesca y Paolo en *La Divina Comedia* y ocasión de su pecado carnal.

[46] «intenciones» aparece en *M* y en Baudry *(B)*. Igualmente en todas las ediciones consultadas, a excepción de la de José Luis Varela, que prefiere «instrucciones» sin dar explicación alguna.

Butt.	Excelencia, no está en Sevilla.
Juan.	¿Su ausencia dura en verdad todavía? 60
Butt.	Tal creo.
Juan.	¿Y noticia alguna no tienes de él?
Butt.	¡Ah! Una historia me viene ahora a la memoria que os podrá dar...
Juan.	¿Oportuna luz sobre el caso?
Butt.	Tal vez. 65
Juan.	Habla, pues.
Butt.	(Hablando consigo mismo.) No, no me engaño: esta noche cumple el año, lo había olvidado.
Juan.	¡Pardiez! ¿Acabarás con tu cuento?
Butt.	Perdonad, señor: estaba 70 recordando el hecho.
Juan.	¡Acaba, vive Dios!, que me impaciento.
Butt.	Pues es el caso señor, que el caballero Mejía por quien preguntáis, dio un día 75 en la ocurrencia peor que ocurrírsele podía.
Juan.	Suprime lo al hecho extraño; que apostaron me es notorio a quien haría en un año, 80 con más fortuna, más daño, Luis Mejía y Juan Tenorio.
Butt.	¿La historia sabéis?
Juan.	Entera; por eso te he preguntado por Mejía.

83

BUTT.	¡Oh! Me pluguiera 85
	que la apuesta se cumpliera,
	que pagan bien y al contado.
JUAN.	¿Y no tienes confianza
	en que don Luis a esta cita
	acuda?
BUTT.	¡Quia! Ni esperanza: 90
	el fin del plazo se avanza,
	y estoy cierto que maldita
	la memoria que ninguno
	guarda de ello.
JUAN.	Basta ya.
	Toma.
BUTT.	¡Excelencia! *(Saluda profundamente.)*
	¿Y de alguno 95
	de ellos sabéis vos?
JUAN.	Quizá.
BUTT.	¿Vendrán, pues?
JUAN.	Al menos uno;
	mas por si acaso los dós
	dirigen aquí sus huellas
	el uno del otro en pos, 100
	tus dos mejores botellas
	prevénles.
BUTT.	Mas...
JUAN.	¡Chito!... Adiós.

ESCENA III

BUTTARELLI

¡Santa Madonna! De vuelta
Mejía y Tenorio están
sin duda... y recogerán   105
los dos la palabra suelta.
¡Oh!, sí; ese hombre tiene traza
de saberlo a fondo. *(Ruido dentro.)* ¿Pero

qué es esto?   *(Se asoma a la puerta.)*
                 ¡Anda! ¡El forastero
está riñendo en la plaza!   110
¡Válgame Dios! ¡Qué bullicio!
¡Cómo se le arremolina
chusma...! ¡Y cómo la acoquina
él solo...! ¡Puf! ¡Qué estropicio!
¡Cuál corren delante de él!   115
No hay duda, están en Castilla
los dos, y anda ya Sevilla
toda revuelta. ¡Miguel!

Escena IV

Buttarelli, Miguel

MIG.   Che comanda?
BUTT.   Presto, qui
            servi una tavola, amico: 120
            e del Lacryma più antico
            porta due bottiglie.
MIG.   Si,
            signor padron.
BUTT.   Micheletto,
            apparecchia in carità
            lo più ricco che si fa: 125
            affrettati!
MIG.   Già mi affretto,
            signor padrone.   *(Vase.)*

Escena V

Buttarelli, don Gonzalo

Gonz.   Aquí es.
              ¿Patrón?
Butt.   ¿Qué se ofrece?
Gonz.   Quiero
              hablar con el hostelero.
Butt.   Con él habláis; decid, pues.   130
Gonz.   ¿Sois vos?
Butt.   Sí; mas despachad,
              que estoy de priesa.
Gonz.   En tal caso,
              ved si es cabal y de paso
              esa dobla, y contestad.
Butt.   ¡Oh, excelencia!
Gonz.   ¿Conocéis   135
              a don Juan Tenorio?

---

[127] Don Gonzalo de Ulloa lleva el título de Comendador Mayor de Calatrava, la más antigua y prestigiosa de las cuatro órdenes militares de España: Santiago, Alcántara y Montesa. Fue fundada en 1164 durante el reinado de Alfonso VIII, a raíz de la defensa de Calatrava (1158) contra los musulmanes, por dos monjes cistercienses que habían formado un ejército tras una proclama de cruzada. En un principio sus miembros siguieron la regla de San Benito y la constitución cisterciense. Para ingresar se requería prueba de nobleza. Con los años dicha orden llegó a adquirir una riqueza y poder extraordinarios. Hacia 1493 sus miembros ascendían a 200.000. Entre sus Grandes Maestres la historia nos ha dejado a Pedro Téllez Girón (durante los últimos años de Juan II y reinado de Enrique IV), padre de Rodrigo Téllez Girón, perpetuado por Lope de Vega en *Fuenteovejuna,* donde se dramatiza el asesinato histórico de uno de sus comendadores mayores, Fernán Gómez de Guzmán, por el pueblo amotinado. Por tradición el rey de España lleva el título honorario de Gran Maestre de las cuatro órdenes militares. Don Gonzalo no es un personaje creación de Zorrilla; tiene su antecedente en el *Burlador* de Tirso y en el *Convidado* de Zamora.

BUTT.	Sí.
GONZ.	¿Y es cierto que tiene aquí hoy una cita?
BUTT.	¡Oh! ¿Seréis vos el otro?
GONZ.	¿Quién?
BUTT.	Don Luis.
GONZ.	No; pero estar me interesa en su entrevista.
BUTT.	Esta mesa les preparo; si os servís en esotra colocaros, podréis presenciar la cena que les daré... ¡Oh! Será escena que espero que ha de admiraros.
GONZ.	Lo creo.
BUTT.	Son, sin disputa, los dos mozos más gentiles de España.
GONZ.	Sí, y los más viles también.
BUTT.	¡Bah! Se les imputa cuanto malo se hace hoy día; mas la malicia lo inventa, pues nadie paga su cuenta como Tenorio y Mejía.
GONZ.	¡Ya!
BUTT.	Es afán de murmurar, porque conmigo, señor, ninguno lo hace mejor, y bien lo puedo jurar.
GONZ.	No es necesario: mas...
BUTT.	¿Qué?
GONZ.	Quisiera yo ocultamente verlos, y sin que la gente me reconociera.
BUTT.	A fe que eso es muy fácil, señor.

140

145

150

155

160

Las fiestas de carnaval,
al hombre más principal   165
permiten, sin deshonor
de su linaje, servirse
de un antifaz, y bajo él,
¿quién sabe, hasta descubrirse,
de qué carne es el pastel?   170

GONZ.   Mejor fuera en aposento
contiguo…

BUTT.   Ninguno cae
aquí.

GONZ.   Pues entonces, trae
el antifaz.

BUTT.   Al momento.

ESCENA VI

DON GONZALO

No cabe en mi corazón   175
que tal hombre pueda haber,
y no quiero cometer
con él una sinrazón.
Yo mismo indagar prefiero
la verdad…, mas, a ser cierta   180
la apuesta, primero muerta
que esposa suya la quiero.
No hay en la tierra interés
que, si la daña, me cuadre;
primero seré buen padre,   185
buen caballero después.
Enlace es de gran ventaja,
mas no quiero que Tenorio
del velo del desposorio
la recorte una mortaja.   190

Escena VII

Don Gonzalo; Buttarelli, *que trae un antifaz*

Butt.	Ya está aquí.
Gonz.	Gracias, patrón:
	¿Tardarán mucho en llegar?
Butt.	Si vienen no han de tardar:
	cerca de las ocho son.
Gonz.	¿Ésa es hora señalada? 195
Butt.	Cierra el plazo, y es asunto
	de perder, quien no esté a punto
	de la primer campanada.
Gonz.	Quiera Dios que sea una chanza,
	y no lo que se murmura. 200
Butt.	No tengo aún por muy segura
	de que cumplan, la esperanza;
	pero si tanto os importa
	lo que ello sea saber,
	pues la hora está al caer, 205
	la dilación es ya corta.
Gonz.	Cúbrome, pues, y me siento.
	(Se sienta en una mesa a la derecha y se
	pone el antifaz.)
Butt.	(Curioso el viejo me tiene
	del misterio con que viene...
	Y no me quedo contento 210
	hasta saber quién es él.)
	(Limpia y trajina, mirándole de reojo.)
Gonz.	(¡Que un hombre como yo tenga
	que esperar aquí, y se avenga
	con semejante papel!
	En fin, me importa el sosiego 215
	de mi casa, y la ventura
	de una hija sencilla y pura,
	y no es para echarlo a juego.)

Escena VIII

Don Gonzalo, Buttarelli; don Diego,
a la puerta del fondo

Diego.	La seña está terminante,
	aquí es: bien me han informado; 220
	llego, pues.
Butt.	¿Otro embozado?
Diego.	¿Ha de esta casa?
Butt.	Adelante.
Diego.	¿La hostería del Laurel?
Butt.	En ella estáis, caballero.
Diego.	¿Está en casa el hostelero? 225
Butt.	Estáis hablando con él.
Diego.	¿Sois vos Buttarelli?
Butt.	Yo.
Diego.	¿Es verdad que hoy tiene aquí
	Tenorio una cita?
Butt.	Sí.
Diego.	¿Y ha acudido a ella?
Butt.	No. 230
Diego.	Pero ¿acudirá?
Butt.	No sé.
Diego.	¿Le esperáis vos?
Butt.	Por si acaso
	venir le place.
Diego.	En tal caso,
	yo también le esperaré.
	(Se sienta en el lado opuesto a don Gonz.*)*
Butt.	¿Que os sirva vianda alguna 235
	queréis mientras?
Diego.	No: tomad.
	(Dale dinero.)

---

[219] Don Diego Tenorio aparece anteriormente en Tirso y en Zamora. Es una figura frecuente en la obra de Zorrilla.

BUTT.	¡Excelencia!
DIEGO.	Y excusad

conversación importuna.

BUTT.	Perdonad.
DIEGO.	Vais perdonado:

dejadme, pues.

BUTT.   (¡Jesucristo!   240
En toda mi vida he visto
hombre más mal humorado.)

DIEGO.   (¡Que un hombre de mi linaje
descienda a tan ruin mansión!
Pero no hay humillación   245
a que un padre no se baje
por un hijo. Quiero ver
por mis ojos la verdad
y el monstruo de liviandad
a quien pude dar el ser.)   250
(BUTTARELLI, *que anda arreglando sus tras-*
tos, contempla desde el fondo a DON GON-
ZALO *y a* DON DIEGO, *que permanecerán em-*
bozados y en silencio.)

BUTT.   ¡Vaya un par de hombres de piedra!
Para éstos sobra mi abasto:
mas, ¡pardiez! , pagan el gasto
que no hacen, y así se medra.

ESCENA IX

BUTTARELLI, DON GONZALO, DON DIEGO, EL CAPITÁN
CENTELLAS, DOS CABALLEROS, AVELLANEDA

AVELL.   Vinieron, y os aseguro   255
que se efectuará la apuesta.

CENT.   Entremos, pues. ¡Buttarelli!

---

255 Los militares Centellas y Avellaneda representan el ímpetu
y la camaradería con ambos libertinos. En la Segunda Parte su
actuación introduce el elemento realidad.

BUTT.	Señor capitán Centellas,
	¿vos por aquí?
CENT.	Sí, Cristófano.

¿Cuándo aquí, sin mi presencia,   260
tuvieron lugar las orgias
que han hecho raya en la época?

BUTT. Como ha tanto tiempo ya
que no os he visto...

CENT. Las guerras
del emperador, a Túnez   265
me llevaron; mas mi hacienda
me vuelve a traer a Sevilla;
y, según lo que me cuentan,
llego lo más a propósito
para renovar añejas   270
amistades. Conque apróntanos
luego unas cuantas botellas,
y en tanto que humedecemos
la garganta, verdadera
relación haznos de un lance   275
sobre el cual hay controversia.

---

[265] Se trata del emperador Carlos I de España y V de Alemania (1516-1556). África fue una de sus constantes preocupaciones. Los piratas berberiscos asolaban las costas de España e Italia. Tras una guerra civil, en 1533, Túnez cayó en poder del corsario turco Barbarroja, hecho que aumentó el peligro para Europa. El rey Muley Hassán acudió al Emperador en demanda de socorro y éste hizo una llamada a la Cristiandad. Logró reunir una flota de 420 embarcaciones con una tripulación de 30.000 soldados, cuyo mando asumió personalmente el Emperador. La expedición zarpó de Barcelona el 30 de mayo de 1535. Barbarroja había fortificado Túnez y la Goleta. El 18 de junio se abrió fuego de artillería y alabardas contra esta fortaleza y el 14 de julio las fuerzas cristianas lograron penetrar en el recinto y posesionarse de la escuadra turca. Túnez cayó en poder del Emperador el 21 de julio. Aquí, como en Roma en 1527, los soldados imperiales saquearon y devastaron la ciudad. Fueron libertados 20.000 prisioneros cristianos y Barbarroja logró huir a Argel por mar. El Emperador repuso en el trono tunecino a Muley Hassán como vasallo y tributario.

Butt.	Todo se andará; mas antes
	dejadme ir a la bodega.
Varios.	Sí, sí.

Escena X

Dichos, *menos* Buttarelli

Cent.	Sentarse, señores,	
	y que siga Avellaneda	280
	con la historia de don Luis.	
Avell.	No hay ya más que decir de ella,	
	sino que creo imposible	
	que la de Tenorio sea	
	más endiablada, y que apuesto	285
	por don Luis.	
Cent.	Acaso pierdas.	
	Don Juan Tenorio se sabe	
	que es la más mala cabeza	
	del orbe, y no hubo hombre alguno	
	que aventajarle pudiera	290
	con sólo su inclinación;	
	¿conque qué hará si se empeña?	
Avell.	Pues yo sé bien que Mejía	
	las ha hecho tales, que a ciegas	
	se puede apostar por él.	295
Cent.	Pues el capitán Centellas	
	pone por don Juan Tenorio	
	cuanto tiene.	
Avell.	Pues se acepta	
	por don Luis, que es muy mi amigo.	
Cent.	Pues todo en contra se arriesga;	300
	porque no hay como Tenorio	
	otro hombre sobre la tierra,	
	y es proverbia su fortuna	
	y extremadas sus empresas.	

Escena XI

DICHOS, BUTTARELLI, *con botellas*

BUTT.	Aquí hay Falerno, Borgoña,	305
	Sorrento.	
CENT.	De lo que quieras	
	sirve, Cristófano, y dinos:	
	¿qué hay de cierto en una apuesta	
	por don Juan Tenorio ha un año	
	y don Luis Mejía hecha?	310
BUTT.	Señor capitán, no sé	
	tan a fondo la materia	
	que os pueda sacar de dudas,	
	pero diré lo que sepa.	
VARIOS.	Habla, habla.	
BUTT.	Yo, la verdad,	315
	aunque fue en mi casa mesma	
	la cuestión entre ambos, como	
	pusieron tan larga fecha	
	a su plazo, creí siempre	
	que nunca a efecto viniera;	320
	así es, que ni aun me acordaba	
	de tal cosa a la hora de ésta.	
	Mas esta tarde, sería	
	el anochecer apenas,	
	entróse aquí un caballero	325
	pidiéndome que le diera	
	recado con que escribir	
	una carta: y a sus letras	
	atento no más, me dio	
	tiempo a que charla metiera	330
	con un paje que traía,	
	paisano mío, de Génova.	
	No saqué nada del paje,	

---

[305] Famosos vinos italianos.

que es, ¡por Dios!, muy brava pesca;
mas cuando su amo acababa   335
su carta, le envió con ella
a quien iba dirigida.
El caballero, en mi lengua
me habló, y me pidió noticias
de don Luis. Dijo que entera   340
sabía de ambos la historia,
y que tenía certeza
de que al menos uno de ellos
acudiría a la apuesta.
Yo quise saber más de él,   345
mas púsome dos monedas
de oro en la mano, diciéndome
así, como a la deshecha:
«Y por si acaso los dos
al tiempo aplazado llegan,   350
ten prevenidas para ambos
tus dos mejores botellas.»
Largóse sin decir más,
y yo, atento a sus monedas,
les puse en el mismo sitio   355
donde apostaron, la mesa.
Y vedla allí con dos sillas,
dos copas y dos botellas.

AVELL.   Pues, señor, no hay que dudar;
            era don Luis.

CENT.   Don Juan era.   360

AVELL.   ¿Tú no le viste la cara?

BUTT.   ¡Si la traía cubierta
            con un antifaz!

CENT.   Pero, hombre,
            ¿tú a los dos no les recuerdas?
            ¿O no sabes distinguir   365
            a las gentes por sus señas
            lo mismo que por sus caras?

BUTT.   Pues confieso mi torpeza;
            no le supe conocer,

	y lo procuré de veras.	370
	Pero silencio.	
Avell.	¿Qué pasa?	
Butt.	A dar el reló comienza	
	los cuartos para las ocho.	*(Dan.)*
Cent.	Ved, ved la gente que se entra.	
Avell.	Como que está de este lance	375
	curiosa Sevilla entera.	

(Se oyen dar las ocho; varias personas entran y se reparten en silencio por la escena; al dar la última campanada, DON JUAN, *con antifaz, se llega a la mesa que ha preparado* BUTTARELLI *en el centro del escenario, y se dispone a ocupar una de las dos sillas que están delante de ella. Inmediatamente después de él, entra* DON LUIS, *también con antifaz, y se dirige a la otra. Todos los miran.)*

Escena XII

DON DIEGO, DON GONZALO, DON JUAN, DON LUIS, BUTTA-RELLI, CENTELLAS, AVELLANEDA, CABALLEROS, CURIO-SOS, ENMASCARADOS

Avell.	*(A* CENTELLAS, *por* DON JUAN.)	
	Verás aquél, si ellos vienen,	
	qué buen chasco que se lleva.	
Cent.	*(A* AVELLANEDA, *por* DON LUIS.)	
	Pues allí va otro a ocupar	
	la otra silla: ¡uf!, ¡aquí es ella!	380
Juan.	*(A* DON LUIS.)	
	Esa silla está comprada,	
	hidalgo.	

---

[376] Don Luis Mejía continúa la tradición literaria del Marqués de la Mota, en el *Burlador,* y de don Luis Fresneda, en el *Convidado.*

LUIS.	*(A* DON JUAN.*)*
	Lo mismo digo,
	hidalgo; para un amigo
	tengo yo esotra pagada.
JUAN.	Que ésta es mía haré notorio. 385
LUIS.	Y yo también que ésta es mía.
JUAN.	Luego, sois don Luis Mejía.
LUIS.	Seréis, pues, don Juan Tenorio.
JUAN.	Puede ser.
LUIS.	Vos lo decís.
JUAN.	¿No os fiáis?
LUIS.	No.
JUAN.	Yo tampoco. 390
LUIS.	Pues no hagamos más el coco.
JUAN.	Yo soy don Juan.
	(Quitándose la máscara.)
LUIS.	Yo don Luis. *(Íd.)*

(Se descubren y se sientan. EL CAPITÁN CEN-
TELLAS, AVELLANEDA, BUTTARELLI *y algunos otros se van a ellos y les saludan, abra-
zan y dan la mano, y hacen otras semejan-
tes muestras de cariño y amistad.* DON JUAN
y DON LUIS *las aceptan cortésmente.)*

CENT.	¡Don Juan!
AVELL.	¡Don Luis!
JUAN.	¡Caballeros!
LUIS.	¡Oh, amigos! ¿Qué dicha es ésta?
AVELL.	Sabíamos vuestra apuesta 395
	y hemos acudido a veros.
LUIS.	Don Juan y yo tal bondad
	en mucho os agradecemos.
JUAN.	El tiempo no malgastemos,
	don Luis. *(A los otros.)* Sillas arrimad. 400
	(A los que están lejos.)
	Caballeros, yo supongo
	que a ucedes también aquí

---

⁴⁰² «ucedes», palabra anticuada, contracción de «vuestra merced». Hoy «ustedes».

	les trae la apuesta, y por mí	
	a antojo tal no me opongo.	
LUIS.	Ni yo; que aunque nada más	405
	fue el empeño entre los dos,	
	no ha de decirse ¡por Dios!	
	que me avergonzó jamás.	
JUAN.	Ni a mí, que el orbe es testigo	
	de que hipócrita no soy,	410
	pues por doquiera que voy	
	va el escándalo conmigo.	
LUIS.	¡Eh! Y esos dos ¿no se llegan	
	a escuchar? Vos.	
	(Por DON DIEGO *y* DON GONZALO.)	
DIEGO.	Yo estoy bien.	
LUIS.	¿Y vos?	
GONZ.	De aquí oigo también.	415
LUIS.	Razón tendrán si se niegan.	

(Se sientan todos alrededor de la mesa en que están DON LUIS MEJÍA *y* DON JUAN TENORIO.)

JUAN.	¿Estamos listos?	
LUIS.	Estamos	
JUAN.	Como quien somos cumplimos.	
LUIS.	Veamos, pues, lo que hicimos.	
JUAN.	Bebamos antes.	
LUIS.	Bebamos. *(Lo hacen.)*	420
JUAN.	La apuesta fue...	
LUIS.	Porque un día	
	dije que en España entera	
	no habría nadie que hiciera	
	lo que hiciera Luis Mejía.	
JUAN.	Y siendo contradictorio	425
	al vuestro mi parecer,	
	yo os dije: Nadie ha de hacer	
	lo que hará don Juan Tenorio.	
	¿No es así?	
LUIS.	Sin duda alguna:	
	y vinimos a apostar	430

	quién de ambos sabría obrar	
	peor, con mejor fortuna,	
	en el término de un año;	
	juntándonos aquí hoy	
	a probarlo.	
JUAN.	Y aquí estoy.	435
LUIS.	Y yo.	
CENT.	¡Empeño bien extraño,	
	por vida mía!	
JUAN.	Hablad, pues.	
LUIS.	No, vos debéis empezar.	
JUAN.	Como gustéis, igual es,	
	que nunca me hago esperar.	440
	Pues, señor, yo desde aquí,	
	buscando mayor espacio	
	para mis hazañas, di	
	sobre Italia, porque allí	
	tiene el placer un palacio.	445
	De la guerra y del amor	
	antigua y clásica tierra,	
	y en ella el emperador,	
	con ella y con Francia en guerra,	
	díjeme: «¿Dónde mejor?	450
	Donde hay soldados hay juego,	
	hay pendencias y amoríos.»	
	Di, pues, sobre Italia luego,	
	buscando a sangre y a fuego	
	amores y desafíos.	455
	En Roma, a mi apuesta fiel,	
	fijé, entre hostil y amatorio,	
	en mi puerta este cartel:	
	«*Aquí está don Juan Tenorio*	

---

449 España sostuvo tres guerras con Francia entre 1521 y la muerte de Francisco I ocurrida en 1547. La mayor parte de estas luchas tuvieron lugar en Italia. Fue famosa la batalla de Pavía, en 1525, en que el rey francés fue hecho prisionero. Esta victoria aseguró para España su presencia en Italia, con la ocupación de Milán y Nápoles.

para quien quiera algo de él.»   460
De aquellos días la historia
a relataros renuncio:
remítome a la memoria
que dejé allí, y de mi gloria
podéis juzgar por mi anuncio.   465
Las romanas, caprichosas,
las costumbres, licenciosas,
yo, gallardo y calavera:
¿quién a cuento redujera
mis empresas amorosas?   470
Salí de Roma, por fin,
como os podéis figurar:
con un disfraz harto ruin,
y a lomos de un mal rocín,
pues me querían ahorcar.   475
Fui al ejército de España;
mas todos paisanos míos,
soldados y en tierra extraña,
dejé pronto su compaña
tras cinco o seis desafíos.   480
Nápoles, rico vergel
de amor, de placer emporio,
vio en mi segundo cartel:
«*Aquí está don Juan Tenorio,
y no hay hombre para él.*   485
*Desde la princesa altiva
a la que pesca en ruin barca,
no hay hembra a quien no suscriba;
y a cualquier empresa abarca,
si en oro o valor estriba.*   490
*Búsquenle los reñidores;
cérquenle los jugadores;
quien se precie que le ataje,
a ver si hay quien le aventaje
en juego, en lid o en amores.*»   495

---

[479] *B* trae erróneamente «compañía».
[485] Clara alusión al don Juan del *Burlador* tirsiano.

Esto escribí; y en medio año
que mi presencia gozó
Nápoles, no hay lance extraño,
no hay escándalo ni engaño
en que no me hallara yo.   500
Por donde quiera que fui,
la razón atropellé,
la virtud escarnecí,
a la justicia burlé,
y a las mujeres vendí.   505
Yo a las cabañas bajé,
yo a los palacios subí,
yo los claustros escalé,
y en todas partes dejé
memoria amarga de mí.   510
Ni reconocí sagrado,
ni hubo ocasión ni lugar
por mi audacia respetado;
ni en distinguir me he parado
al clérigo del seglar.   515
A quien quise provoqué,
con quien quiso me batí,
y nunca consideré
que pudo matarme a mí
aquel a quien yo maté.   520
A esto don Juan se arrojó,
y escrito en este papel
está cuanto consiguió:
y lo que él aquí escribió,
mantenido está por él.   525

LUIS.   Leed, pues.
JUAN.   No; oigamos antes
vuestros bizarros extremos,
y si traéis terminantes
vuestras notas comprobantes,
lo escrito cotejaremos.   530

LUIS.   Decís bien; cosa es que está,
don Juan, muy puesta en razón;

	aunque, a mi ver, poco irá	
	de una a otra relación.	
JUAN.	Empezad, pues.	
LUIS.	Allá va.	535

Buscando yo, como vos,
a mi aliento empresas grandes,
dije: «¿Dó iré, ¡vive Dios!,
de amor y lides en pos,
que vaya mejor que a Flandes?   540
Allí, puesto que empeñadas
guerras hay, a mis deseos
habrá al par centuplicadas
ocasiones extremadas
de riñas y galanteos.»   545
Y en Flandes conmigo di,
mas con tan negra fortuna,
que al mes de encontrarme allí
todo mi caudal perdí,
dobla a dobla, una por una.   550
En tan total carestía
mirándome de dineros,
de mí todo el mundo huía;
mas yo busqué compañía
y me uní a unos bandoleros.   555
Lo hicimos bien, ¡voto a tal!,
y fuimos tan adelante,
con suerte tan colosal,
que entramos a saco en Gante
el palacio episcopal.   560

---

540 Flandes, parte de los Países Bajos, fue lugar de nacimiento del Emperador. Era uno de los territorios heredados por parte de su abuelo Maximiliano. Las «empeñadas guerras» a que alude, sucedieron más tarde durante el reinado de Felipe II. En los años del Emperador únicamente hubo duras persecuciones anti-protestantes. En 1540 Carlos V entró en Gante con un ejército de diez mil hombres para castigar a dicha ciudad por negarse a contribuir la suma de cuatrocientos mil florines que les había exigido. Gante (Flandes) era el lugar de nacimiento del Emperador.

¡Qué noche! Por el decoro
de la Pascua, el buen Obispo
bajó a presidir el coro,
y aún de alegría me crispo
al recordar su tesoro.   565
Todo cayó en poder nuestro:
mas mi capitán, avaro,
puso mi parte en secuestro:
reñimos, fui yo más diestro,
y le crucé sin reparo.   570
Juróme al punto la gente
capitán, por más valiente:
juréles yo amistad franca:
pero a la noche siguiente
huí, y les dejé sin blanca.   575
Yo me acordé del refrán
de que quien roba al ladrón
ha cien años de perdón,
y me arrojé a tal desmán
mirando a mi salvación.   580
Pasé a Alemania opulento:
mas un provincial jerónimo,
hombre de mucho talento,
me conoció, y al momento
me delató en un anónimo.   585
Compré a fuerza de dinero
la libertad y el papel;
y topando en un sendero
al fraile, le envié certero
una bala envuelta en él.   590
Salté a Francia. ¡Buen país!,
y como en Nápoles vos,
puse un cartel en París
diciendo: «*Aquí hay un don Luis*
que vale lo menos dos.   595
Parará aquí algunos meses,
y no trae más intereses
ni se aviene a más empresas,

que a adorar a las francesas
y a reñir con los franceses.»   600
Esto escribí; y en medio año
que mi presencia gozó
París, no hubo lance extraño,
ni hubo escándalo ni daño
donde no me hallara yo.   605
Mas, como don Juan, mi historia
también a alargar renuncio;
que basta para mi gloria
la magnífica memoria
que allí dejé con mi anuncio.   610
Y cual vos, por donde fui
la razón atropellé,
la virtud escarnecí,
a la justicia burlé,
y a las mujeres vendí.   615
Mi hacienda llevo perdida
tres veces: mas se me antoja
reponerla, y me convida
mi boda comprometida
con doña Ana de Pantoja.   620
Mujer muy rica me dan,
y mañana hay que cumplir
los tratos que hechos están;
lo que os advierto, don Juan,
por si queréis asistir.   625
A esto don Luis se arrojó,
y escrito en este papel
está lo que consiguió:
y lo que él aquí escribió,
mantenido está por él.   630

JUAN.   La historia es tan semejante
que está en el fiel la balanza;
mas vamos a lo importante,
que es el guarismo a que alcanza
el papel: conque adelante.   635

LUIS.   Razón tenéis, en verdad.

	Aquí está el mío: mirad,	
	por una línea apartados	
	traigo los nombres sentados,	
	para mayor claridad.	640
JUAN.	Del mismo modo arregladas	
	mis cuentas traigo en el mío:	
	en dos líneas separadas,	
	los muertos en desafío,	
	y las mujeres burladas.	645
	Contad.	
LUIS.	Contad.	
JUAN.	Veinte y tres.	
LUIS.	Son los muertos. A ver vos.	
	¡Por la cruz de San Andrés!	
	Aquí sumo treinta y dos.	
JUAN.	Son los muertos.	
LUIS.	Matar es.	650
JUAN.	Nueve os llevo.	
LUIS.	Me vencéis.	
	Pasemos a las conquistas.	
JUAN.	Sumo aquí cincuenta y seis.	
LUIS.	Y yo sumo en vuestras listas	
	setenta y dos.	
JUAN.	Pues perdéis.	655
LUIS.	¡Es increíble, don Juan!	
JUAN.	Si lo dudáis, apuntados	
	los testigos ahí están,	
	que si fueren preguntados	
	os lo testificarán.	660
LUIS.	¡Oh! Y vuestra lista es cabal.	
JUAN.	Desde una princesa real	

---

645 La lista se encuentra igualmente en otras obras donjuanescas: en *Il convitato di pietra* (1650?), de Giacinto Cicognini; en *Don Juan ou le festin de pièrre* (1665), de Molière; en el *Convidado* (1744), de Zamora; en *Don Giovanni Tenorio* (1787), de G. Gazzaniga; en *Don Giovanni* (1787), de Mozart; en *Les Ames du Purgatoire* (1834), de Mérimée; y en *Don Juan de Marana* (1836), de Dumas.

662 Recuerda el *Burlador* de Tirso.

	a la hija de un pescador,	
	¡oh!, ha recorrido mi amor	
	toda la escala social.	665
	¿Tenéis algo que tachar?	
LUIS.	Sólo una os falta en justicia.	
JUAN.	¿Me la podéis señalar?	
LUIS.	Sí, por cierto: una novicia	
	que esté para profesar.	670
JUAN.	¡Bah! Pues yo os complaceré	
	doblemente, porque os digo	
	que a la novicia uniré	
	la dama de algún amigo	
	que para casarse esté.	675
LUIS.	¡Pardiez, que sois atrevido!	
JUAN.	Yo os lo apuesto si queréis.	
LUIS.	Digo que acepto el partido.	
	Para darlo por perdido,	
	¿queréis veinte días?	
JUAN.	Seis.	680
LUIS.	¡Por Dios, que sois hombre extraño!	
	¿cuántos días empleáis	
	en cada mujer que amáis?	
JUAN.	Partid los días del año	
	entre las que ahí encontráis.	685
	Uno para enamorarlas,	
	otro para conseguirlas,	
	otro para abandonarlas,	
	dos para sustituirlas	
	y una hora para olvidarlas.	690
	Pero, la verdad a hablaros,	
	pedir más no se me antoja,	
	porque, pues vais a casaros,	
	mañana pienso quitaros	
	a doña Ana de Pantoja.	695
LUIS.	Don Juan, ¿qué es lo que decís?	
JUAN.	Don Luis, lo que oído habéis.	
LUIS.	Ved, don Juan, lo que emprendéis.	
	Lo que he de lograr, don Luis.	

Luis.	¿Gastón?	*(Llamando.)*
Gastón.	¿Señor?	
Luis.	Ven acá.	700

(Habla don Luis *en secreto con* Gastón *y éste se va precipitadamente.)*

Juan.	¿Ciutti?
Ciut.	¿Señor?
Juan.	Ven aquí.

(Don Juan *habla en secreto con* Ciutti, *y éste se va precipitadamente.)*

Luis.	¿Estáis en lo dicho?
Juan.	Sí.
Luis.	Pues va la vida.
Juan.	Pues va.

(Don Gonzalo, *levantándose de la mesa en que ha permanecido inmóvil durante la escena anterior, se afronta con* don Juan *y* don Luis.)

Gonz.   ¡Insensatos! ¡Vive Dios
que a no temblarme las manos   705
a palos, como a villanos,
os diera muerte a los dos!

Juan.
Luis.   } Veamos.

Gonz.   Excusado es,
que he vivido lo bastante
para no estar arrogante   710
donde no puedo.

Juan.   Idos, pues,

Gonz.   Antes, don Juan, de salir
de donde oírme podáis,
es necesario que oigáis
lo que os tengo que decir.   715
Vuestro buen padre don Diego,
porque pleitos acomoda,
os apalabró una boda
que iba a celebrarse luego;
pero por mí mismo yo,   720

107

	lo que erais queriendo ver,	
	vine aquí al anochecer,	
	y el veros me avergonzó.	
JUAN.	¡Por Satanás, viejo insano,	
	que no sé cómo he tenido	725
	calma para haberte oído	
	sin asentarte la mano!	
	Pero di pronto quién eres,	
	porque me siento capaz	
	de arrancarte el antifaz	730
	con el alma que tuvieres.	
GONZ.	¡Don Juan!	
JUAN.	¡Pronto!	
GONZ.	Mira, pues.	
JUAN.	¡Don Gonzalo!	
GONZ.	El mismo soy.	
	Y adiós, don Juan: mas desde hoy	
	no penséis en doña Inés.	735
	Porque antes que consentir	
	en que se case con vos,	
	el sepulcro, ¡juro a Dios!,	
	por mi mano la he de abrir.	
JUAN.	Me hacéis reír, don Gonzalo;	740
	pues venirme a provocar,	
	es como ir a amenazar	
	a un león con un mal palo.	
	Y pues hay tiempo, advertir	
	os quiero a mi vez a vos,	745
	que o me la dais, o ¡por Dios,	
	que a quitárosla he de ir!	
GONZ.	¡Miserable!	
JUAN.	Dicho está:	
	sólo una mujer como ésta	
	me falta para mi apuesta;	750
	ved, pues, que apostada va.	

(DON DIEGO, *levantándose de la mesa en
que ha permanecido encubierto mientras la*

108

escena anterior, baja al centro de la escena,
encarándose con DON JUAN.)

DIEGO.	No puedo más escucharte,
	vil don Juan, porque recelo
	que hay algún rayo en el cielo
	preparado a aniquilarte. 755
	¡Ah...! No pudiendo creer
	lo que de ti me decían,
	confiando en que mentían,
	te vine esta noche a ver.
	Pero te juro, malvado, 760
	que me pesa haber venido
	para salir convencido
	de lo que es para ignorado.
	Sigue, pues, con ciego afán
	en tu torpe frenesí, 765
	mas nunca vuelvas a mí;
	no te conozco, don Juan.
JUAN.	¿Quién nunca a ti se volvió,
	ni quién osa hablarme así,
	ni qué se me importa a mí 770
	que me conozcas o no?
DIEGO.	Adiós, pues: mas no te olvides
	de que hay un Dios justiciero.
JUAN.	Ten. (Deteniéndole.)
DIEGO.	¿Qué quieres?
JUAN.	Verte quiero.
DIEGO.	Nunca, en vano me lo pides. 775
JUAN.	¿Nunca?
DIEGO.	No.
JUAN.	Cuando me cuadre.
DIEGO.	¿Cómo?
JUAN.	Así. (Le arranca el antifaz.)
TODOS.	¡Don Juan!
DIEGO.	¡Villano!

---

772 Primera amenaza con la justicia divina.
778 Era considerada gran infamia el hecho de poner la mano
en la cara de una persona noble de ese modo violento.

109

	¡Me has puesto en la faz la mano!	
JUAN.	¡Válgame Cristo, mi padre!	
DIEGO.	Mientes, no lo fui jamás.	780
JUAN.	¡Reportaos, con Belcebú!	
DIEGO.	No, los hijos como tú	

son hijos de Satanás.
Comendador, nulo sea
lo hablado.

GONZ.   Ya lo es por mí;   785
vamos.

DIEGO.   Sí, vamos de aquí
donde tal monstruo no vea.
Don Juan, en brazos del vicio
desolado te abandono:
me matas..., mas te perdono   790
de Dios en el santo juicio.

(Vanse poco a poco DON DIEGO *y* DON GON-
ZALO.)

JUAN.   Largo el plazo me ponéis:
mas ved que os quiero advertir
que yo no os he ido a pedir
jamás que me perdonéis.   795
Conque no paséis afán
de aquí en adelante por mí,
que como vivió hasta aquí,
vivirá siempre don Juan.

ESCENA XIII

DON JUAN, DON LUIS, CENTELLAS, AVELLANEDA, BUTTA-
RELLI, CURIOSOS, MÁSCARAS

JUAN.   ¡Eh! Ya salimos del paso: 800
y no hay que extrañar la homilia;
son pláticas de familia,
de las que nunca hice caso.
Conque lo dicho, don Luis,

---

[792] Recuerda el «tan largo me lo fiáis» de Tirso.

110

van doña Ana y doña Inés
en apuesta.

LUIS.   Y el precio es
la vida.

JUAN.   Vos lo decís:
vamos.

LUIS.   Vamos.
(Al salir se presenta una ronda, que les detiene.)

ESCENA XIV

DICHOS, UNA RONDA DE ALGUACILES

ALGUACIL.   ¡Alto allá!
¿Don Juan Tenorio?

JUAN.   Yo soy.

ALGUACIL. Sed preso.

JUAN.   ¿Soñando estoy?   810
¿Por qué?

ALGUACIL.   Después lo verá.

LUIS.   *(Acercándose a* DON JUAN *y riéndose.)*
Tenorio no lo extrañéis,
pues mirando a lo apostado,
mi paje os ha delatado,
para que vos no ganéis.   815

JUAN. ¡Hola! Pues no os suponía
con tal despejo, ¡pardiez!

LUIS. Id, pues, que por esta vez,
don Juan, la partida es mía.

JUAN. Vamos, pues.
(Al salir, les detiene otra ronda que entra en la escena.)

Escena XV

Dichos, una Ronda

ALGUACIL.	*(Que entra.)*

ALGUACIL. *(Que entra.)*

                 ¡Ténganse allá!   820
¿Don Luis Mejía?

LUIS.   Yo soy.

ALGUACIL.   Sed preso.

LUIS.   ¿Soñando estoy?
¡Yo preso!

JUAN.   *(Soltando la carcajada.)*
                 ¡Ja, ja, ja, ja!
Mejía, no lo extrañéis,
pues mirando a lo apostado,   825
mi paje os ha delatado
para que no me estorbéis.

LUIS.   Satisfecho quedaré
aunque ambos muramos.

JUAN.   Vamos.
Conque, señores, quedamos   830
en que la apuesta está en pie.
(Las rondas se llevan a DON JUAN *y a* DON
LUIS; *muchos los siguen.* EL CAPITÁN CEN-
TELLAS, AVELLANEDA *y sus amigos, que-
dan en la escena mirándose unos a otros.)*

Escena XVI

El Capitán Centellas, Avellaneda, Curiosos

AVELL.   ¡Parece un juego ilusorio!

CENT.   ¡Sin verlo no lo creería!

AVELL.   Pues yo apuesto por Mejía.

CENT.   Y yo pongo por Tenorio.   835

ACTO SEGUNDO

Destreza

Exterior de la casa de DOÑA ANA, *vista por una esquina.*
Las dos paredes que forman el ángulo, se prolongan
igualmente por ambos lados, dejando ver en la de la
derecha una reja, y en la izquierda, una reja y una
puerta

ESCENA PRIMERA

DON LUIS MEJÍA, *embozado*

Ya estoy frente de la casa
de doña Ana, y es preciso
que esta noche tenga aviso
de lo que en Sevilla pasa.
No di con persona alguna,   840
por dicha mía... ¡Oh, qué afán!
Pero ahora, señor don Juan,
cada cual con su fortuna.
Si honor y vida se juega,
mi destreza y mi valor,   845
por mi vida y por mi honor,
jugarán...; mas alguien llega.

Escena II

Don Luis, Pascual

Pasc.	¡Quién creyera lance tal!
	¡Jesús, qué escándalo! ¡Presos!
Luis.	¡Qué veo! ¿Es Pascual?
Pasc.	Los sesos 850
	me estrellaría.
Luis.	¿Pascual?
Pasc.	¿Quién me llama tan apriesa?
Luis.	Yo. Don Luis.
Pasc.	¡Válame Dios!
Luis.	¿Qué te asombra?
Pasc.	Que seáis vos.
Luis.	Mi suerte, Pascual, es ésa. 855
	Que a no ser yo quien me soy,
	y a no dar contigo ahora,
	el honor de mi señora
	doña Ana moría hoy.
Pasc.	¿Qué es lo que decís?
Luis.	¿Conoces 860
	a don Juan Tenorio?
Pasc.	Sí.
	¿Quién no le conoce aquí?
	Mas, según públicas voces,
	estabais presos los dos.
	Vamos, ¡lo que el vulgo miente! 865
Luis.	Ahora acertadamente
	habló el vulgo: y ¡juro a Dios
	que, a no ser porque mi primo,
	el tesorero real,
	quiso fiarme, Pascual, 870
	pierdo cuanto más estimo!
Pasc.	¿Pues cómo?
Luis.	¿En servirme estás?
Pasc.	Hasta morir.

114

LUIS.   Pues escucha.
        Don Juan y yo en una lucha
        arriesgada por demás   875
        empeñados nos hallamos;
        pero, a querer tú ayudarme,
        más que la vida salvarme
        puedes.
PASC.   ¿Qué hay que hacer? Sepamos.
LUIS.   En una insigne locura   880
        dimos tiempo ha: en apostar
        cuál de ambos sabría obrar
        peor, con mejor ventura.
        Ambos nos hemos portado
        bizarramente a cual más;   885
        pero él es un Satanás,
        y por fin me ha aventajado.
        Púsele no sé qué pero,
        dijímonos no sé qué
        sobre ello, y el hecho fue   890
        que él, mofándome altanero,
        me dijo: «Y si esto no os llena,
        pues que os casáis con doña Ana,
        os apuesto a que mañana
        os la quito yo.»
PASC.   ¡Ésa es buena!   895
        ¿Tal se ha atrevido a decir?
LUIS.   No es lo malo que lo diga,
        Pascual, sino que consiga
        lo que intenta.
PASC.   ¿Conseguir?
        En tanto que yo esté aquí,   900
        descuidad, don Luis.
LUIS.   Te juro
        que si el lance no aseguro,
        no sé qué va a ser de mí.
PASC.   ¡Por la Virgen del Pilar!

---

904 «¡Por la Virgen del Pilar!» Pascual, como buen **aragonés**,
jura y hace votos por la Virgen de su tierra. La leyenda **en**

115

	¿Le teméis?	
LUIS.	No, ¡Dios testigo!	905
	Mas lleva ese hombre consigo	
	algún diablo familiar.	
PASC.	Dadlo por asegurado.	
LUIS.	¡Oh! Tal es el afán mío,	
	que ni en mí propio me fío	910
	con un hombre tan osado.	
PASC.	Yo os juro, por San Ginés,	
	que con toda su osadía,	
	le ha de hacer, por vida mía,	
	mal tercio un aragonés;	915
	nos veremos.	
LUIS.	¡Ay, Pascual,	
	que en qué te metes no sabes!	
PASC.	En apreturas más graves	
	me he visto, y no salí mal.	
LUIS.	Estriba en lo perentorio	920
	del plazo, y en ser quién es.	
PASC.	Más que un buen aragonés.	
	no ha de valer un Tenorio.	
	Todos esos lenguaraces,	
	espadachines de oficio,	925
	no son más que frontispicio	
	y de poca alma capaces.	
	Para infamar a mujeres	

---

torno a ese santuario mariano de Zaragoza se remonta al año 40,
durante la predicación evangélica del apóstol Santiago. En la
Edad Media fue un centro importante de peregrinación. La construcción de la presente basílica data de finales del siglo XVII.
Pascual es creación de Zorrilla.

[912] «San Ginés.» Aunque hay varios santos con este nombre,
posiblemente se refiere aquí al patrón de artistas y músicos cuya
fiesta se celebra el 25 de agosto. Ginés fue un famoso actor que
recibió el bautismo durante una representación dramática ante
el emperador Diocleciano. Cuando el emperador se cercioró de
que el bautismo y conversión habían sido en serio, le hizo bárba-
ramente martirizar en 285. Lope de Vega ha inmortalizado este
hecho en su comedia *Lo fingido verdadero*, ejemplo de «teatro
dentro de teatro».

	tienen lengua, y tienen manos	
	para osar a los ancianos	930
	o apalear a mercaderes.	
	Mas cuando una buena espada,	
	por un buen brazo esgrimida,	
	con la muerte les convida,	
	todo su valor es nada.	935
	Y sus empresas y bullas	
	se reducen todas ellas,	
	a hablar mal de las doncellas	
	y a huir ante las patrullas.	
Luis.	¡Pascual!	
Pasc.	No lo hablo por vos,	940
	que aunque sois un calavera,	
	tenéis la alma bien entera	
	y reñís bien ¡voto a bríos!	
Luis.	Pues si es en mí tan notorio	
	el valor, mira Pascual,	945
	que el valor es proverbial	
	en la raza de Tenorio.	
	Y porque conozco bien	
	de su valor el extremo,	
	de sus ardides me temo	950
	que en tierra con mi honra den.	
Pasc.	Pues suelto estáis ya, don Luis,	
	y pues que tanto os acucia	
	el mal de celos, su astucia	
	con la astucia prevenís.	955
	¿Qué teméis de él?	
Luis.	No lo sé:	
	mas esta noche sospecho	
	que ha de procurar el hecho	
	consumar.	
Pasc.	Soñáis.	
Luis.	¿Por qué?	
Pasc.	¿No está preso?	
Luis.	Sí que está;	960
	mas también lo estaba yo,	

	y un hidalgo me fió.	
PASC.	Mas ¿quién a él le fiará?	
LUIS.	En fin, sólo un medio encuentro	
	de satisfacerme.	
PASC.	¿Cuál?	965
LUIS.	Que de esta casa, Pascual,	
	quede yo esta noche dentro.	
PASC.	Mirad que así de doña Ana	
	tenéis el honor vendido.	
LUIS.	¡Qué mil rayos! ¿Su marido	970
	no voy a ser yo mañana?	
PASC.	Mas, señor, ¿no os digo yo	
	que os fío con la existencia...?	
LUIS.	Sí; salir de una pendencia,	
	mas de un ardid diestro, no.	975
	Y, en fin, o paso en la casa	
	la noche, o tomo la calle,	
	aunque la justicia me halle.	
PASC.	Señor don Luis, eso pasa	
	de terquedad, y es capricho	980
	que dejar os aconsejo,	
	y os irá bien.	
LUIS.	No lo dejo,	
	Pascual.	
PASC.	¡Don Luis!	
LUIS.	Está dicho.	
PASC.	¡Vive Dios! ¿Hay tal afán?	
LUIS.	Tú dirás lo que quisieres,	985
	mas yo fío en las mujeres	
	mucho menos que en don Juan;	
	y pues lance es extremado	
	por dos locos emprendido,	
	bien será un loco atrevido	990
	para un loco desalmado.	
PASC.	Mirad bien lo que decís,	
	porque yo sirvo a doña Ana	
	desde que nació, y mañana	

---

964 El *M* trae «sólo un modo encuentro».

seréis su esposo, don Luis.   995

LUIS. Pascual, esa hora llegada
y ese derecho adquirido,
yo sabré ser su marido
y la haré ser bien casada.
Mas en tanto...

PASC.   No habléis más.   1000
Yo os conozco desde niños,
y sé lo que son cariños,
¡por vida de Barrabás!
Oid: mi cuarto es sobrado
para los dos: dentro de él   1005
quedad; mas palabra fiel
dadme de estaros callado.

LUIS. Te la doy.
                    Y hasta mañana
juntos con doble cautela,
nos quedaremos en vela.   1010

LUIS. Y se salvará doña Ana.

PASC. Sea.

LUIS.   Pues vamos.

PASC.   ¡Teneos!
¿Qué vais a hacer?

LUIS.   A entrar.

PASC.   ¿Ya?

LUIS. ¿Quién sabe lo que él hará?

PASC. Vuestros celosos deseos   1015
reprimid: que ser no puede
mientras que no se recoja
mi amo, don Gil de Pantoja,
y todo en silencio quede.

LUIS. ¡Voto a...!

PASC.   ¡Eh! Dad una vez   1020
breves treguas al amor.

LUIS. Y ¿a qué hora ese buen señor
suele acostarse?

PASC.   A las diez;
y en esa calleja estrecha

119

hay una reja; llamad
a las diez, y descuidad
mientras en mí.

LUIS.   Es cosa hecha.
PASC.   Don Luis, hasta luego pues.
LUIS.   Adiós, Pascual, hasta luego.

ESCENA III

DON LUIS

Jamás tal desasosiego   1030
tuve. Paréceme que es
esta noche hora menguada
para mí... y no sé qué vago
presentimiento, qué estrago
teme mi alma acongojada.   1035
¡Por Dios que nunca pensé
que a doña Ana amara así
ni por ninguna sentí
lo que por ella...! ¡Oh! Y a fe
que de don Juan me amedrenta,   1040
no el valor, mas la ventura.
Parece que le asegura
Satanás en cuanto intenta.
No, no; es un hombre infernal,
y téngome para mí   1045
que si me aparto de aquí,
me burla, pese a Pascual.
Y aunque me tenga por necio,
quiero entrar; que con don Juan
las preocupaciones no están   1050
para vistas con desprecio.
(*Llama a la ventana.*)

Escena IV

Don Luis, doña Ana

ANA.	¿Quién va?
LUIS.	¿No es Pascual?
ANA.	¡Don Luis!
LUIS.	Doña Ana.
ANA.	¿Por la ventana
	llamas ahora?
LUIS.	¡Ay, doña Ana,
	cuán a buen tiempo salís! 1055
ANA.	Pues ¿qué hay, Mejía?
LUIS.	Un empeño
	por tu beldad, con un hombre
	que temo.
ANA.	Y ¿qué hay que te asombre
	en él, cuando eres tú el dueño
	de mi corazón?
LUIS.	Doña Ana, 1060
	no lo puedes comprender,
	de ese hombre sin conocer
	nombre y suerte.
ANA.	Será vana
	su buena suerte conmigo.
	Ya ves, sólo horas nos faltan 1065
	para la boda, y te asaltan

1053 Doña Ana de Pantoja, contraparte de Inés, es la víctima burlada del burlador. Ante los temores de don Luis, peca de excesiva confianza en sí misma. Es la Inés de Ulloa, de Tirso, y la Ana de Zamora. Zorrilla insinúa haber tomado este personaje de Moreto. Efectivamente, este dramaturgo tiene varias comedias con dicha figura femenina, confusa y engañada unas veces, burlada y deshonrada otras. Así en: *Trampa adelante, No puede ser, El caballero, El perecido en la corte* y *En el mayor imposible nadie pierda la esperanza.*

121

vanos temores.

LUIS.   Testigo
me es Dios que nada por mí
me da pavor mientras tenga
espada, y ese hombre venga   1070
cara a cara contra ti.
Mas, como el león audaz,
y cauteloso y prudente,
como la astuta serpiente...

ANA.   ¡Bah! Duerme, don Luis, en paz,   1075
que su audacia y su prudencia
nada lograrán de mí,
que tengo cifrada en ti
la gloria de mi existencia.

LUIS.   Pues bien, Ana, de ese amor   1080
que me aseguras en nombre,
para no temer a ese hombre
voy a pedirte un favor.

ANA.   Di; mas bajo, por si escucha
tal vez alguno.

LUIS.   Oye, pues.   1085

ESCENA V

DOÑA ANA *y* DON LUIS, *a la reja derecha;* DON JUAN
y CIUTTI, *en la calle izquierda*

CIUT.   Señor, ¡por mi vida, que es
vuestra suerte buena y mucha!

JUAN.   Ciutti, nadie como yo;
ya viste cuán fácilmente
el buen alcaide prudente   1090
se avino y suelta me dio.
Mas no hay ya en ello que hablar:
¿mis encargos has cumplido?

CIUT.   Todos los he concluido
mejor que pude esperar.   1095

122

Juan.	¿La beata...?
Ciut.	Ésta es la llave

de la puerta del jardín,
que habrá que escalar al fin,
pues como usarced ya sabe,
las tapias de ese convento   1100
no tienen entrada alguna.

Juan.	Y ¿te dio carta?
Ciut.	Ninguna;

me dijo que aquí al momento
iba a salir de camino;
que al convento se volvía,   1105
y que con vos hablaría.

Juan.	Mejor es.
Ciut.	Lo mismo opino.
Juan.	¿Y los caballos?
Ciut.	Con silla

y freno los tengo ya.

Juan.	¿Y la gente?
Ciut.	Cerca está. 1110
Juan.	Bien, Ciutti; mientras Sevilla

tranquila en sueño reposa
creyéndome encarcelado,
otros dos nombres añado
a mi lista numerosa.   1115
¡Ja!, ¡ja!

Ciut.	¡Señor...!
Juan.	¿Qué?
Ciut.	¡Callad!
Juan.	¿Qué hay, Ciutti?
Ciut.	Al doblar la esquina,

en esa reja vecina
he visto a un hombre.

Juan.	Es verdad:

pues ahora sí que es mejor   1120
el lance: ¿y si es ése?

Ciut.	¿Quién?
Juan.	Don Luis.

CIUT.	Imposible.
JUAN.	¡Toma!
	¿No estoy yo aquí?
CIUT.	Diferencia
	va de él a vos.
JUAN.	Evidencia
	lo creo, Ciutti; allí asoma 1125
	tras de la reja una dama.
CIUT.	Una criada tal vez.
JUAN.	Preciso es verlo, ¡pardiez!,
	no perdamos lance y fama.
	Mira, Ciutti: a fuer de ronda 1130
	tú con varios de los míos
	por esa calle escurríos,
	dando vuelta a la redonda
	a la casa.
CIUT.	Y en tal caso
	cerrará ella.
JUAN.	Pues con eso, 1135
	ella ignorante y él preso,
	nos dejarán franco el paso.
CIUT.	Decís bien.
JUAN.	Corre y atájale,
	que en ello el vencer consiste.
CIUT.	¿Mas si el truhán se resiste? 1140
JUAN.	Entonces, de un tajo, rájale.

ESCENA VI

DON JUAN, DOÑA ANA, DON LUIS

LUIS.	¿Me das, pues, tu asentimiento?
ANA.	Consiento.
LUIS.	¿Complácesme de ese modo?
ANA.	En todo. 1145
LUIS.	Pues te velaré hasta el día.
ANA.	Sí, Mejía.

124

LUIS.	Páguete el cielo, Ana mía,
	satisfacción tan entera.
ANA.	Porque me juzgues sincera, 1150
	consiento en todo, Mejía.
LUIS.	Volveré, pues, otra vez.
ANA.	Sí, a las diez.
LUIS.	¿Me aguardarás, Ana?
ANA.	Sí.
LUIS.	Aquí. 1155
ANA.	Y tú estarás puntual, ¿eh?
LUIS.	Estaré.
ANA.	La llave, pues, te daré.
LUIS.	Y dentro yo de tu casa,
	venga Tenorio.
ANA.	Aguien pasa. 1160
	A las diez.
LUIS.	*Aquí estaré.*

ESCENA VII

DON JUAN, DON LUIS

LUIS.	Mas se acercan. ¿Quién va allá?
JUAN.	Quien va.
LUIS.	De quien va así, ¿qué se infiere?
JUAN.	Que quiere. 1165
LUIS.	¿Ver si la lengua le arranco?
JUAN.	El paso franco.
LUIS.	Guardado está.
JUAN.	¿Y soy yo manco?
LUIS.	Pidiéraislo en cortesía.
JUAN.	Y ¿a quién?
LUIS.	A don Luis Mejía. 1170
JUAN.	*Quien va, quiere el paso franco.*
LUIS.	¿Conocéisme?
JUAN.	Sí.
LUIS.	¿Y yo a vos?

JUAN.	Los dos.	
LUIS.	Y ¿en qué estriba el estorballe?	
JUAN.	En la calle.	1175
LUIS.	¿De ella los dos por ser amos?	
JUAN.	Estamos.	
LUIS.	Dos hay no más que podamos necesitarle a la vez.	
JUAN.	Lo sé.	
LUIS.	¡Sois don Juan!	
JUAN.	¡Pardiez!,	1180
	los dos ya en la calle estamos.	
LUIS.	¿No os prendieron?	
JUAN.	Como a vos.	
LUIS.	¡Vive Dios! Y ¿huisteis?	
JUAN.	Os imité.	
	¿Y qué?	1185
LUIS.	Que perderéis.	
JUAN.	No sabemos.	
LUIS.	Lo veremos.	
JUAN.	La dama entrambos tenemos sitiada, y estáis cogido.	
LUIS.	Tiempo hay.	
JUAN.	Para vos perdido.	1190
LUIS.	*¡Vive Dios, que lo veremos!* (DON LUIS *desenvaina su espada; mas* CIUT- TI, *que ha bajado con los suyos cautelosa- mente hasta colocarse tras él, le sujeta.*)	
JUAN.	Señor don Luis, vedlo, pues.	
LUIS.	Traición es.	
JUAN.	La boca... (*A los suyos, que se la tapan a* DON LUIS.)	
LUIS.	¡Oh!	
JUAN.	(*Le sujetan los brazos.*) Sujeto atrás: más.	1195
	La empresa es, señor Mejía, como mía.	

Encerrádmele hasta el día.   (*A los suyos.*)
La apuesta está ya en mi mano.
(*A* DON LUIS.)
Adiós, don Luis: si os la gano,   1200
traición es; mas como mía.

ESCENA VIII

DON JUAN

Buen lance, ¡viven los cielos!
Éstos son los que dan fama:
mientras le soplo la dama
él se arrancará los pelos   1205
encerrado en mi bodega.
¿Y ella? Cuando crea hallarse
con él..., ¡ja!, ¡ja! ¡Oh!, y quejarse
no puede; limpio se juega.
A la cárcel le llevé   1210
y salió; llevóme a mí,
y salí; hallarnos aquí
era fuerza..., ya se ve:
su parte en la grave apuesta
defendía cada cual.   1215
Mas con la suerte está mal
Mejía, y también pierde ésta.
Sin embargo, y por si acaso,
no es demás asegurarse
de Lucía, a desgraciarse   1220
no vaya por poco el paso.
Mas por allí un bulto negro
se aproxima..., y, a mi ver,
es el bulto una mujer.
¿Otra aventura? Me alegro.   1225

Don Juan, Brígida

Bríg.	¿Caballero?	
Juan.	¿Quién va allá?	
Bríg.	¿Sois don Juan?	
Juan.	¡Por vida de...!	
	¡Si es la beata! ¡Y a fe	
	que la había olvidado ya!	
	Llegaos, don Juan soy yo.	1230
Bríg.	¿Estáis solo?	
Juan.	Con el diablo.	
Bríg.	¡Jesucristo!	
Juan.	Por vos lo hablo.	
Bríg.	¿Soy yo el diablo?	
Juan.	Creoló.	
Bríg.	¡Vaya! ¡Qué cosas tenéis!	
	Vos sí que sois un diablillo...	1235
Juan.	Que te llenará el bolsillo	
	si le sirves.	
Bríg.	Lo veréis.	
Juan.	Descarga, pues, ese pecho.	
	¿Qué hiciste?	
Bríg.	¡Cuanto me ha dicho	
	vuestro paje...! ¡Y qué mal bicho	1240
	es ese Ciutti!	
Juan.	¿Qué ha hecho?	

[1226] Brígida es la Trotaconventos, la Celestina tradicional con ciertos momentos de figura del donaire. Era costumbre que las religiosas nobles tuvieran dueñas y sirvientas en el convento. En el drama, Zorrilla la ha dotado de una rica personalidad. Su actuación de sabia alcahueta nos recuerda a Mefistófeles de *Fausto*.

[1233] «creoló», licencia poética llamada diástole, que consiste en alargar una sílaba breve, en este caso alterando el acento.

Bríg.	¡Gran bribón!
Juan.	¿No os ha entregado
	un bolsillo y un papel?
Bríg.	Leyendo estará ahora en él
	doña Inés.
Juan.	¿La has preparado? 1245
Bríg.	Vaya; y os la he convencido
	con tal maña y de manera,
	que irá como una cordera
	tras vos.
Juan.	¡Tan fácil te ha sido!
Bríg.	¡Bah! Pobre garza enjaulada, 1250
	dentro la jaula nacida,
	¿qué sabe ella si hay más vida
	ni más aire en que volar?
	Si no vio nunca sus plumas
	del sol a los resplandores, 1255
	¿qué sabe de los colores
	de que se puede ufanar?
	No cuenta la pobrecilla
	diez y siete primaveras,
	y aún virgen a las primeras 1260
	impresiones del amor,
	nunca concibió la dicha
	fuera de su pobre estancia,
	tratada desde su infancia
	con cauteloso rigor. 1265
	Y tantos años monótonos
	de soledad y convento
	tenían su pensamiento
	ceñido a punto tan ruin,
	a tan reducido espacio, 1270
	y a círculo tan mezquino,
	que era el claustro su destino

[1250] Narciso Alonso Cortés informa que los versos 1250 a 1281 están tomados de *Margarita la tornera,* cap. III, «Tentación», si bien el orden de estrofas está algo variado. Se trata de un caso de autoplagio.

y el altar era su fin.
«Aquí está Dios», la dijeron;
y ella dijo: «Aquí le adoro.»   1275
«Aquí está el claustro y el coro.»
Y pensó: «No hay más allá.»
Y sin otras ilusiones
que sus sueños infantiles,
pasó diez y siete abriles   1280
sin conocerlo quizá.

JUAN.   ¿Y está hermosa?
BRÍG.   ¡Oh! Como un ángel.
JUAN.   ¿Y la has dicho...?
BRÍG.   Figuraos
si habré metido mal caos
en su cabeza, don Juan.   1285
La hablé del amor, del mundo,
de la corte y los placeres,
de cuánto con las mujeres
erais pródigo y galán.
La dije que erais el hombre   1290
por su padre destinado
para suyo: os he pintado
muerto por ella de amor,
desesperado por ella
y por ella perseguido,   1295
y por ella decidido
a perder vida y honor.
En fin, mis dulces palabras,
al posarse en sus oídos,
sus deseos mal dormidos   1300
arrastraron de sí en pos;
y allá dentro de su pecho
han inflamado una llama
de fuerza tal, que ya os ama
y no piensa más que en vos.   1305
JUAN.   Tan incentiva pintura

_____
[1306] Don Juan, por primera vez, muestra una pasión insólita,
un amor especial ante esa «incentiva pintura» de doña Inés. Se-

130

ios sentidos me enajena,
y el alma ardiente me llena
de su insensata pasión.

Empezó por una apuesta,   1310
siguió por un devaneo,
engendró luego un deseo,
y hoy me quema el corazón.

Poco es el centro de un claustro;
¡al mismo infierno bajara,   1315
y a estocadas la arrancara
de los brazos de Satán!

¡Oh! Hermosa flor, cuyo cáliz
al rocío aún no se ha abierto,
a trasplantarte va al huerto   1320
de sus amores don Juan.
¿Brígida?

BRÍG.   Os estoy oyendo,
y me hacéis perder el tino:
yo os creía un libertino

---

gún León Hebreo, «el amor procede de la hermosura» (*Diálogos
de amor*, Buenos Aires, Austral, 1947, pág. 235); y ésta «es
gracia que, deleitando el ánimo con su conocimiento, lo mueve
a amar» (pág. 205). Este amor humano de don Juan cae dentro
de la doble definición: «deseo de cosa hermosa» (Platón), «deseo
de cosa buena» (Aristóteles), ya que Inés aparece como compendio de hermosura y bondad. El que esta «incentiva pintura», sin
la visión real de la persona hermosa, haya sido suficiente para
hacer brotar un amor tal, lo explica León Hebreo con el siguiente razonamiento: La esencia espiritual de la hermosura se
percibe no por los tres sentidos materiales, sino por los dos espirituales: el oído y la vista. De ahí que las mayores hermosuras consisten en las partes del ánima que son más elevadas que
el cuerpo: la imaginativa, la intelectiva y el entendimiento abstrac-
to. Y concluye: «Las hermosuras que se perciben por el oído son
las más perfectas» (pág. 279). Y las virtudes más espirituales
(como la imaginación y fantasía) conocen mejor la hermosura que
los mismos sentidos corporales (pág. 206).

[1321] Se trasluce ya el amor de don Juan, demasiado vehemente
y rápido para algunos críticos. Según Alonso Cortés: «La *redención por el amor* se ha verificado ya desde este instante y mucho antes de llegar a la famosa apoteosis final» (*Zorrilla*, página 430).

	sin alma y sin corazón.	1325
JUAN.	¿Eso extrañas? ¿No está claro	
	que en un objeto tan noble	
	hay que interesarse doble	
	que en otros?	
BRÍG.	Tenéis razón.	
JUAN.	¿Conqué a qué hora se recogen	1330
	las madres?	
BRÍG.	Ya recogidas	
	estarán. ¿Vos prevenidas	
	todas las cosas tenéis?	
JUAN.	Todas.	
BRÍG.	Pues luego que doblen	
	a las ánimas, con tiento	1335
	saltando al huerto, al convento	
	fácilmente entrar podéis	
	con la llave que os he enviado:	
	de un claustro oscuro y estrecho	
	es; seguidle bien derecho,	1340
	y daréis con poco afán	
	en nuestra celda.	
JUAN.	Y si acierto	
	a robar tan gran tesoro,	
	te he de hacer pesar en oro.	
BRÍG.	Por mí no queda, don Juan.	1345

1325 Esta sorpresa de la alcahueta ante el inesperado cambio de don Juan, tiene una base filosófica: se trata de la humanización platónica por la belleza. *La vida es sueño* nos ofrece un ejemplo clásico de este poder civilizador de la belleza. Segismundo pierde su condición de «fiera», se humaniza desde que tiene a Rosaura ante sí. Ignora su identidad de mujer, pero su hermosura obra misteriosamente: «tú sólo, tú, has suspendido / la pasión a mis enojos, / la suspensión a mis ojos, / la admiración al oído. / Con cada vez que te veo / nueva admiración me das, / y cuando te miro más, / aún más mirarte deseo» (vs. 219-226) (Calderón de la Barca, *La vida es sueño,* edición de Ciriaco Morón-Arroyo, Madrid, Cátedra, 1977).

1335 Zorrilla confiesa su obsesión y debilidad por el toque de ánimas.

132

JUAN.	Ve y aguárdame.
BRÍG.	Voy, pues,
	a entrar por la portería,
	y a cegar a sor María
	la tornera. Hasta después.
	(*Vase* BRÍGIDA, *y un poco antes de concluir esta escena sale* CIUTTI, *que se para en el fondo esperando.*)

ESCENA X

DON JUAN, CIUTTI

JUAN.	Pues, señor, ¡soberbio envite!	1350
	Muchas hice hasta esta hora,	
	mas, ¡por Dios que la de ahora,	
	será tal, que me acredite!	
	Mas ya veo que me espera	
	Ciutti. ¿Lebrel? (*Llamándole.*)	
CIUT.	Aquí estoy.	1355
JUAN.	¿Y don Luis?	
CIUT.	Libre por hoy	
	estáis de él.	
JUAN.	Ahora quisiera	
	ver a Lucía.	
CIUT.	Llegar	
	podéis aquí. (*A la reja derecha.*) Yo la llamo,	
	y al salir a mi reclamo	1360
	la podéis vos abordar.	
JUAN.	Llama, pues.	
CIUT.	La seña mía	
	sabe bien para que dude	
	en acudir.	
JUAN.	Pues si acude	
	lo demás es cuenta mía.	1365

[1350] Los versos 1350 a 1353 se encuentran igualmente en *Margarita la tornera,* al final del capítulo II.

(CIUTTI *llama a la reja con una seña que*
parezca convenida. LUCÍA *se asoma a ella, y*
al ver a DON JUAN *se detiene un momento.*)

ESCENA XI

DON JUAN, LUCÍA, CIUTTI

LUCÍA.	¿Qué queréis, buen caballero?	
JUAN.	Quiero.	
LUCÍA.	¿Qué queréis? Vamos a ver.	
JUAN.	Ver.	
LUCÍA.	¿Ver? ¿Qué veréis a esta hora?	1370
JUAN.	A tu señora.	
LUCÍA.	Idos, hidalgo, en mal hora;	
	¿quién pensáis que vive aquí?	
JUAN.	Doña Ana Pantoja, y	
	quiero ver a tu señora.	1375
LUCÍA.	¿Sabéis que casa doña Ana?	
JUAN.	Sí, mañana.	
LUCÍA.	¿Y ha de ser tan infiel ya?	
JUAN.	Sí será.	
LUCÍA.	¿Pues no es de don Luis Mejía?	1380
JUAN.	¡Ca! Otro día.	
	Hoy no es mañana, Lucía:	
	yo he de estar hoy con doña Ana,	
	y si se casa mañana,	
	mañana será otro día.	1385
LUCÍA.	¡Ah! ¿En recibiros está?	

[1366] A estos ovillejos (o séptimas reales) alude Zorrilla en *Re-*
cuerdos. El Laberinto los criticaba así: «Está por de contado escrito (el *Tenorio*) en variedad de metros, pero llega hasta el abu-
so esta variedad cuando, por hacer alarde, sin duda, de su destreza de versificación, introduce el autor, con mucho perjuicio
del diálogo, la séptima real, que otros llaman ovillejo, metro el
de peor gusto que ha podido inventarse, y que si puede sopor-
tarse acaso en composiciones ligeras y festivas, siempre han de
parecer mal en la escena» (*Zorrilla,* pág. 416).

134

JUAN.	Podrá.
LUCÍA.	¿Qué haré si os he de servir?
JUAN.	Abrir.
LUCÍA.	¡Bah! ¿Y quién abre este castillo? 1390
JUAN.	Ese bolsillo.
LUCÍA.	¿Oro?
JUAN.	Pronto te dio el brillo.
LUCÍA.	¡Cuánto!
JUAN.	De cien doblas pasa.
LUCÍA.	¡Jesús!
JUAN.	Cuenta y di: ¿esta casa
	podrá abrir este bolsillo? 1395
LUCÍA.	¡Oh! Si es quien me dora el pico…
JUAN.	Muy rico. *(Interrumpiéndola.)*
LUCÍA.	¿Sí? ¿Qué nombre usa el galán?
JUAN.	Don Juan.
LUCÍA.	¿Sin apellido notorio? 1400
JUAN.	Tenorio.
LUCÍA.	¡Ánimas del purgatorio!
	¿Vos don Juan?
JUAN.	¿Qué te amedrenta,
	si a tus ojos se presenta
	muy rico don Juan Tenorio? 1405
LUCÍA.	Rechina la cerradura.
JUAN.	Se asegura.
LUCÍA.	¿Y a mí, quién? ¡Por Belcebú!
JUAN.	Tú.
LUCÍA.	¿Y qué me abrirá el camino? 1410
JUAN.	Buen tino.
LUCÍA.	¡Bah! Ir en brazos del destino…
JUAN.	Dobla el oro.
LUCÍA.	Me acomodo.
JUAN.	Pues mira cómo de todo
	se asegura tu buen tino. 1415

[1391] Muestra aquí una de las características de don Juan, según Octavio Picón: «espléndido con la interesada, y aquí de las alhajas» (*Dulce y sabrosa*, edición de Gonzalo Sobejano, Madrid, Cátedra, 1976, pág. 72).

Lucía.	Dadme algún tiempo, ¡pardiez!
Juan.	A las diez.
Lucía.	¿Dónde os busco, o vos a mí?
Juan.	Aquí.
Lucía.	¿Conque estaréis puntual, eh? 1420
Juan.	Estaré.
Lucía.	Pues yo una llave os traeré.
Juan.	Y yo otra igual cantidad.
Lucía.	No me faltéis.
Juan.	No en verdad;
	a las diez aquí estaré. 1425
	Adiós, pues, y en mí te fía.
Lucía.	Y en mí el garboso galán.
Juan.	Adiós, pues, franca Lucía.
Lucía.	Adiós, pues, rico don Juan.

(Lucía *cierra la ventana.* Ciutti *se acerca a* don Juan *a una seña de éste.*)

Escena XII

Don Juan, Ciutti

Juan.	(*Riéndose.*)
	Con oro nada hay que falle: 1430
	Ciutti ya sabes mi intento:
	a las nueve en el convento;
	a las diez, en esta calle. (*Vanse.*)

[1433] Zorrilla mismo critica la inverosimilitud del tiempo en su drama: «El primer acto comienza a las ocho; pasa todo: prenden a Don Juan y a Don Luis; cuentan cómo se han arreglado para salir de su prisión: preparan Don Juan y Ciutti la traición contra Don Luis, y concluye el acto segundo diciendo Don Juan:

A las nueve en el convento,
a las diez en esta calle.

Reloj en mano, y había uno en la embocadura del teatro en que se estrenó, son las nueve y tres cuartos; dando de barato que en el entreacto haya podido pasar lo que pasa. Estas horas de doscientos minutos son exclusivamente propias del reloj de mi Don Juan» (*R*, I, 154).

136

ACTO TERCERO

Profanación

Celda de DOÑA INÉS. *Puerta en el fondo y a la izquierda*

DOÑA INÉS, *la* ABADESA

ABAD.	¿Conque me habéis entendido?	
INÉS.	Sí, señora.	
ABAD.	Está muy bien;	1435
	la voluntad decisiva	
	de vuestro padre tal es.	
	Sois joven, cándida y buena;	
	vivido en el claustro habéis	
	casi desde que nacisteis;	1440
	y para quedar en él	
	atada con santos votos	

[1434] Este convento sevillano pertenecía a la orden de Calatrava. La orden de religiosas Calatravas fue fundada en 1219. Se exigía prueba de nobleza para entrar en ella. La Abadesa es un personaje nuevo introducido por Zorrilla.

[1442] Aquí alude a los votos perpetuos o profesión perpetua. En el siguiente diálogo entre Inés y la Abadesa abundan términos de la ascética.

para siempre, ni aún tenéis,
como otras, pruebas difíciles
ni penitencias que hacer.   1445
¡Dichosa mil veces vos!
Dichosa, sí, doña Inés,
que no conociendo el mundo,
no le debéis de temer.
¡Dichosa vos, que del claustro   1450
al pisar en el dintel,
no os volveréis a mirar
lo que tras vos dejaréis!
Y los mundanos recuerdos
del bullicio y del placer   1455
no os turbarán tentadores
del ara santa a los pies;
pues ignorando lo que hay
tras esa santa pared,
lo que tras ella se queda   1460
jamás apeteceréis.
Mansa paloma enseñada
en las palmas a comer
del dueño que la ha criado
en doméstico vergel,   1465
no habiendo salido nunca
de la protectora red,
no ansiaréis nunca las alas
por el espacio tender.
Lirio gentil, cuyo tallo   1470
mecieron sólo tal vez
las embalsamadas brisas
del más florecido mes,
aquí a los besos del aura
vuestro cáliz abriréis,   1475
y aquí vendrán vuestras hojas
tranquilamente a caer.
Y en el pedazo de tierra
que abarca nuestra estrechez,
y en el pedazo de cielo   1480

que por las rejas se ve,
vos no veréis más que un lecho
do en dulce sueño yacer,
y un velo azul suspendido
a las puertas del Edén.   1485
¡Ay! En verdad que os envidio,
venturosa doña Inés,
con vuestra inocente vida,
la virtud del no saber.
¿Mas por qué estáis cabizbaja?   1490
¿Por qué no me respondéis
como otras veces, alegre,
cuando en lo mismo os hablé?
¿Suspiráis?... ¡Oh!, ya comprendo:
de vuelta aquí hasta no ver   1495
a vuestra aya, estáis inquieta;
pero nada recéleis.
A casa de vuestro padre
fue casi al anochecer,
y abajo en la portería   1500
estará: yo os la enviaré,
que estoy de vela esta noche.
Conque, vamos, doña Inés,
recogeos, que ya es hora:
mal ejemplo no me deis   1505
a las novicias, que ha tiempo
que duermen ya: hasta después.

INÉS.   Id con Dios, madre abadesa.
ABAD.   Adiós, hija.

ESCENA II

DOÑA INÉS

Ya se fue.
No sé qué tengo, ¡ay de mí!,   1510
que en tumultuoso tropel
mil encontradas ideas

me combaten a la vez.
Otras noches complacida
sus palabras escuché;   1515
y de esos cuadros tranquilos
que sabe pintar tan bien,
de esos placeres domésticos
la dichosa sencillez
y la calma venturosa,   1520
me hicieron apetecer
la soledad de los claustros
y su santa rigidez.
Mas hoy la oí distraída,
y en sus pláticas hallé,   1525
si no enojosos discursos
a lo menos aridez.
Y no sé por qué al decirme
que podría acontecer
que se acelerase el día   1530
de mi profesión, temblé;
y sentí del corazón
acelerarse el vaivén,
y teñírseme el semblante
de amarilla palidez.   1535
¡Ay de mí...! ¡Pero mi dueña,
dónde estará...! Esa mujer
con sus pláticas al cabo
me entretiene alguna vez.
Y hoy la echo menos... acaso   1540
porque la voy a perder,
que en profesando es preciso
renunciar a cuanto amé.
Mas pasos siento en el claustro;
¡oh!, reconozco muy bien   1545
sus pisadas... Ya está aquí.

ESCENA III

DOÑA INÉS, BRÍGIDA

BRÍG.	Buenas noches, doña Inés.
INÉS.	¿Cómo habéis tardado tanto?
BRÍG.	Voy a cerrar esta puerta.
INÉS.	Hay orden de que esté abierta. 1550
BRÍG.	Eso es muy bueno y muy santo
	para las otras novicias
	que han de consagrarse a Dios,
	no, doña Inés, para vos.
INÉS.	Brígida, ¿no ves que vicias 1555
	las reglas del monasterio
	que no permiten...?
BRÍG.	¡Bah!, ¡bah!
	Más seguro así se está,
	y así se habla sin misterio
	ni estorbos: ¿habéis mirado 1560
	el libro que os he traído?
INÉS.	¡Ay!, se me había olvidado.
BRÍG.	¡Pues me hace gracia el olvido!
INÉS.	¡Como la madre abadesa
	se entró aquí inmeditamente! 1565
BRÍG.	¡Vieja más impertinente!
INÉS.	¿Pues tanto el libro interesa?
BRÍG.	¡Vaya si interesa! Mucho.
	¡Pues quedó con poco afán
	el infeliz!
INÉS.	¿Quién?
BRÍG.	Don Juan. 1570

1570 En *Dulce y sabrosa*, Octavio Picón nos ofrece su versión de don Juan. Su héroe «no es un seductor vulgar, ni un calavera vicioso, ni un malvado, sino un hombre enamoradizo que se siente impulsado hacia *ellas*, para iniciarles en los deliciosos misterios del amor» (págs. 70-71). Pero su estrategia nos recuerda al Tenorio zorrillesco: «Es religioso con la devota, a quien obsequia con primorosos rosarios y virgencitas de plata» (pág. 72).

INÉS.	¡Válgame el cielo! ¡Qué escucho!
	¿Es don Juan quien me le envía?
BRÍG.	Por supuesto.
INÉS.	¡Oh! Yo no debo
	tomarle.
BRÍG.	¡Pobre mancebo!
	Desairarle así, sería 1575
	matarle.
INÉS.	¿Qué estás diciendo?
BRÍG.	Si ese horario no tomáis,
	tal pesadumbre le dais
	que va a enfermar; lo estoy viendo.
INÉS.	¡Ah! No, no: de esa manera, 1580
	le tomaré.
BRÍG.	Bien haréis.
INÉS.	¡Y qué bonito es!
BRÍG.	Ya veis;
	quien quiere agradar, se esmera.
INÉS.	Con sus manecillas de oro.
	¡Y cuidado que está prieto! 1585
	A ver, a ver si completo
	contiene el rezo del coro.
	(*Le abre, y cae una carta de entre sus ho-*
	jas.)
	Mas, ¿qué cayó?
BRÍG.	Un papelito.
INÉS.	¡Una carta!
BRÍG.	Claro está;
	en esa carta os vendrá 1590
	ofreciendo el regalito.
INÉS.	¡Qué! ¿Será suyo el papel?
BRÍG.	¡Vaya, que sois inocente!
	Pues que os feria, es consiguiente
	que la carta será de él. 1595
INÉS.	¡Ay, Jesús!
BRÍG.	¿Qué es lo que os da?
INÉS.	Nada, Brígida, no es nada.
BRÍG.	No, no; si estáis inmutada.

		(Ya presa en la red está.)	
		¿Se os pasa?	
INÉS.		Sí.	
BRÍG.		Eso habrá sido	1600

cualquier mareíllo vano.

INÉS. ¡Ay! Se me abrasa la mano
con que el papel he cogido.

BRÍG. Doña Inés, ¡válgame Dios!
Jamás os he visto así: 1605
estáis trémula.

INÉS. ¡Ay de mí!

BRÍG. ¿Qué es lo que pasa por vos?

INÉS. No sé... El campo de mi mente
siento que cruzan perdidas
mil sombras desconocidas 1610
que me inquietan vagamente;
y ha tiempo al alma me dan
con su agitación tortura.

BRÍG. ¿Tiene alguna, por ventura,
el semblante de don Juan? 1615

INÉS. No sé: desde que le vi,
Brígida mía, y su nombre
me dijiste, tengo a ese hombre
siempre delante de mí.
Por doquiera me distraigo 1620
con su agradable recuerdo,
y si un instante le pierdo,
en su recuerdo recaigo.
No sé qué fascinación
en mis sentidos ejerce, 1625
que siempre hacia él se me tuerce
la mente y el corazón:
y aquí y en el oratorio,
y en todas partes, advierto
que el pensamiento divierto 1630
con la imagen de Tenorio.

BRÍG. ¡Válgame Dios! Doña Inés,
según lo vais explicando,

	tentaciones me van dando	
	de creer que eso amor es.	1635
INÉS.	¡Amor has dicho!	
BRÍG.	Sí, amor.	
INÉS.	No, de ninguna manera.	
BRÍG.	Pues por amor lo entendiera	
	el menos entendedor;	
	mas vamos la carta a ver:	1640
	¿en qué os paráis? ¿Un suspiro?	
INÉS.	¡Ay!, que cuanto más la miro,	
	menos me atrevo a leer.	
	(Lee.)	
	«Doña Inés del alma mía.»	
	¡Virgen Santa, qué principio!	1645
BRÍG.	Vendrá en verso, y será un ripio	
	que traerá la poesía.	
	Vamos, seguid adelante.	
INÉS.	(Lee.)	
	«Luz de donde el sol la toma,	
	hermosísima paloma	1650
	privada de libertad,	
	si os dignáis por estas letras	
	pasar vuestros lindos ojos,	
	no los tornéis con enojos	
	sin concluir, acabad.»	1655
BRÍG.	¡Qué humildad! ¡Y qué finura!	
	¿Dónde hay mayor rendimiento?	
INÉS.	Brígida, no sé qué siento.	
BRÍG.	Seguid, seguid la lectura.	
INÉS.	(Lee.)	
	«Nuestros padres de consuno	1660
	nuestras bodas acordaron,	
	porque los cielos juntaron	
	los destinos de los dos.	
	Y halagado desde entonces	
	con tan risueña esperanza,	1665
	mi alma, doña Inés, no alcanza	
	otro porvenir que vos.	

	De amor con ella en mi pecho	
	brotó una chispa ligera,	
	que han convertido en hoguera	1670
	tiempo y afición tenaz:	
	y esta llama que en mí mismo	
	se alimenta inextinguible,	
	cada día más terrible	
	va creciendo y más voraz.»	1675
Bríg.	Es claro; esperar le hicieron	
	en vuestro amor algún día,	
	y hondas raíces tenía	
	cuando a arrancársele fueron.	
	Seguid.	
Inés.	(Lee.) «En vano a apagarla	1680
	concurren tiempo y ausencia,	
	que doblando su violencia,	
	no hoguera ya, volcán es.	
	Y yo, que en medio del cráter	
	desamparado batallo,	1685
	suspendido en él me hallo	
	entre mi tumba y mi Inés.»	
Bríg.	¿Lo veis, Inés? Si ese horario	
	le despreciáis, al instante	
	le preparan el sudario.	1690
Inés.	Yo desfallezco.	
Bríg.	Adelante.	
Inés.	(Lee.)	
	«Inés, alma de mi alma,	
	perpetuo imán de mi vida,	
	perla sin concha escondida	
	entre las algas del mar;	1695
	garza que nunca del nido	
	tender osastes el vuelo,	
	el diáfano azul del cielo	
	para aprender a cruzar:	
	si es que a través de esos muros	1700
	el mundo apenada miras,	
	y por el mundo suspiras	

de libertad con afán,
acuérdate que al pie mismo
de esos muros que te guardan,   1705
para salvarte te aguardan
los brazos de tu don Juan.»
(Representa.)
¿Qué es lo que me pasa, ¡cielo!,
que me estoy viendo morir?

BRÍG.   (Ya tragó todo el anzuelo.)   1710
Vamos, que está al concluir.

INÉS.   *(Lee.)*
«Acuérdate de quien llora
al pie de tu celosía
y allí le sorprende el día
y le halla la noche allí;   1715
acuérdate de quien vive
sólo por ti, ¡vida mía!,
y que a tus pies volaría
si le llamaras a ti.»

BRÍG.   ¿Lo veis? Vendría.
INÉS.   ¡Vendría!   1720
BRÍG.   A postrarse a vuestros pies.
INÉS.   ¿Puede?
BRÍG.   ¡Oh!, sí.
INÉS.   ¡Virgen María!
BRÍG.   Pero acabad, doña Inés.
INÉS.   *(Lee.)*
«Adiós, ¡oh luz de mis ojos!
Adiós, Inés de mi alma: 1725
medita, por Dios, en calma
las palabras que aquí van:
y si odias esa clausura,
que ser tu sepulcro debe,
manda, que a todo se atreve   1730
por tu hermosura don Juan.»
(Representa DOÑA INÉS.*)*
¡Ay! ¿Qué filtro envenenado
me dan en este papel,

que el corazón desgarrado
me estoy sintiendo con él? 1735
¿Qué sentimientos dormidos
son los que revela en mí?
¿Qué impulsos jamás sentidos?
¿Qué luz, que hasta hoy nunca vi?
¿Qué es lo que engendra en mi alma 1740
tan nuevo y profundo afán?
¿Quién roba la dulce calma
de mi corazón?

BRÍG.   Don Juan.

INÉS.   ¡Don Juan dices...! ¿Conque ese hombre
me ha de seguir por doquier? 1745
¿Sólo he de escuchar su nombre?
¿Sólo su sombra he de ver?
¡Ah! Bien dice: juntó el cielo
los destinos de los dos,
y en mi alma engendró este anhelo 1750
fatal.

BRÍG.   ¡Silencio, por Dios!
(Se oyen dar las ánimas.)

INÉS.   ¿Qué?

BRÍG.   ¡Silencio!

INÉS.   Me estremeces.

BRÍG.   ¿Oís, doña Inés, tocar?

INÉS.   Sí, lo mismo que otras veces
las ánimas oigo dar. 1755

BRÍG.   Pues no habléis de él.

INÉS.   ¡Cielo santo!
¿De quién?

BRÍG.   ¿De quién ha de ser?
De ese don Juan que amáis tanto,
porque puede aparecer.

INÉS.   ¡Me amedrentas! ¿Puede ese hombre 1760
llegar hasta aquí?

1751 Alonso Cortés, en *Zorrilla*, pág. 422, nota, cita a Ángel
Ramírez, que señala las obras teatrales en que suena el toque
de campanas: *Un año y un día, El encapuchado, El alcalde Ronquillo* y *El zapatero y el Rey*.

Bríg.	Quizá.
	Porque el eco de su nombre
	tal vez llega adonde está.
Inés.	¡Cielos! ¿Y podrá?...
Bríg.	¿Quién sabe?
Inés.	¿Es un espíritu, pues? 1765
Bríg.	No, mas si tiene una llave...
Inés.	¡Dios!
Bríg.	Silencio, doña Inés:
	¿no oís pasos?
Inés.	¡Ay! Ahora
	nada oigo.
Bríg.	Las nueve dan.
	Suben..., se acercan... Señora... 1770
	Ya está aquí.
Inés.	¿Quién?
Bríg.	Él.
Inés.	¡Don Juan!

ESCENA IV

Doña Inés, don Juan, Brígida

Inés.	¿Qué es esto? Sueño..., deliro.
Juan.	¡Inés de mi corazón!
Inés.	¿Es realidad lo que miro,
	o es una fascinación...? 1775
	Tenedme..., apenas respiro...
	Sombra..., huye por compasión.
	¡Ay de mí...!
	(Desmáyase doña Inés y don Juan la sostie-
	ne. La carta de don Juan queda en el suelo
	abandonada por doña Inés al desmayarse.)
Bríg.	La ha fascinado
	vuestra repentina entrada,
	y el pavor la ha trastornado. 1780
Juan.	Mejor: así nos ha ahorrado

148

la mitad de la jornada.
¡Ea! No desperdiciemos
el tiempo aquí en contemplarla,
si perdernos no queremos.   1785
En los brazos a tomarla
voy, y cuanto antes, ganemos
ese claustro solitario.

BRÍG.   ¡Oh, vais a sacarla así!

JUAN.   Necia, ¿piensas que rompí   1790
la clausura, temerario,
para dejármela aquí?
Mi gente abajo me espera:
sígueme.

BRÍG.   ¡Sin alma estoy!
¡Ay! Este hombre es una fiera;   1795
nada le ataja ni altera...
Sí, sí; a su sombra me voy.

ESCENA V

LA ABADESA

Jurara que había oído
por estos claustros andar:
hoy a doña Inés velar   1800
algo más la he permitido.
Y me temo... Mas no están
aquí. ¿Qué pudo ocurrir
a las dos, para salir
de la celda? ¿Dónde irán?   1805
¡Hola! Yo las ataré
corto para que no vuelvan
a enredar, y me revuelvan

1797 Este rapto de doña Inés no es ya un afán de ganar la
apuesta hecha a Mejía, sino consecuencia de su violenta pasión
amorosa.

a las novicias..., sí a fe.
Mas siento por allá fuera   1810
pasos. ¿Quién es?

Escena VI

La Abadesa, la Tornera

Torn.   Yo, señora.
Abad.   ¡Vos en el claustro a esta hora!
         ¿Qué es esto, hermana tornera?
Torn.   Madre abadesa, os buscaba.
Abad.   ¿Qué hay? Decid.
Torn.   Un noble anciano   1815
         quiere hablaros.
Abad.   Es en vano.
Torn.   Dice que es de Calatrava
         caballero; que sus fueros
         le autorizan a este paso,
         y que la urgencia del caso   1820
         le obliga al instante a veros.
Abad.   ¿Dijo su nombre?
Torn.   El señor
         don Gonzalo de Ulloa.
Abad.   ¿Qué
         puede querer...? Abralé,
         hermana: es comendador   1825
         de la Orden, y derecho
         tiene en el claustro de entrada.

[1824] «Abralé» es otro ejemplo de diástole.
[1827] Los comendadores mayores y maestres tenían derecho de entrada en la clausura de sus conventos.

ESCENA VII

LA ABADESA

¿A una hora tan avanzada
venir así...? No sospecho
qué pueda ser..., mas me place,   1830
pues no hallando a su hija aquí,
la reprenderá, y así
mirará otra vez lo que hace.

ESCENA VIII

LA ABADESA, DON GONZALO, LA TORNERA, *a la puerta*

GONZ.   Perdonad, madre abadesa,
que en hora tal os moleste;   1835
mas para mí, asunto es éste
que honra y vida me interesa.
ABAD.   ¡Jesús!
GONZ.   Oíd.
ABAD.   Hablad, pues.
GONZ.   Yo guardé hasta hoy un tesoro
de más quilates que el oro,   1840
y ese tesoro es mi Inés.
ABAD.   A propósito.
GONZ.   Escuchad.
Se me acaba de decir
que han visto a su dueña ir
ha poco por la ciudad   1845
hablando con un criado
que un don Juan, de tal renombre,
que no hay en la tierra otro hombre
tan audaz y tan malvado.
En tiempo atrás se pensó   1850
con él a mi hija casar,

151

y hoy, que se la fui a negar,
robármela me juró.
Que por el torpe doncel
ganada la dueña está,   1855
no puedo dudarlo ya:
debo, pues, guardarme de él.
Y un día, una hora quizás
de imprevisión, le bastara
para que mi honor manchara   1860
a ese hijo de Satanás.
He aquí mi inquietud cuál es:
por la dueña, en conclusión,
vengo: vos la profesión
abreviad de doña Inés.   1865

ABAD.   Sois padre, y es vuestro afán
          muy justo, comendador;
          mas ved que ofende a mi honor.
GONZ.   No sabéis quién es don Juan.
ABAD.   Aunque le pintáis tan malo,   1870
          yo os puedo decir de mí,
          que mientras Inés esté aquí,
          segura está, don Gonzalo.
GONZ.   Lo creo; mas las razones
          abreviemos: entregadme   1875
          a esa dueña, y perdonadme
          mis mundanas opiniones.
          Si vos de vuestra virtud
          me respondéis, yo me fundo
          en que conozco del mundo   1880
          la insensata juventud.
ABAD.   Se hará como lo exigís.
          Hermana tornera, id, pues,
          a buscar a doña Inés
          y a su dueña.   (*Vase* LA TORNERA.)
GONZ.   ¿Qué decís,   1885
          señora? O traición me ha hecho
          mi memoria, o yo sé bien
          que ésta es hora de que estén

	ambas a dos en su lecho.	
ABAD.	Ha un punto sentí a las dos	1890
	salir de aquí, no sé a qué.	
GONZ.	¡Ay! Por qué tiemblo no sé.	
	¡Mas qué veo, santo Dios!	
	Un papel..., me lo decía	
	a voces mi mismo afán.	1895
	(Leyendo.)	
	«Doña Inés del alma mía...»	
	Y la firma de don Juan.	
	Ved..., ved..., esa prueba escrita.	
	Leed ahí... ¡Oh! Mientras que vos	
	por ella rogáis a Dios	1900
	viene el diablo y os la quita.	

ESCENA IX

LA ABADESA, DON GONZALO, LA TORNERA

TORN.	Señora...	
ABAD.	¿Qué es?	
TORN.	Vengo muerta.	
GONZ.	Concluid.	
TORN.	No acierto a hablar...	
	He visto a un hombre saltar	
	por las tapias de la huerta.	1905
GONZ.	¿Veis? Corramos: ¡ay de mí!	
ABAD.	¿Dónde vais, comendador?	
GONZ.	¡Imbécil!, tras de mi honor,	
	que os roban a vos de aquí.	

[1901] Estas palabras blasfematorias del Comendador (menosprecio del poder de la oración) son un ejemplo de sus pecados.

ACTO CUARTO

El Diablo a las puertas del Cielo

*Quinta de don Juan Tenorio cerca de Sevilla y sobre
el Guadalquivir. Balcón en el fondo. Dos puertas a
cada lado*

ESCENA PRIMERA

BRÍGIDA, CIUTTI

BRÍG.	¡Qué noche, válgame Dios!	1910
	A poderlo calcular	
	no me meto yo a servir	
	a tan fogoso galán.	
	¡Ay, Ciutti! Molida estoy;	
	no me puedo menear.	1915
CIUT.	¿Pues qué os duele?	
BRÍG.	Todo el cuerpo	
	y toda el alma además.	
CIUT.	¡Ya! No estáis acostumbrada	
	al caballo, es natural.	
BRÍG.	Mil veces pensé caer:	1920
	¡uf!, ¡qué mareo!, ¡qué afán!	
	Veía yo unos tras otros	
	ante mis ojos pasar	

154

	los árboles como en alas	
	llevados de un huracán,	1925
	tan apriesa y produciéndome	
	ilusión tan infernal,	
	que perdiera los sentidos	
	si tardamos en parar.	
CIUT.	Pues de estas cosas veréis,	1930
	si en esta casa os quedáis,	
	lo menos seis por semana.	
BRÍG.	¡Jesús!	
CIUT.	¿Y esa niña está	
	reposando todavía?	
BRÍG.	¿Y a qué se ha de despertar?	1935
CIUT.	Sí, es mejor que abra los ojos	
	en los brazos de don Juan.	
BRÍG.	Preciso es que tu amo tenga	
	algún diablo familiar.	
CIUT.	Yo creo que sea él mismo	1940
	un diablo en carne mortal	
	porque a lo que él, solamente	
	se arrojara Satanás.	
BRÍG.	¡Oh! ¡El lance ha sido extremado!	
CIUT.	Pero al fin logrado está.	1945
BRÍG.	¡Salir así de un convento	
	en medio de una ciudad	
	como Sevilla!	
CIUT.	Es empresa	
	tan sólo para hombre tal.	
	Mas, ¡qué diablos!, si a su lado	1950
	la fortuna siempre va,	
	y encadenado a sus pies	
	duerme sumiso el azar.	
BRÍG.	Sí, decís bien.	
CIUT.	No he visto hombre	
	de corazón más audaz;	1955
	ni halla riesgo que le espante,	
	ni encuentra dificultad	
	que al empeñarse en vencer	

le haga un punto vacilar.
A todo osado se arroja,   1960
de todo se ve capaz,
ni mira dónde se mete,
ni lo pregunta jamás.
Allí hay un lance, le dicen;
y él dice: «Allá va don Juan.»   1965
¡Mas ya tarda, vive Dios!

BRÍG.   Las doce en la catedral
han dado ha tiempo.

CIUT.   Y de vuelta
debía a las doce estar.

BRÍG.   ¿Pero por qué no se vino   1970
con nosotros?

CIUT.   Tiene allá
en la ciudad todavía
cuatro cosas que arreglar.

BRÍG.   ¿Para el viaje?

CIUT.   Por supuesto;
aunque muy fácil será   1975
que esta noche a los infiernos
le hagan a él mismo viajar.

BRÍG.   ¡Jesús, qué ideas!

CIUT.   Pues digo:
¿son obras de caridad
en las que nos empleamos,   1980
para mejor esperar?
Aunque seguros estamos
como vuelva por acá.

BRÍG.   ¿De veras, Ciutti?

CIUT.   Venid
a este balcón, y mirad.   1985
¿Qué veis?

BRÍG.   Veo un bergantín
que anclado en el río está.

CIUT.   Pues su patrón sólo aguarda
las órdenes de don Juan,
y salvos, en todo caso,   1990

	a Italia nos llevará.	
Bríg.	¿Cierto?	
Ciut.	Y nada receléis	
	por vuestra seguridad;	
	que es el barco más velero	
	que boga sobre la mar.	1995
Bríg.	¡Chist! Ya siento a doña Inés.	
Ciut.	Pues yo me voy, que don Juan	
	encargó que sola vos	
	debíais con ella hablar.	
Bríg.	Y encargó bien, que yo entiendo	2000
	de esto.	
Ciut.	Adiós, pues.	
Bríg.	Vete en paz.	

Escena II

Doña Inés, Brígida

Inés.	Dios mío, ¡cuánto he soñado!	
	Loca estoy: ¿qué hora será?	
	¿Pero qué es esto, ay de mí?	
	No recuerdo que jamás	2005
	haya visto este aposento.	
	¿Quién me trajo aquí?	
Bríg.	Don Juan.	
Inés.	Siempre don Juan..., ¿mas conmigo	
	aquí tú también estás,	
	Brígida?	
Bríg.	Sí, doña Inés.	2010
Inés.	Pero dime, en caridad,	
	¿dónde estamos? ¿Este cuarto	
	es del convento?	
Bríg.	No tal:	
	aquello era un cuchitril	
	en donde no había más	2015
	que miseria.	

INÉS.	Pero, en fin,

INÉS.   Pero, en fin,
¿en dónde estamos?

BRÍG.   Mirad,
mirad por este balcón,
y alcanzaréis lo que va
desde un convento de monjas   2020
a una quinta de don Juan.

INÉS. ¿Es de don Juan esta quinta?

BRÍG. Y creo que vuestra ya.

INÉS. Pero no comprendo, Brígida,
lo que hablas.

BRÍG.   Escuchad.   2025
Estabais en el convento
leyendo con mucho afán
una carta de don Juan,
cuando estalló en un momento
un incendio formidable.   2030

INÉS. ¡Jesús!

BRÍG.   Espantoso, inmenso;
el humo era ya tan denso,
que el aire se hizo palpable.

INÉS. Pues no recuerdo...

BRÍG.   Las dos
con la carta entretenidas,   2035
olvidamos nuestras vidas,
yo oyendo, y leyendo vos.
Y estaba, en verdad, tan tierna,
que entrambas a su lectura
achacamos la tortura   2040
que sentíamos interna.
Apenas ya respirar
podíamos, y las llamas
prendían ya en nuestras camas:
nos íbamos a asfixiar,   2045
cuando don Juan, que os adora,
y que rondaba el convento,
al ver crecer con el viento
la llama devastadora,

                          con inaudito valor,   2050
                          viendo que ibais a abrasaros,
                          se metió para salvaros,
                          por donde pudo mejor.
                          Vos, al verle así asaltar
                          la celda tan de improviso,   2055
                          os desmayasteis..., preciso;
                          la cosa era de esperar.
                          Y él, cuando os vio caer así,
                          en sus brazos os tomó
                          y echó a huir; yo le seguí,   2060
                          y del fuego nos sacó.
                          ¿Dónde íbamos a esta hora?
                          Vos seguíais desmayada,
                          yo estaba ya casi ahogada.
                          Dijo, pues: «Hasta la aurora   2065
                          en mi casa las tendré.»
                          Y henos, doña Inés, aquí.
INÉS.   ¿Conque ésta es su casa?
BRÍG.   Sí.
INÉS.   Pues nada recuerdo, a fe.
                          Pero..., ¡en su casa...! ¡Oh! Al punto 2070
                          salgamos de ella..., yo tengo
                          la de mi padre.
BRÍG.   Convengo
                          con vos; pero es el asunto...
INÉS.   ¿Qué?
BRÍG.   Que no podemos ir.
INÉS.   Oír tal me maravilla.   2075
BRÍG.   Nos aparta de Sevilla...
INÉS.   ¿Quién?
BRÍG.   Vedlo, el Guadalquivir.
INÉS.   ¿No estamos en la ciudad?
BRÍG.   A una legua nos hallamos
                          de sus murallas.
INÉS.   ¡Oh! ¡Estamos   2080

2080 Zorrilla alude frecuentemente a esta ciudad andaluza: «En
1826 fue enviado mi padre a la Audiencia de Sevilla, en cuya

	perdidas!	
BRÍG.	¡No sé, en verdad,	
	por qué!	
INÉS.	Me estás confundiendo,	
	Brígida..., y no sé qué redes	
	son las que entre estas paredes	
	temo que me estás tendiendo.	2085
	Nunca el claustro abandoné,	
	ni sé del mundo exterior	
	los usos: mas tengo honor.	
	Noble soy, Brígida, y sé	
	que la casa de don Juan	2090
	no es buen sitio para mí:	
	me lo está diciendo aquí	
	no sé qué escondido afán.	
	Ven, huyamos.	
BRÍG.	Doña Inés,	
	la existencia os ha salvado.	2095
INÉS.	Sí, pero me ha envenenado	
	el corazón.	
BRÍG.	¿Le amáis, pues?	
INÉS.	No sé..., mas, por compasión,	
	huyamos pronto de ese hombre,	

---

ciudad permanecimos un año; y desde entonces llevaba yo foto-
grafiados en mi memoria la Torre del Oro a la margen del
Guadalquivir, San Telmo, la Giralda, el puente de barcas de
Triana, la casa y el jardín tapizados de pasionarias de la calle
de los Monsalves en que viví, la plaza de toros...» (*Zorrilla*, página 44). Ortega, en «Introducción a un *Don Juan*», habla de
la razón geográfica de cada lugar. A un tipo de paisaje corresponde un tipo de vida: «En todo paisaje hallamos preformado
un estilo peculiar de vida, que habría de ser como la perfección
cósmica de aquel trozo planetario» (VI, 128-29). Late en cada
lugar un posible destino humano, que actúa como imperativo
atmosférico sobre la raza que lo habita. Al mismo tiempo, toda
forma típica de vida humana proyecta ante sí el complemento
de un paisaje afín. «Esta afinidad es la que encuentro», concluye
nuestro pensador, «entre Sevilla y Don Juan... Don Juan es el
sevillano auténtico y máximo» (pág. 129). Y contrapone esta
«ciudad llana, deleitosa, perfumada y loca de ˜luz» (pág. 129) con
Toledo, ciudad adusta y sobria.

tras de cuyo solo nombre   2100
se me escapa el corazón.
¡Ah! Tú me diste un papel
de mano de ese hombre escrito,
y algún encanto maldito
me diste encerrado en él.   2105
Una sola vez le vi
por entre unas celosías,
y que estaba, me decías,
en aquel sitio por mí.
Tú, Brígida, a todas horas   2110
me venías de él a hablar,
haciéndome recordar
sus gracias fascinadoras.
Tú me dijiste que estaba
para mío destinado   2115
por mi padre..., y me has jurado
en su nombre que me amaba.
¿Que le amo, dices?... Pues bien,
si esto es amar, sí, le amo;
pero yo sé que me infamo   2120
con esa pasión también.
Y si el débil corazón
se me va tras de don Juan,
tirándome de él están
mi honor y mi obligación.   2125
Vamos, pues; vamos de aquí
primero que ese hombre venga;
pues fuerza acaso no tenga
si le veo junto a mí.
Vamos, Brígida.

BRÍG.   Esperad.   2130
           ¿No oís?

INÉS.   ¿Qué?

BRÍG.   Ruido de remos.

INÉS.   Sí, dices bien; volveremos
           en un bote a la ciudad.

BRÍG.   Mirad, mirad, doña Inés.

INÉS.	Acaba…, por Dios, partamos.	2135
BRÍG.	Ya imposible que salgamos.	
INÉS.	¿Por qué razón?	
BRÍG.	Porque él es	
	quien en ese barquichuelo	
	se adelanta por el río.	
INÉS.	¡Ay! ¡Dadme fuerzas, Dios mío!	2140
BRÍG.	Ya llegó, ya está en el suelo.	
	Sus gentes nos volverán	
	a casa: mas antes de irnos,	
	es preciso despedirnos	
	a lo menos de don Juan.	2145
INÉS.	Sea, y vamos al instante.	
	No quiero volverle a ver.	
BRÍG.	(Los ojos te hará volver	
	el encontrarle delante.)	
	Vamos.	
INÉS.	Vamos.	
CIUT.	(Dentro.) Aquí están.	2150
JUAN.	(Ídem.)	
	Alumbra.	
BRÍG.	¡Nos busca!	
INÉS.	Él es.	

ESCENA III

DICHOS, DON JUAN

JUAN.	¿A dónde vais, doña Inés?	
INÉS.	Dejadme salir, don Juan.	
JUAN.	¿Que os deje salir?	
BRÍG.	Señor,	
	sabiendo ya el accidente	2155

2152 Escena llamada «del Diván» o «del Sofá». Aludiendo a estas décimas escribe El Laberinto: «Mejor y con más fortuna camina el genio poético del autor cuando, sin faltar a la naturalidad ni pecar contra el buen gusto, pone en boca de los interlocutores, en bellísimos versos, la expresión de los más vivos afectos» (Zorrilla, pág. 416). Pero el propio autor disentía de

162

	del fuego, estará impaciente	
	por su hija el comendador.	
JUAN.	¡El fuego! ¡Ah! No os dé cuidado	
	por don Gonzalo, que ya	
	dormir tranquilo le hará	2160
	el mensaje que le he enviado.	
INÉS.	¿Le habéis dicho...?	
JUAN.	Que os hallabais	

bajo mi amparo segura,
y el aura del campo pura,
libre, por fin, respirabais.   2165
¡Cálmate, pues, vida mía!
Reposa aquí; y un momento
olvida de tu convento
la triste cárcel sombría.
¡Ah! ¿No es cierto, ángel de amor,   2170
que en esta apartada orilla
más pura la luna brilla
y se respira mejor?
Esta aura que vaga, llena
de los sencillos olores   2175
de las campesinas flores
que brota esa orilla amena;
esa agua limpia y serena
que atraviesa sin temor

---

este parecer: estas décimas eran para él «artificiosas», «mal traí-
das» y «fuera de lugar». «De la desatinada ocurrencia mía», escribe, «de colocar en tan dramática situación tan floridas décimas, resulta que no ha habido ni hay actor que haya acertado
ni pueda acertar a decirlas bien...; me entretuve en meter a la
paloma y a la gacela, y a las estrellas y a los azahares, en aquel
dúo de arrullos de tórtolas, en lugar de probar en unos versos
ardientes, vigorosos y apasionados, la verdad de aquel amor profundo, único, que, celeste o satánico, salva o condena; obligando
a Dios a hacer aquellas famosas maravillas que constituyen la segunda parte de mi *Don Juan*» (*R*, I, 155-56).

[2170] «ángel de amor», llama don Juan a doña Inés. La razón
nos la da León Hebreo: «El amado, en la mente del amante, se
hace y es reputado por divino» (*Diálogos*, pág. 337). Esto nos
recuerda la divinización de Melibea en la mente del apasionado
Calisto.

la barca del pescador 2180
que espera cantando el día,
¿no es cierto, paloma mía,
que están respirando amor?
Esa armonía que el viento
recoge entre esos millares 2185
de floridos olivares,
que agita con manso aliento;
ese dulcísimo acento
con que trina el ruiseñor
de sus copas morador, 2190
llamando al cercano día,
¿no es verdad, gacela mía,
que están respirando amor?
Y estas palabras que están
filtrando insensiblemente 2195
tu corazón, ya pendiente
de los labios de don Juan,
y cuyas ideas van
inflamando en su interior
un fuego germinador 2200
no encendido todavía,
¿no es verdad, estrella mía,
que están respirando amor?
Y esas dos líquidas perlas
que se desprenden tranquilas 2205
de tus radiantes pupilas
convidándome a beberlas,
evaporarse, a no verlas,
de sí mismas al calor;
y ese encendido color 2210
que en tu semblante no había,
¿no es verdad, hermosa mía,
que están respirando amor?
¡Oh! Sí, bellísima Inés,
espejo y luz de mis ojos; 2215

[2194] En estas estrofas en labios de don Juan se aprecia la con-
junción y armonía de las almas con la naturaleza que les rodea.

escucharme sin enojos,
como lo haces, amor es:
mira aquí a tus plantas, pues,
todo el altivo rigor
de este corazón traidor   2220
que rendirse no creía,
adorando vida mía,
la esclavitud de tu amor.

INÉS.   Callad, por Dios, ¡oh, don Juan!,
que no podré resistir   2225
mucho tiempo sin morir,
tan nunca sentido afán.
¡Ah! Callad, por compasión,
que oyéndoos, me parece
que mi cerebro enloquece,   2230
y se arde mi corazón.
¡Ah! Me habéis dado a beber
un filtro infernal sin duda,
que a rendiros os ayuda
la virtud de la mujer.   2235
Tal vez poseéis, don Juan,
un misterioso amuleto,
que a vos me atrae en secreto
como irresistible imán.
Tal vez Satán puso en vos   2240
su vista fascinadora,
su palabra seductora,
y el amor que negó a Dios.
¿Y qué he de hacer, ¡ay de mí!,
sino caer en vuestros brazos,   2245
si el corazón en pedazos
me vais robando de aquí?
No, don Juan, en poder mío
resistirte no está ya:
yo voy a ti, como va   2250
sorbido al mar ese río.
Tu presencia me enajena,
tus palabras me alucinan,

	y tus ojos me fascinan,	
	y tu aliento me envenena.	2255
	¡Don Juan!, ¡don Juan!, yo lo imploro	
	de tu hidalga compasión:	
	o arráncame el corazón,	
	o ámame, porque te adoro.	
JUAN.	¡Alma mía! Esa palabra	2260
	cambia de modo mi ser,	
	que alcanzo que puede hacer	
	hasta que el Edén se me abra.	
	No es, doña Inés, Satanás	
	quien pone este amor en mí:	2265
	es Dios, que quiere por ti	
	ganarme para *él* quizás	
	No; el amor que hoy se atesora	
	en mi corazón mortal,	
	no es un amor terrenal	2270

2257 Otras versiones prefieren «condición», como Clarín al citar esos versos en *La Regenta.* Y comenta a continuación: «Estos versos, que ha querido hacer ridículos y vulgares, manchándolos con su baba, la necedad prosaica, pasándolos mil y mil veces por sus labios viscosos como vientre de sapo, sonaron en los oídos de Ana aquella noche como frase sublime de un amor inocente y puro que se entrega con la fe en el objeto amado, natural en todo gran amor» (*La Regenta,* Barcelona, Planeta, 1967, página 461).

2270 El carácter espiritual de este amor de don Juan radica en la calidad del objeto amado. En *Diálogos de amor,* Filón aconseja, respecto a las hermosuras materiales y corpóreas, que «en tanto las amemos en cuanto nos guían al conocimiento y amor de las perfectas hermosuras incorpóreas. Y tanto las aborrezcamos y huyamos de ellas cuanto nos impiden la fruición de las claras y espirituales, y amemos principalmente a las grandes hermosuras apartadas de la materia deforme y feo cuerpo, como son las virtudes y ciencias, que son siempre hermosas y privadas de fealdad y defectos» (págs. 308-09). Algo parecido nos sugiere Ortega en «Divagaciones ante el retrato de la Marquesa de Santillana»: «... el 'clásico' en feminidad, don Juan, es atraído preferentemente por la mujer más recatada, por la que más se oculta al público, y que en la morfología femenina representa el polo opuesto a la prostituta. Don Juan, en efecto, se enamora de la monja» (II, 691).

como el que sentí hasta ahora;
no es esa chispa fugaz
que cualquier ráfaga apaga;
es incendio que se traga
cuanto ve, inmenso voraz.   2275
Desecha, pues, tu inquietud,
bellísima doña Inés,
porque me siento a tus pies
capaz aún de la virtud.
Sí; iré mi orgullo a postrar   2280
ante el buen comendador,
y o habrá de darme tu amor,
o me tendrá que matar.

INÉS.   ¡Don Juan de mi corazón!
JUAN.   ¡Silencio! ¿Habéis escuchado?   2285
INÉS.   ¿Qué?
JUAN.   Sí, una barca ha atracado
          (Mira por el balcón.)
          debajo de ese balcón.
          Un hombre embozado de ella
          salta... Brígida, al momento
          pasad a ese otro aposento,   2290
          y perdonad, Inés bella,
          si solo me importa estar.
INÉS.   ¿Tardarás?
JUAN.   Poco ha de ser.
INÉS.   A mi padre hemos de ver.
JUAN.   Sí, en cuanto empiece a clarear.   2295
          Adiós.

Escena IV

Don Juan, Ciutti

CIUT.   ¿Señor?
JUAN.   ¿Qué sucede,
          Ciutti?
CIUT.   Ahí está un embozado

	en veros muy empeñado.	
JUAN.	¿Quién es?	
CIUT.	Dice que no puede	
	descubrirse más que a vos,	2300
	y que es cosa de tal priesa,	
	que en ella se os interesa	
	la vida a entrambos a dos.	
JUAN.	¿Y en él no has reconocido	
	marca ni seña alguna	2305
	que nos oriente?	
CIUT.	Ninguna;	
	mas a veros decidido	
	viene.	
JUAN.	¿Trae gente?	
CIUT.	No más	
	que los remeros del bote.	
JUAN.	Que entre.	

ESCENA V

DON JUAN; *luego* CIUTTI y DON LUIS *embozado*

JUAN.	¡Jugamos a escote	2310
	la vida...! Mas ¿si es quizás	
	un traidor que hasta mi quinta	
	me viene siguiendo el paso?	
	Hálleme, pues, por si acaso	
	con las armas en la cinta.	2315

(Se ciñe la espada y suspende al cinto un par de pistolas que habrá colocado sobre la mesa a su salida en la escena tercera. Al momento sale CIUTTI conduciendo a DON LUIS, que, embozado hasta los ojos, espera a que se queden solos. DON JUAN hace a CIUTTI una seña para que se retire. Lo hace.)

Escena VI

Don Juan, don Luis

JUAN.	(Buen talante.) Bien venido, caballero.
LUIS.	Bien hallado, señor mío.
JUAN.	Sin cuidado hablad.
LUIS.	Jamás lo he tenido.
JUAN.	Decid, pues: ¿a qué venís a esta hora y con tal afán?
LUIS.	Vengo a mataros, don Juan.
JUAN.	Según eso, sois don Luis.
LUIS.	No os engañó el corazón, y el tiempo no malgastemos, don Juan: los dos no cabemos ya en la tierra.
JUAN.	En conclusión, señor Mejía, ¿es decir, que porque os gané la apuesta queréis que acabe la fiesta con salirnos a batir?
LUIS.	Estáis puesto en la razón: la vida apostado habemos, y es fuerza que nos paguemos.
JUAN.	Soy de la misma opinión. Mas ved que os debo advertir que sois vos quien la ha perdido.
LUIS.	Pues por eso os la he traído; mas no creo que morir deba nunca un caballero que lleva en el cinto espada, como una res destinada por su dueño al matadero.

2320

2325

2330

2335

2340

JUAN.	Ni yo creo que resquicio	
	habréis jamás encontrado	2345
	por donde me hayáis tomado	
	por un cortador de oficio.	
LUIS.	De ningún modo; y ya veis	
	que, pues os vengo a buscar,	
	mucho en vos debo fiar.	2350
JUAN.	No más de lo que podéis.	
	Y por mostraros mejor	
	mi generosa hidalguía,	
	decid si aún puedo, Mejía,	
	satisfacer vuestro honor.	2355
	Leal la apuesta os gané;	
	mas si tanto os ha escocido,	
	mirad si halláis conocido	
	remedio, y le aplicaré.	
LUIS.	No hay más que el que os he propuesto,	2360
	don Juan. Me habéis maniatado,	
	y habéis la casa asaltado	
	usurpándome mi puesto;	
	y pues el mío tomasteis	
	para triunfar de doña Ana,	2365
	no sois vos, don Juan, quien gana,	
	porque por otro jugasteis.	
JUAN.	Ardides del juego son.	
LUIS.	Pues no os los quiero pasar,	
	y por ellos a jugar	2370
	vamos ahora el corazón.	
JUAN.	¿Le arriesgáis, pues, en revancha	
	de doña Ana de Pantoja?	
LUIS.	Sí; y lo que tardo me enoja	
	en lavar tan fea mancha.	2375
	Don Juan, yo la amaba, sí;	
	mas con lo que habéis osado,	
	imposible la hais dejado	
	para vos y para mí.	
JUAN.	¿Por qué la apostasteis, pues?	2380

[2378] «hais», por «habéis».

170

Luis.	Porque no pude pensar
	que la pudierais lograr.
	Y... vamos, por San Andrés,
	a reñir, que me impaciento.
Juan.	Bajemos a la ribera. 2385
Luis.	Aquí mismo.
Juan.	Necio fuera:
	¿no veis que en este aposento
	prendieran al vencedor?
	Vos traéis una barquilla.
Luis.	Sí.
Juan.	Pues que lleve a Sevilla 2390
	al que quede.
Luis.	Eso es mejor;
	salgamos, pues.
Juan.	Esperad.
Luis.	¿Qué sucede?
Juan.	Ruido siento.
Luis.	Pues no perdamos momento.

Escena VII

Don Juan, don Luis, Ciutti

Ciut.	Señor, la vida salvad. 2395
Juan.	¿Qué hay, pues?
Ciut.	El comendador
	que llega con gente armada.
Juan.	Déjale franca la entrada,
	pero a él solo.
Ciut.	Mas, señor...
Juan.	Obedéceme. (*Vase* Ciutti.)

Escena VIII

Don Juan, don Luis

JUAN.	Don Luis,	2400

JUAN.   Don Luis,   2400
pues de mí os habéis fiado
cuanto dejáis demostrado
cuando a mi casa venís,
no dudaré en suplicaros,
pues mi valor conocéis,   2405
que un instante me aguardéis.

LUIS.   Yo nunca puse reparos
en valor que es tan notorio,
mas no me fío de vos.

JUAN.   Ved que las partes son dos   2410
de la apuesta con Tenorio,
y que ganadas están.

LUIS.   ¿Lograsteis a un tiempo...?

JUAN.   Sí:
la del convento está aquí:
y pues viene de don Juan   2415
a reclamarla quien puede,
cuando me podéis matar
no debo asunto dejar
tras mí que pendiente quede.

LUIS.   Pero mirad que meter   2420
quien puede el lance impedir
entre los dos, puede ser...

JUAN.   ¿Qué?

LUIS.   Excusaros de reñir.

JUAN.   ¡Miserable...! De don Juan
podéis dudar sólo vos: 2425
mas aquí entrad, ¡vive Dios!
y no tengáis tanto afán
por vengaros, que este asunto
arreglado con ese hombre,

	don Luis, yo os juro a mi nombre	2430
	que nos batimos al punto.	
LUIS.	Pero...	
JUAN.	¡Con una legión	
	de diablos! Entrad aquí;	
	que harta nobleza es en mí	
	aún daros satisfacción.	2435
	Desde ahí ved y escuchad;	
	franca tenéis esa puerta.	
	Si veis mi conducta incierta,	
	como os acomode obrad.	
LUIS.	Me avengo, si muy reacio	2440
	no andáis.	
JUAN.	Calculadlo vos	
	a placer: mas, ¡vive Dios!,	
	que para todo hay espacio.	

(Entra DON LUIS *en el cuarto que* DON JUAN
le señala.)

	Ya suben.	*(*DON JUAN *escucha.)*
GONZ.	*(Dentro.)*	
	¿Dónde está?	
JUAN.		Él es.

ESCENA IX

DON JUAN, DON GONZALO

GONZ.	¿Adónde está ese traidor?	2445
JUAN.	Aquí está, comendador.	
GONZ.	¿De rodillas?	
JUAN.	Y a tus pies.	
GONZ.	Vil eres hasta en tus crímenes.	
JUAN.	Anciano, la lengua ten,	

2447 Tanto la actitud sumisa de don Juan en esta escena, como
la del Comendador, sordo a las protestas de amor y lealtad, recuerda la escena VIII de *Don Álvaro,* del Duque de Rivas, entre
el Marqués de Calatrava, Leonor y don Álvaro. Es muy probable
cierta influencia de Rivas en Zorrilla.

GONZ.
y escúchame un solo instante. 2450
¿Qué puede en tu lengua haber
que borre lo que tu mano
escribió en este papel?
¡Ir a sorprender, ¡infame!,
la cándida sencillez 2455
de quien no pudo el veneno
de esas letras precaver!
¡Derramar en su alma virgen
traidoramente la hiel
en que rebosa la tuya, 2460
seca de virtud y fe!
¡Proponerse así enlodar
de mis timbres la alta prez,
como si fuera un harapo
que desecha un mercader! 2465
¿Ése es el valor, Tenorio,
de que blasonas? ¿Ésa es
la proverbial osadía
que te da al vulgo a temer?
¿Con viejos y con doncellas 2470
la muestras...? Y ¿para qué?
¡Vive Dios!, para venir
sus plantas así a lamer
mostrándote a un tiempo ajeno
de valor y de honradez. 2475

JUAN.
¡Comendador!

GONZ.
Miserable,
tú has robado a mi hija Inés
de su convento, y yo vengo
por tu vida, o por mi bien.

JUAN.
Jamás delante de un hombre 2480
mi alta cerviz incliné,
ni he suplicado jamás,
ni a mi padre, ni a mi rey.
Y pues conservo a tus plantas
la postura en que me ves, 2485
considera, don Gonzalo,

174

	que razón debo tener.	
GONZ.	Lo que tienes es pavor	
	de mi justicia.	
JUAN.	¡Pardiez!	
	Óyeme, comendador,	2490
	o tenerme no sabré,	
	y seré quien siempre he sido,	
	no queriéndolo ahora ser.	
GONZ.	¡Vive Dios!	
JUAN.	Comendador,	
	yo idolatro a doña Inés,	2495
	persuadido de que el cielo	
	nos la quiso conceder	
	para enderezar mis pasos	
	por el sendero del bien.	
	No amé la hermosura en ella,	2500
	ni sus gracias adoré;	
	lo que adoro es la virtud,	
	don Gonzalo, en doña Inés.	
	Lo que justicias ni obispos	
	no pudieron de mí hacer	2505
	con cárceles y sermones,	
	lo pudo su candidez.	
	Su amor me torna en otro hombre,	
	regenerando mi ser,	
	y ella puede hacer un ángel	2510
	de quien un demonio fue.	
	Escucha, pues, don Gonzalo,	
	lo que te puede ofrecer	
	el audaz don Juan Tenorio	
	de rodillas a tus pies.	2515
	Yo seré esclavo de tu hija,	
	en tu casa viviré,	
	tú gobernarás mi hacienda,	
	diciéndome *esto ha de ser*.	
	El tiempo que señalares,	2520
	en reclusión estaré;	
	cuantas pruebas exigieres	

	de mi audacia o mi altivez,	
	del modo que me ordenares	
	con sumisión te daré:	2525
	y cuando estime tu juicio	
	que la puedo merecer,	
	yo la daré un buen esposo	
	y ella me dará el Edén.	

GONZ. Basta, don Juan; no sé cómo 2530
me he podido contener,
oyendo tan torpes pruebas
de tu infame avilantez.
Don Juan, tú eres un cobarde
cuando en la ocasión te ves, 2535
y no hay bajeza a que no oses
como te saque con bien.

JUAN. ¡Don Gonzalo!

GONZ. Y me avergüenzo
de mirarte así a mis pies,
lo que apostabas por fuerza 2540
suplicando por merced.

JUAN. Todo así se satisface,
don Gonzalo, de una vez.

GONZ. ¡Nunca, nunca! ¿Tú su esposo?
Primero la mataré. 2545
¡Ea! Entrégamela al punto,
o sin poderme valer,
en esa postura vil
el pecho te cruzaré.

JUAN. Míralo bien, don Gonzalo; 2550
que vas a hacerme perder
con ella hasta la esperanza
de mi salvación tal vez.

GONZ. ¿Y qué tengo yo, don Juan,
con tu salvación que ver? 2555

JUAN. ¡Comendador, que me pierdes!

GONZ. Mi hija.

JUAN. Considera bien
que por cuantos medios pude

te quise satisfacer;
y que con armas al cinto
tus denuestos toleré,   2560
proponiéndote la paz
de rodillas a tus pies.

ESCENA X

DICHOS; DON LUIS, *soltando una carcajada de burla*

LUIS.   Muy bien, don Juan.
JUAN.   ¡Vive Dios!
GONZ.   ¿Quién es ese hombre?
LUIS.   Un testigo   2565
de su miedo, y un amigo,
Comendador, para vos.
JUAN.   ¡Don Luis!
LUIS.   Ya he visto bastante,
don Juan, para conocer
cuál uso puedes hacer   2570
de tu valor arrogante;
y quien hiere por detrás
y se humilla en la ocasión,
es tan vil como el ladrón
que roba y huye.
JUAN.   ¿Esto más?   2575
LUIS.   Y pues la ira soberana
de Dios junta, como ves,
al padre de doña Inés
y al vengador de doña Ana,
mira el fin que aquí te espera   2580
cuando a igual tiempo te alcanza,
aquí dentro su venganza
y la justicia allá fuera.
GONZ.   ¡Oh! Ahora comprendo... ¿Sois vos
el que...?
LUIS.   Soy don Luis Mejía,   2585

	a quien a tiempo os envía	
	por vuestra venganza Dios.	
JUAN.	¡Basta, pues, de tal suplicio!	
	Si con hacienda y honor	
	ni os muestro ni doy valor	2590
	a mi franco sacrificio:	
	y la leal solicitud	
	con que ofrezco cuanto puedo	
	tomáis, ¡vive Dios!, por miedo	
	y os mofáis de mi virtud,	2595
	os acepto el que me dais	
	plazo breve y perentorio,	
	para mostrarme el Tenorio	
	de cuyo valor dudáis.	
LUIS.	Sea; y cae a nuestros pies,	2600
	digno al menos de esa fama	
	que por tan bravo te aclama.	
JUAN.	Y venza el infierno, pues.	
	Ulloa, pues mi alma así	
	vuelves a hundir en el vicio,	2605
	cuando Dios me llame a juicio,	
	tú responderás por mí.	
	(Le da un pistoletazo.)	
GONZ.	¡Asesino!	*(Cae.)*
JUAN.	Y tú, insensato,	
	que me llamas vil ladrón,	
	di en prueba de tu razón	2610
	que cara a cara te mato.	
	(Riñen, y le da una estocada.)	
LUIS.	¡Jesús!	*(Cae.)*
JUAN.	Tarde tu fe ciega	
	acude al cielo, Mejía,	
	y no fue por culpa mía;	
	pero la justicia llega,	2615

2607 *El Laberinto* critica este asesinato por mal motivado. Alonso Cortés llama a este recurso «medio poco noble y desacierto en idear un pistoletazo para deshacerse del Comendador» (*Zorrilla,* pág. 431).

	y a fe que ha de ver quién soy.	
Ciut.	(Dentro.)	
	¿Don Juan?	
Juan.	(Asomando al balcón.)	
	¿Quién es?	
Ciut.	(Dentro.) Por aquí;	
	salvaos.	
Juan.	¿Hay paso?	
Ciut.	Sí;	
	arrojaos.	
Juan.	Allá voy.	
	Llamé al cielo y no me oyó,	2620
	y pues sus puertas me cierra,	
	de mis pasos en la tierra	
	responda el cielo, y no yo.	

(Se arroja por el balcón, y se le oye caer en
el agua del río, al mismo tiempo que el
ruido de los remos muestra la rapidez del
barco en que parte; se oyen golpes en las
puertas de la habitación; poco después entra la justicia, soldados, etc.)

ESCENA XI

ALGUACILES, SOLDADOS; luego DOÑA INÉS y BRÍGIDA

Alg. 1.°	El tiro ha sonado aquí.	
Alg. 2.°	Aún hay humo.	
Alg. 1.°	¡Santo Dios!	2625
	Aquí hay un cadáver.	
Alg. 2.°	Dos.	
Alg. 1.°	¿Y el matador?	
Alg. 2.°	Por allí.	

(Abren el cuarto en que están DOÑA INÉS y
BRÍGIDA, y las sacan a la escena; DOÑA INÉS
reconoce el cadáver de su padre.)

2623 Este hecho de fuga arrojándose al agua por el balcón recuerda la huida del burlador de Tirso en Nápoles.

ALG. 2.º	¡Dos mujeres!
INÉS.	¡Ah, qué horror, padre mío!
ALG. 1.º	¡Es su hija!
BRÍG.	Sí.
INÉS.	¡Ay! ¿Dó estás, don Juan, que aquí 2630 me olvidas en tal dolor?
ALG. 1.º	Él le asesinó.
INÉS.	¡Dios mío! ¿Me guardabas esto más?
ALG. 2.º	Por aquí ese Satanás se arrojó, sin duda, al río. 2635
ALG. 1.º	Miradlos…, a bordo están del bergantín calabrés.
TODOS.	¡Justicia por doña Inés!
INÉS.	Pero no contra don Juan. *(Cayendo de rodillas.)*

2639 El *M* ofrece la siguiente acotación al final de esta escena: «Esta escena puede suprimirse en la representación, terminando el acto con el último verso del anterior.»

Parte segunda

ACTO PRIMERO

La sombra de doña Inés

Panteón de la familia Tenorio.—El teatro representa un magnífico cementerio, hermoseado a manera de jardín. En primer término, aislados y de bulto, los sepulcros de don Gonzalo Ulloa, de doña Inés y de don Luis Mejía, sobre los cuales se ven sus estatuas de piedra. El sepulcro de don Gonzalo a la derecha, y su estatua de rodillas; el de don Luis a la izquierda, y su estatua también de rodillas; el de doña Inés en el centro, y su estatua de pie. En segundo término otros dos sepulcros en la forma que convenga; y en el tercer término y en puesto elevado, el sepulcro y estatua del fundador don Diego Tenorio, en cuya figura remata la perspectiva de los sepulcros. Una pared llena de nichos y lápidas circuye el cuadro hasta el horizonte. Dos llorones a cada lado de la tumba de doña Inés, dispuestos a servir de la manera que a su tiempo exige el juego escénico. Cipreses y flores de todas clases embellecen la decoración, que no debe tener nada de horrible. La acción se supone en una tranquila noche de verano, y alumbrada por una clarísima luna

El Escultor, *disponiéndose a marchar*

Pues, señor, es cosa hecha: 2640
el alma del buen don Diego
puede, a mi ver, con sosiego
reposar muy satisfecha.
La obra está rematada
con cuanta suntuosidad 2645
su postrera voluntad
dejó al mundo encomendada.
Y ya quisieran, ¡pardiez!,
todos los ricos que mueren
que su voluntad cumplieren 2650
los vivos, como esta vez.
Mas ya de marcharme es hora:
todo corriente lo dejo,
y de Sevilla me alejo
al despuntar de la aurora. 2655
¡Ah! Mármoles que mis manos
pulieron con tanto afán,
mañana os contemplarán
los absortos sevillanos;
y al mirar de este panteón 2660
las gigantes proporciones,
tendrán las generaciones
la nuestra en veneración.
Mas yendo y viniendo días,
se hundirán unas tras otras, 2665
mientra en pie estaréis vosotras,
póstumas memorias mías.
¡Oh! frutos de mis desvelos,
peñas a quien yo animé
y por quienes arrostré 2670
la intemperie de los cielos;

el que forma y ser os dio,
va ya a perderos de vista;
¡velad mi gloria de artista,
pues viviréis más que yo!   2675
Mas ¿quién llega?

ESCENA II

EL ESCULTOR; DON JUAN, *que entra embozado*

ESC.   Caballero...
JUAN.   Dios le guarde.
ESC.   Perdonad,
mas ya es tarde, y...
JUAN.   Aguardad
un instante, porque quiero
que me expliquéis...
ESC.   ¿Por acaso   2680
sois forastero?
JUAN.   Años ha
que falto de España ya,
y me chocó el ver al paso,
cuando a esas verjas llegué,
que encontraba este recinto   2685
enteramente distinto
de cuando yo le dejé.
ESC.   Yo lo creo; como que esto
era entonces un palacio
y hoy es panteón el espacio   2890

2676 El escultor no parece ser una novedad introducida por Zorrilla. Se encuentra ya en *Don Giovanni Tenorio o sia Il Convitato di pietra,* ópera de Giuseppe Gazzaniga, libreto de Giovanni Bertati (Venecia, 1787). La única diferencia es que en esta
ópera aparece momentáneamente, mientras que en Zorrilla mantiene una larga conversación con don Juan. Este diálogo, muy
ponderado por los críticos por lo elaborado, recuerda el de Hamlet con los enterradores que están cavando la fosa para el cadáver de Ofelia.

	donde aquél estuvo puesto.	
JUAN.	¡El palacio hecho panteón!	
ESC.	Tal fue de su antiguo dueño	
	la voluntad, y fue empeño	
	que dio al mundo admiración.	2695
JUAN.	¡Y, por Dios, que es de admirar!	
ESC.	Es una famosa historia,	
	a la cual debo mi gloria.	
JUAN.	¿Me la podréis relatar?	
ESC.	Sí; aunque muy sucintamente,	2700
	pues me aguardan.	
JUAN.	Sea.	
ESC.	Oíd	
	la verdad pura.	
JUAN.	Decid,	
	que me tenéis impaciente.	
ESC.	Pues habitó esta ciudad	
	y este palacio heredado,	2705
	un varón muy estimado	
	por su noble calidad.	
JUAN.	Don Diego Tenorio.	
ESC.	El mismo.	
	Tuvo un hijo este don Diego	
	peor mil veces que el fuego,	2710
	un aborto del abismo.	
	Un mozo sangriento y cruel,	
	que con tierra y cielo en guerra,	
	dicen que nada en la tierra	
	fue respetado por él.	2715
	Quimerista, seductor	
	y jugador con ventura,	
	no hubo para él segura	
	vida, ni hacienda, ni honor.	
	Así le pinta la historia,	2720
	y si tal era, por cierto	
	que obró cuerdamente el muerto	
	para ganarse la gloria.	
JUAN.	Pues ¿cómo obró?	

184

Esc.	Dejó entera	
	su hacienda al que la empleara	2725
	en un panteón que asombrara	
	a la gente venidera.	
	Mas con condición, que dijo	
	que se enterraran en él	
	los que a la mano cruel	2730
	sucumbieron de su hijo.	
	Y mirad en derredor	
	los sepulcros de los más	
	de ellos.	
Juan.	¿Y vos sois quizás,	
	el conserje?	
Esc.	El escultor	2735
	de estas obras encargado.	
Juan.	¡Ah! ¿Y las habéis concluido?	
Esc.	Ha un mes; mas me he detenido	
	hasta ver ese enverjado	
	colocado en su lugar;	2740
	pues he querido impedir	
	que pueda el vulgo venir	
	este sitio a profanar.	
Juan.	(Mirando.)	
	¡Bien empleó sus riquezas	
	el difunto!	
Esc.	¡Ya lo creo!	2745
	Miradle allí.	
Juan.	Ya le veo.	
Esc.	¿Le conocisteis?	
Juan.	Sí.	
Esc.	Piezas	
	son todas muy parecidas	
	y a conciencia trabajadas.	
Juan.	¡Cierto que son extremadas!	2750
Esc.	¿Os han sido conocidas	
	las personas?	
Juan.	Todas ellas.	

185

Esc.	¿Y os parecen bien?
Juan.	Sin duda,
	según lo que a ver me ayuda
	el fulgor de las estrellas. 2755
Esc.	¡Oh! Se ven como de día
	con esta luna tan clara.
	Ésta es mármol de Carrara.
	(Señalando a la de don Luis.)
Juan.	¡Buen busto es el de Mejía!
	(Contempla las estatuas unas tras otras.)
	¡Hola! Aquí el comendador 2760
	se representa muy bien.
Esc.	Yo quise poner también
	la estatua del matador
	entre sus víctimas, pero
	no pude a manos haber 2765
	su retrato... Un Lucifer
	dicen que era el caballero
	don Juan Tenorio.
Juan.	¡Muy malo!
	Mas como pudiera hablar,
	le había algo de abonar 2770
	la estatua de don Gonzalo.
Esc.	¿También habéis conocido
	a don Juan?
Juan.	Mucho.
Esc.	Don Diego
	le abandonó desde luego
	desheredándole.
Juan.	Ha sido 2775
	para don Juan poco daño
	ése, porque la fortuna
	va tras él desde la cuna.
Esc.	Dicen que ha muerto.
Juan.	Es engaño:
	vive.
Esc.	¿Y dónde?
Juan.	Aquí, en Sevilla. 2780

186

Esc.	¿Y no teme que el furor
	popular...?
Juan.	En su valor
	no ha echado el miedo semilla.
Esc.	Mas cuando vea el lugar
	en que está ya convertido	2785
	el solar que suyo ha sido,
	no osará en Sevilla estar.
Juan.	Antes ver tendrá a fortuna
	en su casa reunidas
	personas de él conocidas,	2790
	puesto que no odia a ninguna.
Esc.	¿Creéis que ose aquí venir?
Juan.	¿Por qué no? Pienso, a mi ver,
	que donde vino a nacer
	justo es que venga a morir.	2795
	Y pues le quitan su herencia
	para enterrar a éstos bien,
	a él es muy justo también
	que le entierren con decencia.
Esc.	Sólo a él le está prohibida	2800
	en este panteón la entrada.
Juan.	Trae don Juan muy buena espada,
	y no sé quién se lo impida.
Esc.	¡Jesús! ¡Tal profanación!
Juan.	Hombre es don Juan que, a querer,	2805
	volverá el palacio a hacer
	encima del panteón.
Esc.	¿Tan audaz ese hombre es
	que aun a los muertos se atreve?
Juan.	¿Qué respetos gastar debe	2810
	con los que tendió a sus pies?
Esc.	¿Pero no tiene conciencia
	ni alma ese hombre?
Juan.	Tal vez no,
	que al cielo una vez llamó
	con voces de penitencia,	2815
	y el cielo, en trance tan fuerte,

187

	allí mismo le metió,	
	que a dos inocentes dio,	
	para salvarse, la muerte.	
Esc.	¡Qué monstruo, supremo Dios!	2820
Juan.	Podéis estar convencido	
	de que Dios no le ha querido.	
Esc.	Tal será.	
Juan.	Mejor que vos.	
Esc.	(¿Y quién será el que a don Juan	
	abona con tanto brío?)	2825
	Caballero, a pesar mío,	
	como aguardándome están...	
Juan.	Idos, pues, enhorabuena.	
Esc.	He de cerrar.	
Juan.	No cerréis	
	y marchaos.	
Esc.	¿Mas no veis...?	2830
Juan.	Veo una noche serena	
	y un lugar que me acomoda	
	para gozar su frescura,	
	y aquí he de estar a mí holgura,	
	si pesa a Sevilla toda.	2835
Esc.	(¿Si acaso padecerá	
	de locura desvaríos?)	
Juan.	(Dirigiéndose a las estatuas.)	
	Ya estoy aquí, amigos míos.	
Esc.	¿No lo dije? Loco está.	
Juan.	Mas, ¡cielos, qué es lo que veo!	2840
	O es ilusión de mi vista,	
	o a doña Inés el artista	
	aquí representa, creo.	
Esc.	Sin duda.	
Juan.	¿También murió?	
Esc.	Dicen que de sentimiento	2845
	cuando de nuevo al convento	
	abandonada volvió	
	por don Juan.	
Juan.	¿Y yace aquí?	

Esc.	Sí.
Juan.	¿La visteis muerta vos?
Esc.	Sí.
Juan.	¿Cómo estaba?
Esc.	¡Por Dios, 2850
	que dormida la creí!
	La muerte fue tan piadosa
	con su cándida hermosura,
	que la envió con la frescura
	y las tintas de la rosa. 2855
Juan.	¡Ah! Mal la muerte podría
	deshacer con torpe mano
	el semblante soberano
	que un ángel envidiaría.
	¡Cuán bella y cuán parecida 2860
	su efigie en el mármol es!
	¡Quién pudiera, doña Inés,
	volver a darte la vida!
	¿Es obra del cincel vuestro?
Esc.	Como todas las demás. 2865
Juan.	Pues bien merece algo más
	un retrato tan maestro.
	Tomad.
Esc.	¿Qué me dais aquí?
Juan.	¿No lo veis?
Esc.	Mas..., caballero...,
	¿por qué razón...?
Juan.	Porque quiero 2870
	yo que os acordéis de mí.
Esc.	Mirad que están bien pagadas.
Juan.	Así lo estarán mejor.
Esc.	Mas vamos de aquí, señor,
	que aún las llaves entregadas 2875
	no están, y al salir la aurora
	tengo que partir de aquí.
Juan.	Entregádmelas a mí,
	y marchaos desde ahora.
Esc.	¿A vos?

189

JUAN.	A mí: ¿Qué dudáis?	2880
ESC.	Como no tengo el honor...	
JUAN.	Ea, acabad, escultor.	
ESC.	Si el nombre al menos que usáis	
	supiera...	
JUAN.	¡Viven los cielos!	
	Dejad a don Juan Tenorio	2885
	velar el lecho mortuorio	
	en que duermen sus abuelos.	
ESC.	¡Don Juan Tenorio!	
JUAN.	Yo soy.	
	Y si no me satisfaces,	
	compañía juro que haces	2890
	a tus estatuas desde hoy.	
ESC.	*(Alargándole las llaves.)*	
	Tomad. (No quiero la piel	
	dejar aquí entre sus manos.	
	Ahora, que los sevillanos	
	se las compongan con él.) *(Vase.)*	2895

ESCENA III

DON JUAN

Mi buen padre empleó en esto
entera la hacienda mía:
hizo bien: yo al otro día
la hubiera a una carta puesto.
No os podéis quejar de mí,   2900
vosotros a quien **maté**;
si buena vida os quité,
buena sepultura os di.
¡Magnífica es, en verdad,
la idea de tal panteón!   2905
Y... siento que el corazón

[2896] El proceso de arrepentimiento comienza en esta escena.

190

me halaga esta soledad.
¡Hermosa noche...! ¡Ay de mí!
¡Cuántas como ésta tan puras,
en infames aventuras   2910
desatinado perdí!
¡Cuántas, al mismo fulgor
de esa luna transparente,
arranqué a algún inocente
la existencia o el honor!   2915
Sí, después de tantos años
cuyos recuerdos me espantan,
siento que en mí se levantan
pensamientos en mí extraños.
¡Oh! Acaso me los inspira   2920
desde el cielo, en donde mora,
esa sombra protectora
que por mi mal no respira.
(Se dirige a la estatua de DOÑA INÉS, *ha-
bládola con respeto.)*
Mármol en quien doña Inés
en cuerpo sin alma existe,   2925
deja que el alma de un triste
llore un momento a tus pies.
De azares mil a través
conservé tu imagen pura,
y pues la mala ventura   2930
te asesinó de don Juan,
contempla con cuánto afán
vendrá hoy a tu sepultura.
En ti nada más pensó
desde que se fue de ti;   2935
y desde que huyó de aquí,
sólo en volver meditó.
Don Juan tan sólo esperó
de doña Inés su ventura,
y hoy, que en pos de su hermosura   2940
vuelve el infeliz don Juan,
mira cuál será su afán

al dar con tu sepultura.
Inocente doña Inés,
cuya hermosa juventud   2945
encerró en el ataúd
quien llorando está a tus pies;
si de esa piedra a través
puedes mirar la amargura
del alma que tu hermosura   2950
adoró con tanto afán,
prepara un lado a don Juan
en tu misma sepultura.
Dios te crió por mi bien,
por ti pensé en la virtud,   2955
adoré su excelsitud,
y anhelé su santo Edén.
Sí; aún hoy mismo en ti también
mi esperanza se asegura,
que oigo una voz que murmura   2960
en derredor de don Juan
palabras con que su afán
se calma en tu sepultura.
¡Oh, doña Inés de mi vida!
Si esa voz con quien deliro   2965
es el postrimer suspiro
de tu eterna despedida;
si es que de ti desprendida
llega esa voz a la altura,
y hay un Dios tras esa anchura   2970
por donde los astros van,
dile que mire a don Juan
llorando en tu sepultura.
(Se apoya en el sepulcro, ocultando el rostro;
y mientras se conserva en esta postura, un
vapor que se levanta del sepulcro oculta la
estatua de DOÑA INÉS. *Cuando el vapor se*
desvanece, la estatua ha desaparecido. DON
JUAN *sale de su enajenamiento.)*
Este mármol sepulcral

adormece mi vigor,
y sentir creo en redor
un ser sobrenatural.
Mas... ¡cielos! ¡El pedestal
no mantiene su escultura!
¿Qué es esto? ¿Aquella figura   2980
fue creación de mi afán?

Escena IV

(El llorón y las flores de la izquierda del se-
pulcro de Doña Inés *se cambian en una*
apariencia, dejando ver dentro de ella, y en
medio de resplandores, la sombra de Doña
Inés.)

Don Juan, *la* Sombra *de* Doña Inés

Sombra.	No; mi espíritu, don Juan,
	te aguardó en mi sepultura.
Juan.	*(De rodillas.)*

    ¡Doña Inés! Sombra querida,
alma de mi corazón,   2985
¡no me quites la razón
si me has de dejar la vida!
Si eres imagen fingida,
sólo hija de mi locura,
no aumentes mi desventura   2990
burlando mi loco afán.

Sombra.	Yo soy doña Inés, don Juan,
	que te oyó en su sepultura.
Juan.	¿Conque vives?
Sombra.	Para ti;
	mas tengo mi purgatorio 2995

[2995] «Purgatorio.» Doña Inés, muerta de sentimiento años antes al regresar al convento una vez abandonada por don Juan,
está en el purgatorio de su tumba. Su pecado, el haber cedido

en ese mármol mortuorio
que labraron para mí.
Yo a Dios mi alma ofrecí
en precio de tu alma impura,

al amor del libertino y el continuar fiel a ese «amor de Satanás», según el drama. Su pena purificadora es esa espera angustiosa, de la cual pende su eterna salvación, ya que ha hecho el sacrificio de ofrecer su alma en precio del alma impura de don Juan. Su deber, velar, orar e impetrar para que don Juan obre con cordura en esos últimos instantes de eterna decisión. Tres son los puntos teológicos que suscita este pasaje del drama: la existencia del purgatorio, el lugar del purgatorio, y el estado de las almas que en él se encuentran. Según la teología, los justos que mueren con manchas de pecado han de purificarse con las penas del purgatorio antes de entrar en el cielo, y mientras están en ese estado pueden recibir ayuda espiritual de los fieles vivos. Ambas partes de la tesis son de fe divina y católica, definida en varios concilios: Lugdunense II (Denzinger, 464), Tridentino (D, 983). El lugar del purgatorio es un punto de controversia. ¿Es un lugar físico o corpóreo, o un estado? Según opinión bastante común de los teólogos y creencia general de los fieles, se trata de un lugar, que Suárez sitúa hacia el centro de la tierra («versus centrum terrae»); pero Santo Tomás ofrece la posibilidad de un doble purgatorio: uno físico (oficial), anexionado al infierno y otro singular determinado (privado), en que un alma puede purificarse: «probabiliter... locus purgatorii est duplex: unus secundum legem communem, et sic... est locus inferior inferno coniunctus...; alius... secundum dispensationem, et sic quandoque in diversis locis aliqui puniti leguntur, vel ad vivorum instructionem vel ad mortuorum subventionem» (Summa Theologica, 4 d. 21 q. 1 a 1 sol. 2). El purgatorio de Inés, en su mármol mortuorio, entraría, pues, dentro de ese segundo purgatorio («secundum dispensationem») de que habla el Aquinate. Sobre el valor de las obras en el purgatorio existe la siguiente doctrina: las almas en el purgatorio pueden hacer obras buenas, pero no pueden merecer para sí mismas ni aumentar la gracia por encontrarse fuera del estado de vida. Pero pueden impetrar a Dios, no sólo por sí mismas, como la disminución y alivio de su pena, sino hasta por nosotros, los vivos, debido a la unión y comunión de bienes sobrenaturales entre las tres iglesias componentes del Cuerpo Místico: la triunfante, la purgante y la militante. Esta doctrina está expresa en varios decretos y disposiciones de la iglesia y corroborada por la práctica universal de la devoción a las almas del purgatorio. Ver Sacrae Theologiae Summa, V, 978-979. A esta luz, la intercesión del alma de doña Inés por la salvación de don Juan, parece doctrinalmente justificada.

y Dios, al ver la ternura   3000
con que te amaba mi afán,
me dijo: «Espera a don Juan
en tu misma sepultura.
Y pues quieres ser tan fiel
a un amor de Satanás,   3005
con don Juan te salvarás,
o te perderás con él.

<hr />

3007 Esta unión de destinos recuerda el pasaje de *El condenado,*
de Tirso, cuando el Demonio le dice a Paulo que vaya a Nápoles y observe las obras y palabras de Enrico, «porque el fin que
aquel tuviere, / ese fin has de tener» (vs. 283-284). Dicha unión
es fruto del amor. Este tipo de amor sentía la Marquesa de Cus-
tine por Chateaubriand, según Ortega, «una especie de metafísi-
co injerto... En ese fondo radical, la persona que amó se sigue
sintiendo absolutamente adscrita a la amada... Éste es el síntoma
supremo del verdadero amor: estar al lado de lo amado, en un
contacto y proximidad más profundos que los espaciales. En un
estar vitalmente en el otro. La palabra más exacta, pero demasiado técnica, sería ésta: un estar ontológicamente con el amado,
fiel al destino de éste, sea el que sea» *(Estudios sobre el amor,
Obras,* V, 569-70). *La Divina Comedia* (Inferno, Canto V) nos
ofrece un episodio, confirmación trágica de estas palabras de Ortega, y del cual ya hablamos en la Introducción. Dante encuentra
a una pareja de amantes en el círculo del Infierno, destinado a
pecadores carnales. Son Paolo y Francesca, asesinados por el esposo de ésta, Giovanni di Malatesta, señor de Rimini, una vez
descubiertos sus amores ilícitos. Sus almas, unidas para siempre,
sufrirán el mismo tormento. Francesca explica al poeta la causa
de su condena: «El amor, que se apodera pronto de los cora-
zones nobles, hizo que éste se prendase de aquella hermosa figura que me fue arrebatada del mundo que todavía me ator-
menta. El amor, que al que es amado obliga a amar, me infun-
dió por éste una pasión tan viva, que, como ves, aún no me
ha abandonado. El amor nos condujo a una misma muerte»
(La Divina Comedia. Obras Completas de Dante Alighieri, versión castellana de Nicolás González Ruiz, Madrid, BAC, 1965,
página 44). Y explica a continuación cómo llegaron a ese amor
pasional de turbios deseos: «Leímos un día, por gusto, cómo el
amor hirió a Lanzarote. Estábamos solos y sin cuidados. Nos mi-
ramos muchas veces durante aquella lectura, y nuestro rostro pa-
lideció; pero fuimos vencidos por un solo pasaje. Cuando leímos
que la deseada sonrisa fue interrumpida por el beso del amante,
éste, que ya nunca se apartará de mí, me besó temblando en la

	Por él vela: mas si cruel	
	te desprecia tu ternura,	
	y en su torpeza y locura	3010
	sigue con bárbaro afán,	
	llévese tu alma don Juan	
	de tu misma sepultura.»	
JUAN.	*(Fascinado.)*	
	¡Yo estoy soñando quizás	
	con las sombras de un Edén!	3015
SOMBRA.	No: y ve que si piensas bien,	
	a tu lado me tendrás;	
	mas si obras mal, causarás	
	nuestra eterna desventura.	
	Y medita con cordura	3020
	que es esta noche, don Juan,	
	el espacio que nos dan	
	para buscar sepultura.	
	Adiós, pues; y en la ardua lucha	
	en que va a entrar tu existencia,	3025
	de tu dormida conciencia	
	la voz que va alzarse escucha;	
	porque es de importancia mucha	
	meditar con sumo tiento	
	la elección de aquel momento	3030
	que, sin poder evadirnos,	
	al mal o al bien ha de abrirnos	
	la losa del monumento.	

(Ciérrase la apariencia; desaparece DOÑA INÉS, *y todo queda como al principio del acto, menos la estatua de* DOÑA INÉS *que no vuelve a su lugar.* DON JUAN *queda atónito.)*

---

boca. Galeoto fue el libro y quien lo escribió. Aquel día ya no seguimos leyendo» (págs. 45-46). El fatídico imán que arrastra a don Juan a la sepultura de Inés, y la espera de ésta en su mármol mortuorio, tienen una misma causa: el amor que encadena para siempre.

Escena V

Don Juan

¡Cielos! ¿Qué es lo que escuché?
¡Hasta los muertos así   3035
dejan sus tumbas por mí!
Mas sombra, delirio fue.
Yo en mi mente la forjé;
la imaginación le dio
la forma en que se mostró,   3040
y ciego vine a creer
en la realidad de un ser
que mi mente fabricó.
Mas nunca de modo tal
fanatizó mi razón   3045
mi loca imaginación
con su poder ideal.
Sí, algo sobrenatural
vi en aquella doña Inés
tan vaporosa, a través   3050
aun de esa enramada espesa;
mas... ¡bah! circunstancia es ésa
que propia de sombras es.
¿Qué más diáfano y sutil
que las quimeras de un sueño?   3055
¿Dónde hay nada más risueño,
más flexible y más gentil?
¿Y no pasa veces mil
que, en febril exaltación,
ve nuestra imaginación   3060
como ser y realidad
la vacía vanidad
de una anhelada ilusión?
¡Sí, por Dios, delirio fue!
Mas su estatua estaba aquí.   3065

197

Sí, yo la vi y la toqué,
y aun en albricias le di
al escultor no se qué.
¡Y ahora sólo el pedestal
veo en la urna funeral!   3070
¡Cielos! La mente me falta,
o de improviso me asalta
algún vértigo infernal.
¿Qué dijo aquella visión?
¡Oh! Yo la oí claramente,   3075
y su voz triste y doliente
resonó en mi corazón.
¡Ah! ¡Y breves las horas son
del plazo que nos augura!
No, no: ¡de mi calentura   3080
delirio insensato es!
Mi fiebre fue a doña Inés
quien abrió la sepultura.
¡Pasad y desvaneceos;
pasad, siniestros vapores   3085
de mis perdidos amores
y mis fallidos deseos!
¡Pasad, vanos devaneos
de un amor muerto al nacer;
no me volváis a traer   3090
entre vuestro torbellino,
ese fantasma divino
que recuerda una mujer!
¡Ah! ¡Estos sueños me aniquilan,
mi cerebro se enloquece...   3095
y esos mármoles parece
que estremecidos vacilan!
(Las estatuas se mueven lentamente y vuel-
ven la cabeza hacia él.)
Sí, sí; ¡sus bustos oscilan,
su vago contorno medra...!
Pero don Juan no se arredra: 3100
¡alzaos, fantasmas vanos,

y os volveré con mis manos
a vuestros lechos de piedra!
No, no me causan pavor
vuestros semblantes esquivos;   3105
jamás, ni muertos ni vivos,
humillaréis mi valor.
Yo soy vuestro matador
como al mundo es bien notorio;
si en vuestro alcázar mortuorio   3110
me aprestáis venganza fiera,
daos prisa; aquí os espera
otra vez don Juan Tenorio.

ESCENA VI

DON JUAN, EL CAPITÁN CENTELLAS, AVELLANEDA

CENT.   (Dentro.)
          ¿Don Juan Tenorio?
JUAN.   (Volviendo en sí.)
                              ¿Qué es eso?
          ¿Quién me repite mi nombre?   3115
AVELL.   (Saliendo.)
          ¿Veis a alguien?   (A CENTELLAS.)
CENT.   (Ídem.)
                         Sí, allí hay un hombre.
JUAN.   ¿Quién va?
AVELL.   Él es.
CENT.   (Yéndose a DON JUAN.)
                         Yo pierdo el seso
          con la alegría. ¡Don Juan!
AVELL.   ¡Señor Tenorio!
JUAN.   ¡Apartaos,
          vanas sombras!
CENT.   Reportaos,   3120
          señor don Juan... Los que están
          en vuestra presencia ahora,

	no son sombras, hombres son,
	y hombres cuyo corazón
	vuestra amistad atesora. 3125
	A la luz de las estrellas
	os hemos reconocido,
	y un abrazo hemos venido
	a daros.
JUAN.	Gracias, Centellas.
CENT.	Mas ¿qué tenéis? ¡Por mi vida 3130
	que os tiembla el brazo, y está
	vuestra faz descolorida!
JUAN.	*(Recobrando su aplomo.)*
	La luna tal vez lo hará.
AVELL.	Mas, don Juan, ¿qué hacéis aquí?
	¿Este sitio conocéis? 3135
JUAN.	¿No es un panteón?
CENT.	¿Y sabéis
	a quién pertenece?
JUAN.	A mí:
	mirad a mi alrededor,
	y no veréis más que amigos
	de mi niñez, o testigos 3140
	de mi audacia y mi valor.
CENT.	Pero os oímos hablar:
	¿con quién estabais?
JUAN.	Con ellos.
CENT.	¿Venís aún a escarnecellos?
JUAN.	No, los vengo a visitar. 3145
	Mas un vértigo insensato
	que la mente me asaltó,
	un momento me turbó;
	y a fe que me dio mal rato.
	Esos fantasmas de piedra 3150
	me amenazaban tan fieros,
	que a mí acercado a no haberos
	pronto...
CENT.	¡Ja!, ¡ja!, ¡ja! ¿Os arredra,
	don Juan, como a los villanos

200

	el temor de los difuntos?	3155
JUAN.	No a fe; contra todos juntos	

JUAN. el temor de los difuntos? 3155

JUAN. No a fe; contra todos juntos
tengo aliento y tengo manos.
Si volvieran a salir
de las tumbas en que están,
a las manos de don Juan 3160
volverían a morir.
Y desde aquí en adelante
sabed, señor capitán,
que yo soy siempre don Juan,
y no hay cosa que me espante. 3165
Un vapor calenturiento
un punto me fascinó,
Centellas, mas ya pasó:
cualquiera duda un momento.

AVELL.
CENT. } Es verdad.

JUAN. Vamos de aquí. 3170

CENT. Vamos, y nos contaréis
cómo a Sevilla volvéis
tercera vez.

JUAN. Lo haré así,
si mi historia os interesa:
y a fe que oírse merece, 3175
aunque mejor me parece
que la oigáis de sobremesa.
¿No opináis...?

AVELL.
CENT. } Como gustéis.

JUAN. Pues bien: cenaréis conmigo
y en mi casa.

CENT. Pero digo, 3180
¿es cosa de que dejéis
algún huésped por nosotros?
¿No tenéis gato encerrado?

JUAN. ¡Bah! Si apenas he llegado:
no habrá allí más que vosotros 3185
esta noche.

CENT.	¿Y no hay tapada
	a quien algún plantón demos?
JUAN.	Los tres solos cenaremos.
	Digo, si de esta jornada
	no quiere igualmente ser	3190
	alguno de éstos.
	(Señalando a las estatuas de los sepulcros.)
CENT.	Don Juan,
	dejad tranquilos yacer
	a los que con Dios están.
JUAN.	¡Hola! ¿Parece que vos
	sois ahora el que teméis,	3195
	y mala cara ponéis
	a los muertos? Mas, ¡por Dios
	que ya que de mí os burlasteis
	cuando me visteis así,
	en lo que penda de mí	3200
	os mostraré cuánto errasteis!
	Por mí, pues, no ha de quedar:
	y a poder ser, estad ciertos
	que cenaréis con los muertos,
	y os los voy a convidar.	3205
AVELL.	Dejaos de esas quimeras.
JUAN.	¿Duda en mi valor ponerme,
	cuando hombre soy para hacerme
	platos de sus calaveras?
	Yo, a nada tengo pavor.	3210
	(Dirigiéndose a la estatua de DON GONZALO,
	que es la que tiene más cerca.)
	Tú eres el más ofendido;
	mas si quieres, te convido
	a cenar comendador.
	Que no lo puedas hacer

3213 La invitación que hace don Juan al Comendador para la cena no muestra a un don Juan sacrílego y desalmado. Le convida para alardear de falta de temor a los muertos. El don Juan de Tirso lo hace a sangre fría, después de mesarle cínicamente las barbas.

3215

creo, y es lo que me pesa;
mas, por mi parte, en la mesa
te haré un cubierto poner.
Y a fe que favor me harás,
pues podré saber de ti
si hay más mundo que el de aquí,   3220
y otra vida, en que jamás,
a decir verdad, creí.

CENT. Don Juan, eso no es valor;
       locura, delirio es.

JUAN. Como lo juzguéis mejor: 3225
       yo cumplo así. Vamos, pues.
       Lo dicho, comendador.

ACTO SEGUNDO

La estatua de don Gonzalo

Aposento de don Juan Tenorio.—Dos puertas en el fondo a derecha e izquierda, preparadas para el juego escénico del acto. Otra puerta en el bastidor que cierra la decoración por la izquierda. Ventana en el de la derecha. Al alzarse el telón están sentados a la mesa don Juan, Centellas y Avellaneda. La mesa ricamente servida: el mantel cogido con guirnaldas de flores, etc. En frente del espectador, don Juan, y a su izquierda Avellaneda; en el lado izquierdo de la mesa, Centellas, y en el de enfrente de éste, una silla y un cubierto desocupados

ESCENA PRIMERA

DON JUAN, EL CAPITÁN CENTELLAS, AVELLANEDA,
CIUTTI, UN PAJE

JUAN.　　Tal es mi historia, señores:
　　　　pagado de mi valor,
　　　　quiso el mismo emperador　　　　3230
　　　　dispensarme sus favores.
　　　　Y aunque oyó mi historia entera,
　　　　dijo: «Hombre de tanto brío
　　　　merece el amparo mío;

	vuelva a España cuando quiera.»	3235
	Y heme aquí en Sevilla ya.	
CENT.	¡Y con qué lujo y riqueza!	
JUAN.	Siempre vive con grandeza	
	quien hecho a grandeza está.	
CENT.	A vuestra vuelta.	
JUAN.	Bebamos.	3240
CENT.	Lo que no acierto a creer	
	es cómo, llegando ayer,	
	ya establecido os hallamos.	
JUAN.	Fue el adquirirme, señores,	
	tal casa con tal boato,	3245
	porque se vendió a barato	
	para pago de acreedores.	
	Y como al llegar aquí	
	desheredado me hallé,	
	tal como está la compré.	3250
CENT.	¿Amueblada y todo?	
JUAN.	Sí.	
	Un necio que se arruinó	
	por una mujer vendióla.	
CENT.	¿Y vendió la hacienda sola?	
JUAN.	Y el alma al diablo.	
CENT.	¿Murió?	3255
JUAN.	De repente: y la justicia,	
	que iba a hacer de cualquier modo	
	pronto despacho de todo,	
	viendo que yo su codicia	
	saciaba, pues los dineros	3260
	ofrecía dar al punto,	
	cedióme el caudal por junto	
	y estafó a los usureros.	
CENT.	Y la mujer, ¿qué fue de ella?	
JUAN.	Un escribano la pista	3265
	la siguió, pero fue lista	
	y escapó.	
CENT.	¿Moza?	
JUAN.	Y muy bella.	

CENT.	Entrar hubiera debido
	en los muebles de la casa.
JUAN.	Don Juan Tenorio no pasa 3270
	moneda que se ha perdido.
	Casa y bodega he comprado,
	dos cosas que, no os asombre,
	pueden bien hacer a un hombre
	vivir siempre acompañado; 3275
	como lo puede mostrar
	vuestra agradable presencia,
	que espero que con frecuencia
	me hagáis ambos disfrutar.
CENT.	Y nos haréis honra inmensa. 3280
JUAN.	Y a mí vos. ¡Ciutti!
CIUT.	¿Señor?
JUAN.	Pon vino al Comendador.
	(Señalando el vaso del puesto vacío.)
AVELL.	Don Juan, ¿aún en eso piensa
	vuestra locura?
JUAN.	¡Sí, a fe!
	Que si él no puede venir, 3285
	de mí no podréis decir
	que en ausencia no le honré.
CENT.	¡Ja, ja, ja! Señor Tenorio,
	creo que vuestra cabeza
	va menguando en fortaleza. 3290
JUAN.	Fuera en mí contradictorio,
	y ajeno de mi hidalguía,
	a un amigo convidar
	y no guardarle el lugar
	mientras que llegar podría. 3295
	Tal ha sido mi costumbre
	siempre, y siempre ha de ser ésa;
	y el mirar sin él la mesa
	me da, en verdad, pesadumbre.
	Porque si el Comendador 3300
	es, difunto, tan tenaz
	como vivo, es muy capaz

	de seguirnos el humor.	
CENT	Brindemos a su memoria,	
	y más en él no pensemos.	3305
JUAN.	Sea.	
CENT.	Brindemos.	
AVELL.		
JUAN.	} Brindemos.	
CENT.	A que Dios le dé su gloria.	
JUAN.	Mas yo, que no creo que haya	
	más gloria que esta mortal,	
	no hago mucho en brindis tal;	3310
	mas por complaceros, ¡vaya!	
	Y brindo a Dios que te dé	
	la gloria Comendador.	

(Mientras beben se oye lejos un aldabonazo, que se supone dado en la puerta de la calle.)

	Mas ¿llamaron?	
CIUT.	Sí, señor.	
JUAN.	Ve quién.	
CIUT.	*(Asomando por la ventana.)*	
	A nadie se ve.	3315
	¿Quién va allá? Nadie responde.	
CENT.	Algún chusco.	
AVELL.	Algún menguado	
	que al pasar habrá llamado	
	sin mirar siquiera dónde.	
JUAN.	*(A CIUTTI.)*	
	Pues cierra y sirve licor.	3320

(Llaman otra vez más recio.)

	Mas ¿llamaron otra vez?	
CIUT.	Sí.	
JUAN.	Vuelve a mirar.	
CIUT.	¡Pardiez!	
	A nadie veo, señor.	
JUAN.	¡Pues, por Dios, que del bromazo	
	quien es no se ha de alabar!	3325
	Ciutti, si vuelve a llamar	
	suéltale un pistoletazo.	

(Llaman otra vez, y se oye un poco más cerca.)

¿Otra vez?

CIUT. ¡Cielos!

AVELL.
CENT. } ¿Qué pasa?

CIUT. Que esa aldabada postrera
ha sonado en la escalera, 3330
no en la puerta de la casa.

AVELL.
CENT. } ¿Qué dices?

(Levantándose asombrados.)

CIUT. Digo lo cierto
nada más: dentro han llamado
de la casa.

JUAN. ¿Qué os ha dado?
¿Pensáis ya que sea el muerto? 3335
Mis armas cargué con bala:
Ciutti, sal a ver quién es.

(Vuelven a llamar más cerca.)

AVELL. ¿Oísteis?

CIUT. ¡Por San Ginés,
que eso ha sido en la antesala!

JUAN. ¡Ah! Ya lo entiendo; me habéis 3340
vosotros mismos dispuesto
esta comedia, supuesto
que lo del muerto sabéis.

AVELL. Yo os juro, don Juan...

CENT. Y yo.

JUAN. ¡Bah! Diera en ello el más topo, 3345
y apuesto a que ese galopo
los medios para ello os dio.

AVELL. Señor don Juan, escondido
algún misterio hay aquí.

(Vuelven a llamar más cerca.)

CENT. ¡Llamaron otra vez!

CIUT. Sí; 3350

	y ya en el salón ha sido.
JUAN.	¡Ya! Mis llaves en manojo
	habréis dado a la fantasma,
	y que entre así no me pasma;
	mas no saldrá a vuestro antojo, 3355
	ni me han de impedir cenar
	vuestras farsas desdichadas.

JUAN.

¡Ya! Mis llaves en manojo
habréis dado a la fantasma,
y que entre así no me pasma;
mas no saldrá a vuestro antojo,　　3355
ni me han de impedir cenar
vuestras farsas desdichadas.

(Se levanta, y corre los cerrojos de las puertas del fondo, volviendo a su lugar.)

Ya están las puertas cerradas:
ahora el coco, para entrar,
tendrá que echarlas al suelo,　　　3360
y en el punto que lo intente,
que con los muertos se cuente,
y apele después al cielo.

CENT.　　¡Qué diablos! Tenéis razón.

JUAN.　　¿Pues no temblabais?

CENT.　　　　　　　　Confieso　　3365
que en tanto que no di en eso,
tuve un poco de aprensión.

JUAN.　　¿Declaráis, pues, vuestro enredo?

AVELL.　Por mi parte, nada sé.

CENT.　　Ni yo.

JUAN.　　　　Pues yo volveré　　　3370
contra el inventor el miedo.
Mas sigamos con la cena;
vuelva cada uno a su puesto,
que luego sabremos de esto.

AVELL.　Tenéis razón.

JUAN.　　*(Sirviendo a* CENTELLAS.*)*
　　　　　　　　　　Cariñena:　　3375
sé que os gusta, capitán.

CENT.　　Como que somos paisanos.

JUAN.　　*(A* AVELLANEDA, *sirviéndole de otra botella.)*
Jerez a los sevillanos,
don Rafael.

AVELL.　　　　Habéis, don Juan,

	dado a entrambos por el gusto; 3380
	¿mas con cuál brindaréis vos?
JUAN.	Yo haré justicia a los dos.
CENT.	Vos siempre estáis en lo justo.
JUAN.	Sí, a fe; bebamos.
AVELL. ⎫	Bebamos.
CENT. ⎭	

(Llaman a la misma puerta de la escena, fondo derecha.)

JUAN.
Pesada me es ya la broma,   3385
mas veremos quién asoma
mientras en la mesa estamos.
(A CIUTTI, *que se manifiesta asombrado.)*
¿Y qué haces tú ahí, bergante?
¡Listo! Trae otro manjar: *(Vase* CIUTTI.*)*
mas me ocurre en este instante   3390
que nos podemos mofar
de los de afuera, invitándoles
a probar su sutileza,
entrándose hasta esta pieza
y sus puertas no franqueándoles.   3395

AVELL.
Bien dicho.

CENT.
                    Idea brillante.
(Llaman fuerte, fondo derecha.)

JUAN.
¡Señores! ¿A qué llamar?
Los muertos se han de filtrar
por la pared; adelante.
(La estatua de DON GONZALO *pasa por la puerta sin abrirla, y sin hacer ruido.)*

ESCENA II

DON JUAN, CENTELLAS, AVELLANEDA, LA ESTATUA DE DON GONZALO

CENT.	¡Jesús!
AVELL.	¡Dios mío!
JUAN.	¡Qué es esto! 3400

AVELL.	Yo desfallezco. *(Cae desvanecido.)*
CENT.	Yo expiro. *(Cae lo mismo.)*
JUAN.	¡Es realidad, o deliro!
	Es su figura..., su gesto.
ESTATUA.	¿Por qué te causa pavor
	quien convidado a tu mesa 3405
	viene por ti?
JUAN.	¡Dios! ¿No es ésa
	la voz del comendador?
ESTATUA.	Siempre supuse que aquí
	no me habías de esperar.
JUAN.	Mientes, porque hice arrimar 3410
	esa silla para ti.
	Llega, pues, para que veas
	que aunque dudé en un extremo
	de sorpresa, no te temo,
	aunque el mismo Ulloa seas. 3415
ESTATUA.	¿Aún lo dudas?
JUAN.	No lo sé.
ESTATUA.	Pon, si quieres, hombre impío,
	tu mano en el mármol frío
	de mi estatua.
JUAN.	¿Para qué?
	Me basta oírlo de ti: 3420
	cenemos, pues; mas te advierto...
ESTATUA.	¿Qué?
JUAN.	Que si no eres el muerto,
	no vas a salir de aquí.
	¡Eh! Alzad. *(A* CENTELLAS y AVELLANE-
	DA.)*
ESTATUA.	No pienses, no,
	que se levanten, don Juan; 3425
	porque en sí no volverán
	hasta que me ausente yo.
	Que la divina clemencia
	del Señor para contigo,
	no requiere más testigo 3430
	que tu juicio y tu conciencia.

211

Al sacrílego convite
que me has hecho en el panteón,
para alumbrar tu razón
Dios asistir me permite.   3435
Y heme que vengo en su nombre
a enseñarte la verdad;
y es: que hay una eternidad
tras de la vida del hombre.
Que numerados están   3440
los días que has de vivir,
y que tienes que morir
mañana mismo, don Juan.
Mas como esto que a tus ojos
está pasando, supones   3445
ser del alma aberraciones
y de la aprensión antojos,
Dios, en su santa clemencia,
te concede todavía,
don Juan, hasta el nuevo día   3450
para ordenar tu conciencia.
Y su justicia infinita
porque conozcas mejor,.
espero de tu valor
que me pagues la visita.   3455
¿Irás, don Juan?

JUAN.   Iré, sí;
mas me quiero convencer
de lo vago de tu ser
antes que salgas de aquí.
(Coge una pistola.)

ESTATUA.   Tu necio orgullo delira,   3460
don Juan: los hierros más gruesos
y los muros más espesos
se abren a mi paso: mira.
(Desaparece LA ESTATUA *sumiéndose por la
pared.)*

Escena III

Don Juan, Avellaneda, Centellas

JUAN.

¡Cielos! ¡Su esencia se trueca,
el muro hasta penetrar,   3465
cual mancha de agua que seca
el ardor canicular!
¿No me dijo: «El mármol toca
de mi estatua»? ¿Cómo, pues,
se desvanece una roca?   3470
¡Imposible! Ilusión es.
Acaso su antiguo dueño
mis cubas envenenó,
y el licor tan vano ensueño
en mi mente levantó.   3475
¡Mas si éstas que sombras creo
espíritus reales son,
que por celestial empleo
llaman a mi corazón!,
entonces, para que iguale   3480
su penitencia don Juan
con sus delitos, ¿qué vale
el plazo ruin que le dan?
¡Dios me da tan sólo un día...!
Si fuese Dios en verdad,   3485
a más distancia pondría
su aviso y mi eternidad.
«Piensa bien que al lado tuyo
me tendrás...», dijo de Inés
la sombra, y si bien arguyo,   3490
pues no la veo, sueño es.

(*Trasparéntase en la pared la sombra de*
doña Inés.)

DON JUAN, *la* SOMBRA DE DOÑA INÉS; CENTELLAS
y AVELLANEDA, *dormidos*

SOMBRA.	Aquí estoy.
JUAN.	¡Cielos!
SOMBRA.	Medita

lo que al buen comendador
has oído, y ten valor
para acudir a su cita.   3495
Un punto se necesita
para morir con ventura;
elígele con cordura,
porque mañana, don Juan,
nuestros cuerpos dormirán   3500
en la misma sepultura.
(Desaparece LA SOMBRA.)

ESCENA V

DON JUAN, CENTELLAS, AVELLANEDA

JUAN.   Tente, doña Inés, espera;
y si me amas en verdad,
hazme al fin la realidad
distinguir de la quimera.   3505
Alguna más duradera
señal dame que segura
me pruebe que no es locura
lo que imagina mi afán,
para que baje don Juan   3510
tranquilo a la sepultura.
Mas ya me irrita, por Dios,
el verme siempre burlado,
corriendo desatentado

siempre de sombras en pos.   3515
¡Oh! Tal vez todo esto ha sido
por estos dos preparado,
y mientras se ha ejecutado,
su privación han fingido.
Mas, por Dios, que si es así,   3520
se han de acordar de don Juan.
¡Eh!, don Rafael, capitán:
Ya basta: alzaos de ahí.
(DON JUAN *mueve a* CENTELLAS *y a* AVE-
LLANEDA, *que se levantan como quien vuel-*
ve de un profundo sueño.)

CENT.   ¿Quién va?
JUAN.   Levantad.
AVELL.   ¿Qué pasa?
¡Hola, sois vos!
CENT.   ¿Dónde estamos?   3525
JUAN.   Caballeros, claros vamos.
Yo os he traído a mi casa,
y temo que a ella al venir,
con artificio apostado
habéis, sin duda, pensado,   3530
a costa mía reír:
mas basta ya de ficción,
y concluid de una vez.
CENT.   Yo no os entiendo.
AVELL.   ¡Pardiez!
Tampoco yo.
JUAN.   En conclusión,   3535
¿nada habéis visto ni oído?
CENT. ⎫
AVELL. ⎭   ¿De qué?
JUAN.   No finjáis ya más.
CENT.   Yo no he fingido jamás,
señor don Juan.
JUAN.   ¡Habrá sido
realidad! ¿Contra Tenorio   3540
las piedras se han animado,

215

y su vida han acotado
con plazo tan perentorio?
Hablad, pues, por compasión.

CENT.   ¡Voto va Dios! ¡Ya comprendo   3545
lo que pretendéis!

JUAN.   Pretendo
que me deis una razón
de lo que ha pasado aquí,
señores, o juro a Dios
que os haré ver a los dos   3550
que no hay quien me burle a mí.

CENT.   Pues ya que os formalizáis,
don Juan, sabed que sospecho
que vos la burla habéis hecho
de nosotros.

JUAN.   ¡Me insultáis!   3555
CENT.   No, por Dios; mas si cerrado
seguís en que aquí han venido
fantasmas, lo sucedido
oíd cómo me he explicado.
Yo he perdido aquí del todo   3560
los sentidos, sin exceso
de ninguna especie, y eso
lo entiendo yo de este modo.

JUAN.   A ver, decídmelo, pues.
CENT.   Vos habéis compuesto el vino,   3565
semejante desatino
para encajarnos después.

JUAN.   ¡Centellas!
CENT.   Vuestro valor
al extremo por mostrar,
convidasteis a cenar   3570
con vos al comendador.
Y para poder decir
que a vuestro convite exótico
asistió, con un narcótico
nos habéis hecho dormir.   3575
Si es broma, puede pasar;

216

	mas a ese extremo llevada,	
	ni puede probarnos nada,	
	ni os la hemos de tolerar.	
AVELL.	Soy de la misma opinión.	3580
JUAN.	¡Mentís!	
CENT.	Vos.	
JUAN.	Vos, capitán.	
CENT.	Esa palabra, don Juan...	
JUAN.	La he dicho de corazón.	

Mentís; no son a mis bríos
menester falsos portentos,   3585
porque tienen mis alientos
su mejor prueba en ser míos.

AVELL. ⎫
CENT. ⎭   Veamos.   *(Ponen mano a las espadas.)*

JUAN.   Poned a tasa
vuestra furia, y vamos fuera,
no piense después cualquiera   3590
que os asesiné en mi casa.

AVELL.   Decís bien..., mas somos dos.
CENT.   Reñiremos, si os fiáis,
el uno del otro en pos.

JUAN.   O los dos, como queráis.   3595
CENT.   ¡Villano fuera, por Dios!
Elegid uno, don Juan,
por primero.

JUAN.   Sedlo vos.
CENT.   Vamos.
JUAN.   Vamos, capitán.

ACTO TERCERO

Misericordia de Dios, y apoteosis del Amor

Panteón de la familia Tenorio.—Como estaba en el acto primero de la Segunda Parte, menos las estatuas de doña Inés y de don Gonzalo, que no están en su lugar

ESCENA PRIMERA

DON JUAN, *embozado y distraído, entra en la escena lentamente*

> Culpa mía no fue; delirio insano   5600
> me anajenó la mente acalorada.
> Necesitaba víctimas mi mano
> que inmolar a mi fe desesperada,
> y al verlos en mitad de mi camino,

3600 *El Laberinto* se muestra duro con este desenlace del drama: «No podemos dar iguales alabanzas al desenlace y final del drama, convertido en un juego de linterna mágica con la aparición de tanto difunto y prolongado mucho más de lo justo, hasta tocar con aquella superabundancia de transformaciones en los excesos de las comedias de magia, hechas para divertir al vulgo en los días de Carnaval. Es verdad también que la maquinaria, decoración y disposición de la escena es de lo más infeliz que buenamente imaginarse puede» *(Zorrilla,* pág. 416).

presa les hice allí de mi locura.   3605
¡No fui yo, vive Dios!, ¡fue su destino!
Sabían mi destreza y mi ventura.
  ¡Oh! Arrebatado el corazón me siento
por vértigo infernal..., mi alma perdida
va cruzando el desierto de la vida   3610
cual hoja seca que arrebata el viento.
Dudo..., temo..., vacilo..., en mi cabeza
siento arder un volcán..., muevo la planta
sin voluntad, y humilla mi grandeza
un no sé qué de grande que me espanta. 3615
(*Un momento de pausa.*)
  ¡Jamás mi orgullo concibió que hubiere
nada más que el valor...! Que se aniquila
el alma con el cuerpo cuando muere
creí..., mas hoy mi corazón vacila.
  ¡Jamás creí en fantasmas...! ¡Desvaríos!
                                      [3620
Mas del fantasma aquel, pese a mi aliento,
los pies de piedra caminando siento,
por doquiera que voy, tras de los míos.
  ¡Oh! Y me trae a este sitio irresistible,
misterioso poder...
(*Levanta la cabeza y ve que no está en su
pedestal la estatua de* DON GONZALO.)
                       ¡Pero qué veo!   3625
¡Falta de allí su estatua...! Sueño horrible,
déjame de una vez... No, no te creo.
Sal, huye de mi mente fascinada,
fatídica ilusión..., estás en vano
con pueriles asombros empeñada   3630
en agotar mi aliento sobrehumano.
Si todo es ilusión, mentido sueño,
nadie me ha de aterrar con trampantojos;
si es realidad, querer es necio empeño
aplacar de los cielos los enojos.   3635
No: sueño o realidad, del todo anhelo
vencerle o que me venza; y si piadoso

busca tal vez mi corazón el cielo,
que le busque más franco y generoso.
La efigie de esa tumba me ha invitado 3640
a venir a buscar prueba más cierta
de la verdad en que dudé obstinado...
Heme aquí, pues: comendador, despierta.
(Llama al sepulcro del COMENDADOR.—*Este
sepulcro se cambia en una mesa que parodia
horriblemente la mesa en que cenaron en el
acto anterior* DON JUAN, CENTELLAS *y* AVE-
LLANEDA.—*En vez de las guirnaldas que co-
gían en pabellones sus manteles, de sus flores y lujoso servicio, culebras, huesos y fuego,
etcétera. (A gusto del pintor.) Encima de
esta mesa aparece un plato de ceniza, una
copa de fuego y un reloj de arena.—Al cam-
biarse este sepulcro, todos los demás se
abren y dejan paso a las osamentas de las
personas que se suponen enterradas en ellos,
envueltas en sus sudarios. Sombras, espectros y espíritus pueblan el fondo de la escena.—La tumba de* DOÑA INÉS *permanece.)*

ESCENA II

DON JUAN, *la* ESTATUA *de* DON GONZALO, *las* SOMBRAS

ESTATUA.   Aquí me tienes, don Juan,
             y he aquí que vienen conmigo   3645
             los que tu eterno castigo
             De Dios reclamando están.
JUAN.   ¡Jesús!
ESTATUA.   ¿Y de qué te alteras,
             si nada hay que a ti te asombre,
             y para hacerte eres hombre   3650
             plato con sus calaveras?
JUAN.   ¡Ay de mí!

220

ESTATUA.	Qué, ¿el corazón	
	te desmaya?	
JUAN.	No lo sé;	
	concibo que me engañé;	3655
	no son sueños..., ¡ellos son!	

(Mirando a los espectros.)

Pavor jamás conocido
el alma fiera me asalta,
y aunque el valor no me falta,
me va faltando el sentido.

ESTATUA.	Eso es, don Juan, que se va	3660
	concluyendo tu existencia,	
	y el plazo de tu sentencia	
	está cumpliéndose ya.	
JUAN.	¡Qué dices!	
ESTATUA.	Lo que hace poco	
	que doña Inés te avisó,	3665
	lo que te he avisado yo,	
	y lo que olvidaste loco.	
	Mas el festín que me has dado	
	debo volverte, y así	
	llega, don Juan, que yo aquí	3670
	cubierto te he preparado.	
JUAN.	¿Y qué es lo que ahí me das?	
ESTATUA.	Aquí fuego, allí ceniza.	
JUAN.	El cabello se me eriza.	
ESTATUA.	Te doy lo que tú serás.	3675
JUAN.	¡Fuego y ceniza he de ser!	
ESTATUA.	Cual los que ves en redor:	
	en eso para el valor,	
	la juventud y el poder.	
JUAN.	Ceniza, bien; ¡pero fuego!	3680
ESTATUA.	El de la ira omnipotente,	
	do arderás eternamente	
	por tu desenfreno ciego.	
JUAN.	¿Conque hay otra vida más	
	y otro mundo que el de aquí?	3685
	¿Conque es verdad, ¡ay de mí!,	

lo que no creí jamás?
¡Fatal verdad que me hiela
la sangre en el corazón!
Verdad que mi perdición   3690
solamente me revela.
¿Y ese reló?

ESTATUA.   Es la medida
de tu tiempo.

JUAN.   ¡Expira ya!

ESTATUA. Sí; en cada grano se va
un instante de tu vida.   3695

JUAN.   ¿Y esos me quedan no más?

ESTATUA. Sí.

JUAN.   ¡Injusto Dios! Tu poder
me haces ahora conocer,
cuando tiempo no me das
de arrepentirme.

ESTATUA.   Don Juan,   3700
un punto de contrición
da a un alma la salvación
y ese punto aún te le dan.

JUAN.   ¡Imposible! ¡En un momento
borrar treinta años malditos   3705
de crímenes y delitos!

ESTATUA. Aprovéchale con tiento,
(Tocan a muerto.)
porque el plazo va a expirar,
y las campana doblando
por ti están, y están cavando   3710
la fosa en que te han de echar.
(Se oye a lo lejos el oficio de difuntos.)

JUAN.   ¿Conque por mí doblan?

ESTATUA.   Sí.

JUAN.   ¿Y esos cantos funerales?

ESTATUA. Los salmos penitenciales,
que están cantando por ti.   3715
(Se ve pasar por la izquierda luz de hachones, y rezan dentro.)

JUAN.	¿Y aquel entierro que pasa?
ESTATUA.	Es el tuyo.
JUAN.	¡Muerto yo!
ESTATUA.	El capitán te mató
	a la puerta de tu casa.

JUAN.
Tarde la luz de la fe   3720
penetra en mi corazón,
pues crímenes mi razón
a su luz tan sólo ve.
Los ve... y con horrible afán:
porque al ver su multitud   3725
ve a Dios en la plenitud
de su ira contra don Juan.
¡Ah! Por doquiera que fui
la razón atropellé,
la virtud escarnecí   3730
y a la justicia burlé,
y emponzoñé cuanto vi.
Yo a las cabañas bajé
y a los palacios subí,
y los claustros escalé;   3735
y pues tal mi vida fue,
no, no hay perdón para mí.
¡Mas ahí estáis todavía
(A los fantasmas.)
con quietud tan pertinaz!
Dejadme morir en paz   3740
a solas con mi agonía.
Mas con esta horrenda calma,
¿qué me auguráis, sombras fieras?
¿Qué esperan de mí?
(A la estatua de DON GONZALO.)

ESTATUA.   Que mueras
para llevarse tu alma.   3745
Y adiós, don Juan; ya tu vida
toca a su fin, y pues vano
todo fue, dame la mano
en señal de despedida.

JUAN.	¿Muéstrasme ahora amistad?	3750
ESTATUA.	Sí: que injusto fui contigo,	
	y Dios me manda tu amigo	
	volver a la eternidad.	
JUAN.	Toma, pues.	
ESTATUA.	Ahora, don Juan,	
	pues desperdicias también	3755
	el momento que te dan,	
	conmigo al infierno ven.	
JUAN.	¡Aparta, piedra fingida!	
	Suelta, suéltame esa mano,	
	que aún queda el último grano	3760
	en el reloj de mi vida.	
	Suéltala, que si es verdad	
	que un punto de contrición	
	da a un alma la salvación	
	de toda una eternidad,	3765
	yo, Santo Dios, creo en Ti:	
	si es mi maldad inaudita,	
	tu piedad es infinita...	
	¡Señor, ten piedad de mí!	
ESTATUA.	Ya es tarde.	

(DON JUAN *se hinca de rodillas, tendiendo
al cielo la mano que le deja libre la estatua.
Las sombras, esqueletos, etc., van a abalan-
zarse sobre él, en cuyo momento se abre la
tumba de* DOÑA INÉS *y aparece ésta. Doña
Inés toma la mano que* DON JUAN *tiende al
cielo.*)

ESCENA III

DON JUAN, LA ESTATUA DE DON GONZALO, DOÑA INÉS,
SOMBRAS, etc.

INÉS.	¡No! Heme ya aquí,	3770
	don Juan: mi mano asegura	
	esta mano que a la altura	
	tendió tu contrito afán,	

	y Dios perdona a don Juan	
	al pie de la sepultura.	3785
JUAN.	¡Dios clemente! ¡Doña Inés!	
INÉS.	Fantasmas, desvaneceos:	
	su fe nos salva..., volveos	
	a vuestros sepulcros, pues.	
	La voluntad de Dios es:	3780
	de mi alma con la amargura	
	purifiqué su alma impura,	
	y Dios concedió a mi afán	
	la salvación de don Juan	
	al pie de la epultura.	3785
JUAN.	¡Inés de mi corazón!	
INÉS.	Yo mi alma he dado por ti,	
	y Dios te otorga por mí	
	tu dudosa salvación.	
	Misterio es que en comprensión	3790
	no cabe de criatura:	
	y sólo en vida más pura	
	los justos comprenderán	
	que el amor salvó a don Juan	
	al pie de la sepultura.	3795
	Cesad, cantos funerales:	
	(Cesa la música y salmodia.)	
	callad, mortuorias campanas:	
	(Dejan de tocar a muerto.)	
	ocupad, sombras livianas,	
	vuestras urnas sepulcrales:	
	(Vuelven los esqueletos a sus tumbas, que	
	se cierran.)	
	volved a los pedestales,	3800
	animadas esculturas;	
	(Vuelven las estatuas a sus lugares.)	
	y las celestes venturas	
	en que los justos están,	
	empiecen para don Juan	
	en las mismas sepulturas.	3805
	(Las flores se abren y dan paso a varios	

angelitos que rodean a DOÑA INÉS *y a* DON
JUAN, *derramando sobre ellos flores y per-
fumes, y al son de una música dulce y lejana, se ilumina el teatro con luz de aurora.*
DOÑA INÉS *cae sobre un lecho de flores, que
quedará a la vista en lugar de su tumba,
que desaparece.)*

ESCENA ÚLTIMA

DOÑA INÉS, DON JUAN, LOS ÁNGELES

JUAN.
¡Clemente Dios, gloria a Ti!
Mañana a los sevillanos
aterrará el creer que a manos
de mis víctimas caí.
Mas es justo: quede aquí   3810
al universo notorio
que, pues me abre el purgatorio
un punto de penitencia,
es el Dios de la clemencia
el Dios de *Don Juan Tenorio.*   3815
(*Cae* DON JUAN *a los pies de* DOÑA INÉS, *y
mueren ambos. De sus bocas salen sus almas representadas en dos brillantes llamas,
que se pierden en el espacio al son de la
música. Cae el telón.*)

226

Colección Letras Hispánicas

DE PRÓXIMA APARICIÓN

The Little Prince

"*I believe that for his escape he took advantage of the migration of a flock of wild birds.*"

The Little Prince

Written and Illustrated by

Antoine de Saint Exupéry

Translated from the French
by Katherine Woods

A Harvest/HBJ Book
Harcourt Brace Jovanovich
New York and London

AA

ISBN 0-15-246507-3

TO LEON WERTH

I ask the indulgence of the children who may read this book for dedicating it to a grown-up. I have a serious reason: he is the best friend I have in the world. I have another reason: this grown-up understands everything, even books about children. I have a third reason: he lives in France where he is hungry and cold. He needs cheering up. If all these reasons are not enough, I will dedicate the book to the child from whom this grown-up grew. All grown-ups were once children—although few of them remember it. And so I correct my dedication:

TO LEON WERTH
WHEN HE WAS A LITTLE BOY

The Little Prince

Once when I was six years old I saw a magnificent picture in a book, called *True Stories from Nature,* about the primeval forest. It was a picture of a boa constrictor in the act of swallowing an animal. Here is a copy of the drawing.

In the book it said: "Boa constrictors swallow their prey whole, without chewing it. After that they are not able to move, and they sleep through the six months that they need for digestion."

I pondered deeply, then, over the adventures of the jungle. And after some work with a colored pencil I succeeded in making my first drawing. My Drawing Number One. It looked like this:

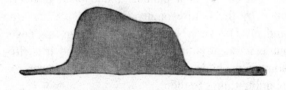

3

I showed my masterpiece to the grown-ups, and asked them whether the drawing frightened them.

But they answered: "Frighten? Why should any one be frightened by a hat?"

My drawing was not a picture of a hat. It was a picture of a boa constrictor digesting an elephant. But since the grown-ups were not able to understand it, I made another drawing: I drew the inside of the boa constrictor, so that the grown-ups could see it clearly. They always need to have things explained. My Drawing Number Two looked like this:

The grown-ups' response, this time, was to advise me to lay aside my drawings of boa constrictors, whether from the inside or the outside, and devote myself instead to geography, history, arithmetic and grammar. That is why, at the age of six, I gave up what might have been a magnificent career as a painter. I had been disheartened by the failure of my Drawing Number One and my Drawing Number Two. Grown-ups never understand anything by themselves, and it is tiresome for children to be always and forever explaining things to them.

So then I chose another profession, and learned to pilot airplanes. I have flown a little over all parts of the world; and it is true that geography has been very useful to me. At a glance I can distinguish China from Arizona. If one gets lost in the night, such knowledge is valuable.

In the course of this life I have had a great many encounters with a great many people who have been concerned with matters of consequence. I have lived a great deal among grown-ups. I have seen them intimately, close at hand. And that hasn't much improved my opinion of them.

Whenever I met one of them who seemed to me at all clear-sighted, I tried the experiment of showing him my Drawing Number One, which I have always kept. I would try to find out, so, if this was a person of true understanding. But, whoever it was, he, or she, would always say:

"That is a hat."

Then I would never talk to that person about boa constrictors, or primeval forests, or stars. I would bring myself down to his level. I would talk to him about bridge, and golf, and politics, and neckties. And the grown-up would be greatly pleased to have met such a sensible man.

2

So I lived my life alone, without anyone that I could really talk to, until I had an accident with my plane in the Desert of Sahara, six years ago. Something was broken in my engine. And as I had with me neither a mechanic nor any passengers, I set myself to attempt the difficult repairs all alone. It was a question of life or death for me: I had scarcely enough drinking water to last a week.

The first night, then, I went to sleep on the sand, a thousand miles from any human habitation. I was more isolated than a shipwrecked sailor on a raft in the middle of the ocean. Thus you can imagine my amazement, at sunrise, when I was awakened by an odd little voice. It said:

"If you please—draw me a sheep!"

"What!"

"Draw me a sheep!"

I jumped to my feet, completely thunderstruck. I blinked my eyes hard. I looked carefully all around me. And I saw a most extraordinary small person, who stood there examining me with great seriousness. Here you may see the best portrait that, later, I was able to make of him. But my drawing is certainly very much less charming than its model.

That, however, is not my fault. The grown-ups discouraged me in my painter's career when I was six years old, and I never learned to draw anything, except boas from the outside and boas from the inside.

Now I stared at this sudden apparition with my eyes fairly starting out of my head in astonish-

"Here is the best portrait that, later, I was able to make of him."

ment. Remember, I had crashed in the desert a thousand miles from any inhabited region. And yet my little man seemed neither to be straying uncertainly among the sands, nor to be fainting from fatigue or hunger or thirst or fear. Nothing about him gave any suggestion of a child lost in the middle of the desert, a thousand miles from any human habitation. When at last I was able to speak, I said to him:

"But—what are you doing here?"

And in answer he repeated, very slowly, as if he were speaking of a matter of great consequence:

"If you please—draw me a sheep . . ."

When a mystery is too overpowering, one dare not disobey. Absurd as it might seem to me, a thousand miles from any human habitation and in danger of death, I took out of my pocket a sheet of paper and my fountain-pen. But then I remembered how my studies had been concentrated on geography, history, arithmetic and grammar, and I told the little chap (a little crossly, too) that I did not know how to draw. He answered me:

"That doesn't matter. Draw me a sheep . . ."

But I had never drawn a sheep. So I drew for him one of the two pictures I had drawn so often. It was that of the boa constrictor from the outside. And I was astounded to hear the little fellow greet it with,

"No, no, no! I do not want an elephant inside

8

a boa constrictor. A boa constrictor is a very dangerous creature, and an elephant is very cum-

bersome. Where I live, everything is very small. What I need is a sheep. Draw me a sheep."

So then I made a drawing.

He looked at it carefully, then he said:

"No. This sheep is already very sickly. Make me another."

So I made another draw-ing.

My friend smiled gently and indulgently.

"You see yourself," he said, "that this is not a sheep. This is a ram. It has horns."

So then I did my drawing over once more.

But it was rejected too, just like the others.

"This one is too old. I want a sheep that will live a long time."

By this time my patience was exhausted, be-cause I was in a hurry to start taking my engine apart. So I tossed off this drawing.

And I threw out an explanation with it.

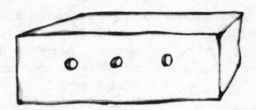

"This is only his box. The sheep you asked for is inside."

I was very surprised to see a light break over the face of my young judge:

"That is exactly the way I wanted it! Do you think that this sheep will have to have a great deal of grass?"

"Why?"

"Because where I live everything is very small . . ."

"There will surely be enough grass for him," I said. "It is a very small sheep that I have given you."

He bent his head over the drawing:

"Not so small that—Look! He has gone to sleep . . ."

And that is how I made the acquaintance of the little prince.

3

It took me a long time to learn where he came from. The little prince, who asked me so many questions, never seemed to hear the ones I asked him. It was from words dropped by chance that, little by little, everything was revealed to me.

The first time he saw my airplane, for instance (I shall not draw my airplane; that would be much too complicated for me), he asked me:

"What is that object?"

"That is not an object. It flies. It is an airplane. It is my airplane."

And I was proud to have him learn that I could fly.

He cried out, then:

"What! You dropped down from the sky?"

"Yes," I answered, modestly.

"Oh! That is funny!"

And the little prince broke into a lovely peal of laughter, which irritated me very much. I like my misfortunes to be taken seriously.

Then he added:

"So you, too, come from the sky! Which is your planet?"

At that moment I caught a gleam of light in the impenetrable mystery of his presence; and I demanded, abruptly:

"Do you come from another planet?"

But he did not reply. He tossed his head gently, without taking his eyes from my plane:

"It is true that on that you can't have come from very far away . . ."

And he sank into a reverie, which lasted a long time. Then, taking my sheep out of his pocket, he buried himself in the contemplation of his treasure.

You can imagine how my curiosity was aroused by this half-confidence about the "other planets." I made a great effort, therefore, to find out more on this subject.

"My little man, where do you come from? What is this 'where I live,' of which you speak? Where do you want to take your sheep?"

After a reflective silence he answered:

"The thing that is so good about the box you have given me is that at night he can use it as his house."

"That is so. And if you are good I will give you a string, too, so that you can tie him during the day, and a post to tie him to."

But the little prince seemed shocked by this offer:

"Tie him! What a queer idea!"

"But if you don't tie him," I said, "he will wander off somewhere, and get lost."

My friend broke into another peal of laughter:

"But where do you think he would go?"

"Anywhere. Straight ahead of him."

Then the little prince said, earnestly:

"That doesn't matter. Where I live, everything is so small!"

And, with perhaps a hint of sadness, he added:

"Straight ahead of him, nobody can go very far . . ."

The Little Prince on Asteroid B-612

4

I had thus learned a second fact of great importance: this was that the planet the little prince came from was scarcely any larger than a house!

But that did not really surprise me much. I knew very well that in addition to the great planets —such as the Earth, Jupiter, Mars, Venus—to which we have given names, there are also hundreds of others, some of which are so small that one has a hard time seeing them through the telescope. When an astronomer discovers one of these he does not give it a name, but only a number. He might call it, for example, "Asteroid 325."

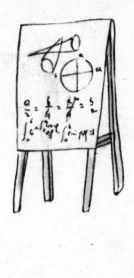

I have serious reason to believe that the planet from which the little prince came is the asteroid known as B-612.

This asteroid has only once been seen through the telescope. That was by a Turkish astronomer, in 1909.

On making his discovery, the astronomer had presented it to the International Astronomical Congress, in a great demonstration. But he was in Turkish costume, and so nobody would believe what he said.

Grown-ups are like that . . .

Fortunately, however, for the reputation of Asteroid B-612, a Turkish dictator made a law that his subjects, under pain of death, should change to European costume. So in 1920 the astronomer gave his demonstration all over again, dressed with impressive style and elegance. And this time everybody accepted his report.

If I have told you these details about the asteroid, and made a note of its number for you, it is on account of the grown-ups and their ways. Grownups love figures. When you tell them that you have made a new friend, they never ask you any questions about essential matters. They never say to you, "What does his voice sound like? What games does he love best? Does he collect butterflies?" Instead, they demand: "How old is he? How many brothers has he? How much does he weigh? How much money does his father make?"

Only from these figures do they think they have learned anything about him.

If you were to say to the grown-ups: "I saw a beautiful house made of rosy brick, with geraniums in the windows and doves on the roof," they would not be able to get any idea of that house at all. You would have to say to them: "I saw a house that cost $20,000." Then they would exclaim: "Oh, what a pretty house that is!"

Just so, you might say to them: "The proof that the little prince existed is that he was charming, that he laughed, and that he was looking for a sheep. If anybody wants a sheep, that is a proof that he exists." And what good would it do to tell them that? They would shrug their shoulders, and treat you like a child. But if you said to them: "The planet he came from is Asteroid B-612," then they would be convinced, and leave you in peace from their questions.

They are like that. One must not hold it against them. Children should always show great forbearance toward grown-up people.

But certainly, for us who understand life, figures are a matter of indifference. I should have liked to begin this story in the fashion of the fairy-tales. I should have liked to say: "Once upon a time there was a little prince who lived on a planet that was scarcely any bigger than himself, and who had need of a sheep . . ."

To those who understand life, that would have given a much greater air of truth to my story.

For I do not want any one to read my book carelessly. I have suffered too much grief in setting down these memories. Six years have already passed since my friend went away from me, with his sheep. If I try to describe him here, it is to make sure that I shall not forget him. To forget a friend is sad. Not every one has had a friend. And if I forget him, I may become like the grown-ups who are no longer interested in anything but figures . . .

It is for that purpose, again, that I have bought a box of paints and some pencils. It is hard to take up drawing again at my age, when I have never made any pictures except those of the boa constrictor from the outside and the boa constric-

tor from the inside, since I was six. I shall certainly try to make my portraits as true to life as possible. But I am not at all sure of success. One drawing goes along all right, and another has no resemblance to its subject. I make some errors, too, in the little prince's height: in one place he is too tall and in another too short. And I feel some doubts about the color of his costume. So I fumble along as best I can, now good, now bad, and I hope generally fair-to-middling.

In certain more important details I shall make mistakes, also. But that is something that will not be my fault. My friend never explained anything to me. He thought, perhaps, that I was like himself. But I, alas, do not know how to see sheep through the walls of boxes. Perhaps I am a little like the grown-ups. I have had to grow old.

5

As each day passed I would learn, in our talk, something about the little prince's planet, his departure from it, his journey. The information would come very slowly, as it might chance to fall from his thoughts. It was in this way that I heard, on the third day, about the catastrophe of the baobabs.

This time, once more, I had the sheep to thank for it. For the little prince asked me abruptly—as if seized by a grave doubt—"It is true, isn't it, that sheep eat little bushes?"

"Yes, that is true."

"Ah! I am glad!"

I did not understand why it was so important that sheep should eat little bushes. But the little prince added:

"Then it follows that they also eat baobabs?"

I pointed out to the little prince that baobabs were not little bushes, but, on the contrary, trees as big as castles; and that even if he took a whole herd of elephants away with him, the herd would not eat up one single baobab.

The idea of the herd of elephants made the little prince laugh.

"We would have to put them one on top of the other," he said.

But he made a wise comment:

"Before they grow so big, the baobabs start out by being little."

"That is strictly correct," I said. "But why do you want the sheep to eat the little baobabs?"

He answered me at once, "Oh, come, come!", as if he were speaking of something that was self-evident. And I was obliged to make a great mental effort to solve this problem, without any assistance.

Indeed, as I learned, there were on the planet where the little prince lived—as on all planets —good plants and bad plants. In consequence, there were good seeds from good plants, and bad seeds from bad plants. But seeds are invisible. They sleep deep in the heart of the earth's darkness, until some one among them is seized with the desire to awaken. Then this little seed will stretch itself and begin—timidly at first—to push a charming little sprig inoffensively upward toward the sun. If it is only a sprout of radish or the sprig of a rose-bush, one would let it grow wherever it might wish. But when it is a bad plant, one must destroy it as soon as possible, the very first instant that one recognizes it.

Now there were some terrible seeds on the planet that was the home of the little prince; and these were the seeds of the baobab. The soil of that planet was infested with them. A baobab is something you will never, never be able to get rid of if you attend to it too late. It spreads over the entire planet. It bores clear through it with its roots. And if the planet is too small, and the baobabs are too many, they split it in pieces . . .

"It is a question of discipline," the little prince said to me later on. "When you've finished your own toilet in the morning, then it is time to attend to the toilet of your planet, just so, with the greatest care. You must see to it that you pull up regularly all the baobabs, at the very first moment when they can be distinguished from the rosebushes which they resemble so closely in their earliest youth. It is very tedious work," the little prince added, "but very easy."

And one day he said to me: "You ought to make a beautiful drawing, so that the children where you live can see exactly how all this is. That would be very useful to them if they were to travel some day. Sometimes," he added, "there is no harm in putting off a piece of work until another day. But when it is a matter of baobabs, that always means a catastrophe. I knew a planet that was inhabited by a lazy man. He neglected three little bushes . . ."

So, as the little prince described it to me, I have made a drawing of that planet. I do not much like to take the tone of a moralist. But the danger of the baobabs is so little understood, and such considerable risks would be run by anyone who might get lost on an asteroid, that for once I am breaking through my reserve. "Children," I say plainly, "watch out for the baobabs!"

My friends, like myself, have been skirting this danger for a long time, without ever knowing it; and so it is for them that I have worked so hard over this drawing. The lesson which I pass on by this means is worth all the trouble it has cost me.

Perhaps you will ask me, "Why are there no other drawings in this book as magnificent and impressive as this drawing of the baobabs?"

The reply is simple. I have tried. But with the others I have not been successful. When I made the drawing of the baobabs I was carried beyond myself by the inspiring force of urgent necessity.

6

Oh, little prince! Bit by bit I came to understand the secrets of your sad little life . . . For a long time you had found your only entertainment in the quiet pleasure of looking at the sunset. I learned that new detail on the morning of the fourth day, when you said to me:

"I am very fond of sunsets. Come, let us go look at a sunset now."

"But we must wait," I said.

"Wait? For what?"

"For the sunset. We must wait until it is time."

At first you seemed to be very much surprised. And then you laughed to yourself. You said to me:

"I am always thinking that I am at home!"

Just so. Everybody knows that when it is noon in the United States the sun is setting over France.

The Baobabs

If you could fly to France in one minute, you could go straight into the sunset, right from noon. Unfortunately, France is too far away for that. But on your tiny planet, my little prince, all you need do is move your chair a few steps. You can see the day end and the twilight falling whenever you like . . .

"One day," you said to me, "I saw the sunset forty-four times!"

And a little later you added:

"You know—one loves the sunset, when one is so sad . . ."

"Were you so sad, then?" I asked, "on the day of the forty-four sunsets?"

But the little prince made no reply.

7

On the fifth day—again, as always, it was thanks to the sheep—the secret of the little prince's life was revealed to me. Abruptly, without anything to lead up to it, and as if the question had been born of long and silent meditation on his problem, he demanded:

"A sheep—if it eats little bushes, does it eat flowers, too?"

"A sheep," I answered, "eats anything it finds in its reach."

"Even flowers that have thorns?"

"Yes, even flowers that have thorns."

"Then the thorns—what use are they?"

I did not know. At that moment I was very busy trying to unscrew a bolt that had got stuck in my engine. I was very much worried, for it was becoming clear to me that the breakdown of my plane was extremely serious. And I had so little drinking-water left that I had to fear the worst.

"The thorns—what use are they?"

The little prince never let go of a question, once he had asked it. As for me, I was upset over that bolt. And I answered with the first thing that came into my head:

"The thorns are of no use at all. Flowers have thorns just for spite!"

"Oh!"

There was a moment of complete silence. Then the little prince flashed back at me, with a kind of resentfulness:

"I don't believe you! Flowers are weak creatures. They are naïve. They reassure themselves as best they can. They believe that their thorns are terrible weapons . . ."

I did not answer. At that instant I was saying to myself: "If this bolt still won't turn, I am going to knock it out with the hammer." Again the little prince disturbed my thoughts:

"And you actually believe that the flowers—"

"Oh, no!" I cried. "No, no, no! I don't believe anything. I answered you with the first thing that came into my head. Don't you see—I am very busy with matters of consequence!"

He stared at me, thunderstruck.

"Matters of consequence!"

He looked at me there, with my hammer in my hand, my fingers black with engine-grease, bending down over an object which seemed to him extremely ugly . . .

"You talk just like the grown-ups!"

That made me a little ashamed. But he went on, relentlessly:

"You mix everything up together . . . You confuse everything . . ."

He was really very angry. He tossed his golden curls in the breeze.

"I know a planet where there is a certain red-faced gentleman. He has never smelled a flower. He has never looked at a star. He has never loved any one. He has never done anything in his life but add up figures. And all day he says over and over, just like you: 'I am busy with matters of consequence!' And that makes him swell up with pride. But he is not a man—he is a mushroom!"

"A what?"

"A mushroom!"

The little prince was now white with rage.

"The flowers have been growing thorns for millions of years. For millions of years the sheep have been eating them just the same. And is it not a matter of consequence to try to understand why the flowers go to so much trouble to grow thorns which are never of any use to them? Is the warfare between the sheep and the flowers not important? Is this not of more consequence than a fat red-faced gentleman's sums? And if I know —I, myself—one flower which is unique in the world, which grows nowhere but on my planet, but which one little sheep can destroy in a single bite some morning, without even noticing what he is doing—Oh! You think that is not important!"

His face turned from white to red as he continued:

"If some one loves a flower, of which just one

single blossom grows in all the millions and millions of stars, it is enough to make him happy just to look at the stars. He can say to himself: 'Somewhere, my flower is there . . .' But if the sheep eats the flower, in one moment all his stars will be darkened . . . And you think that is not important!"

He could not say anything more. His words were choked by sobbing.

The night had fallen. I had let my tools drop from my hands. Of what moment now was my hammer, my bolt, or thirst, or death? On one star, one planet, my planet, the Earth, there was a little prince to be comforted. I took him in my arms, and rocked him. I said to him:

"The flower that you love is not in danger. I will draw you a muzzle for your sheep. I will draw you a railing to put around your flower. I will—"

I did not know what to say to him. I felt awkward and blundering. I did not know how I could reach him, where I could overtake him and go on hand in hand with him once more.

It is such a secret place, the land of tears.

8

I soon learned to know this flower better. On the little prince's planet the flowers had always been very simple. They had only one ring of petals; they took up no room at all; they were a trouble to nobody. One morning they would appear in the grass, and by night they would have faded peacefully away. But one day, from a seed blown from no one knew where, a new flower had come up; and the little prince had watched very closely over this small sprout which was not like any other small sprouts on his planet. It might, you see, have been a new kind of baobab.

But the shrub soon stopped growing, and began to get ready to produce a flower. The little
prince, who was present at the first appearance of
a huge bud, felt at once that some sort of miracu-
lous apparition must emerge from it. But the
flower was not satisfied to complete the preparations for her beauty in the shelter of her green
chamber. She chose her colors with the greatest
care. She dressed herself slowly. She adjusted her

petals one by one. She did not wish to go out into the world all rumpled, like the field poppies. It was only in the full radiance of her beauty that she wished to appear. Oh, yes! She was a coquettish creature! And her mysterious adornment lasted for days and days.

Then one morning, exactly at sunrise, she suddenly showed herself.

And, after working with all this painstaking precision, she yawned and said:

"Ah! I am scarcely awake. I beg that you will excuse me. My petals are still all disarranged . . ."

But the little prince could not restrain his admiration:

"Oh! How beautiful you are!"

"Am I not?" the flower responded, sweetly. "And I was born at the same moment as the sun . . ."

The little prince could guess easily enough that she was not any too modest—but how moving—and exciting—she was!

"I think it is time for breakfast," she added an instant later. "If you would have the kindness to think of my needs—"

And the little prince, completely abashed, went to look for a sprinkling-can of fresh water. So, he tended the flower.

So, too, she began very quickly to torment him with her vanity—which was, if the truth be

known, a little difficult to deal with. One day, for instance, when she was speaking of her four thorns, she said to the little prince:

"Let the tigers come with their claws!"

"There are no tigers on my planet," the little prince objected. "And, anyway, tigers do not eat weeds."

"I am not a weed," the flower replied, sweetly.

"Please excuse me . . ."

"I am not at all afraid of tigers," she went on, "but I have a horror of drafts. I suppose you wouldn't have a screen for me?"

"A horror of drafts—that is bad luck, for a plant," remarked the little prince, and added to himself, "This flower is a very complex creature . . ."

"At night I want you to put me under a glass globe. It is very cold where you live. In the place I came from—"

But she interrupted herself at that point. She had come in the form of a seed. She could not have known anything of any other worlds. Embarrassed over having let herself be caught on the verge of such a naïve untruth, she coughed two or three times, in order to put the little prince in the wrong.

"The screen?"

"I was just going to look for it when you spoke to me . . ."

Then she forced her cough a little more so that he should suffer from remorse just the same.

So the little prince, in spite of all the good will that was inseparable from his love, had soon come to doubt her. He had taken seriously words which were without importance, and it made him very unhappy.

"I ought not to have listened to her," he confided to me one day. "One never ought to listen to the flowers. One should simply look at them and breathe their fragrance. Mine perfumed all my planet. But I did not know how to take pleasure in all her grace. This tale of claws, which disturbed me so much, should only have filled my heart with tenderness and pity."

And he continued his confidences:

"The fact is that I did not know how to understand anything! I ought to have judged by deeds and not by words. She cast her fragrance and her radiance over me. I ought never to have run away from her . . . I ought to have guessed all the affection that lay behind her poor little stratagems. Flowers are so inconsistent! But I was too young to know how to love her . . ."

9

I believe that for his escape he took advantage of the migration of a flock of wild birds. On the morning of his departure he put his planet in perfect order. He carefully cleaned out his active volcanoes. He possessed two active volcanoes; and they were very convenient for heating his breakfast in the morning. He also had one volcano that was extinct. But, as he said, "One never knows!" So he cleaned out the extinct volcano, too. If they are well cleaned out, volcanoes burn slowly and steadily, without any eruptions. Volcanic eruptions are like fires in a chimney.

On our earth we are obviously much too small to clean out our volcanoes. That is why they bring no end of trouble upon us.

The little prince also pulled up, with a certain sense of dejection, the last little shoots of the baobabs. He believed that he would never want to return. But on this last morning all these familiar tasks seemed very precious to him. And when he watered the flower for the last time, and prepared to place her under the shelter of her glass globe, he realized that he was very close to tears.

"Goodbye," he said to the flower.

But she made no answer.

"Goodbye," he said again.

"He carefully cleaned out his active volcanoes."

The flower coughed. But it was not because she had a cold.

"I have been silly," she said to him, at last. "I ask your forgiveness. Try to be happy . . ."

He was surprised by this absence of reproaches. He stood there all bewildered, the glass globe held arrested in mid-air. He did not understand this quiet sweetness.

"Of course I love you," the flower said to him. "It is my fault that you have not known it all the while. That is of no importance. But you—you have been just as foolish as I. Try to be happy . . . Let the glass globe be. I don't want it any more."

"But the wind—"

"My cold is not so bad as all that . . . The cool night air will do me good. I am a flower."

"But the animals—"

"Well, I must endure the presence of two or three caterpillars if I wish to become acquainted with the butterflies. It seems that they are very beautiful. And if not the butterflies—and the caterpillars—who will call upon me? You will be far away . . . As for the large animals—I am not at all afraid of any of them. I have my claws."

And, naïvely, she showed her four thorns. Then she added:

"Don't linger like this. You have decided to go away. Now go!"

For she did not want him to see her crying. She was such a proud flower . . .

He found himself in the neighborhood of the asteroids 325, 326, 327, 328, 329, and 330. He began, therefore, by visiting them, in order to add to his knowledge.

The first of them was inhabited by a king. Clad in royal purple and ermine, he was seated upon a throne which was at the same time both simple and majestic.

"Ah! Here is a subject," exclaimed the king, when he saw the little prince coming.

And the little prince asked himself:

"How could he recognize me when he had never seen me before?"

He did not know how the world is simplified for kings. To them, all men are subjects.

"Approach, so that I may see you better," said the king, who felt consumingly proud of being at last a king over somebody.

The little prince looked everywhere to find a place to sit down; but the entire planet was crammed and obstructed by the king's magnificent ermine robe. So he remained standing upright, and, since he was tired, he yawned.

"It is contrary to etiquette to yawn in the presence of a king," the monarch said to him. "I forbid you to do so."

"I can't help it. I can't stop myself," replied the little prince, thoroughly embarrassed. "I have come on a long journey, and I have had no sleep . . ."

"Ah, then," the king said. "I order you to yawn. It is years since I have seen anyone yawning. Yawns, to me, are objects of curiosity. Come, now! Yawn again! It is an order."

"That frightens me . . . I cannot, any more . . ." murmured the little prince, now completely abashed.

"Hum! Hum!" replied the king. "Then I—I order you sometimes to yawn and sometimes to—"

He sputtered a little, and seemed vexed.

For what the king fundamentally insisted upon was that his authority should be respected. He tolerated no disobedience. He was an absolute monarch. But, because he was a very good man, he made his orders reasonable.

"If I ordered a general," he would say, by way of example, "if I ordered a general to change himself into a sea bird, and if the general did not obey me, that would not be the fault of the general. It would be my fault."

"May I sit down?" came now a timid inquiry from the little prince.

"I order you to do so," the king answered him, and majestically gathered in a fold of his ermine mantle.

But the little prince was wondering . . . The

". . . the entire planet was crammed and obstructed
by the king's magnificent ermine robe."

planet was tiny. Over what could this king really rule?

"Sire," he said to him, "I beg that you will excuse my asking you a question—"

"I order you to ask me a question," the king hastened to assure him.

"Sire—over what do you rule?"

"Over everything," said the king, with magnificent simplicity.

"Over everything?"

The king made a gesture, which took in his planet, the other planets, and all the stars.

"Over all that?" asked the little prince.

"Over all that," the king answered.

For his rule was not only absolute: it was also univeral.

"And the stars obey you?"

"Certainly they do," the king said. "They obey instantly. I do not permit insubordination."

Such power was a thing for the little prince to marvel at. If he had been master of such complete authority, he would have been able to watch the sunset, not forty-four times in one day, but seventy-two, or even a hundred, or even two hundred times, without ever having to move his chair. And because he felt a bit sad as he remembered his little planet which he had forsaken, he plucked up his courage to ask the king a favor:

"I should like to see a sunset . . . Do me that kindness . . . Order the sun to set . . ."

"If I ordered a general to fly from one flower to another like a butterfly, or to write a tragic drama, or to change himself into a sea bird, and if the general did not carry out the order that he had received, which one of us would be in the wrong?" the king demanded. "The general, or myself?"

"You," said the little prince firmly.

"Exactly. One must require from each one the duty which each one can perform," the king went on. "Accepted authority rests first of all on reason. If you ordered your people to go and throw themselves into the sea, they would rise up in revolution. I have the right to require obedience because my orders are reasonable."

"Then my sunset?" the little prince reminded him: for he never forgot a question once he had asked it.

"You shall have your sunset. I shall command it. But, according to my science of government, I shall wait until conditions are favorable."

"When will that be?" inquired the little prince.

"Hum! Hum!" replied the king; and before saying anything else he consulted a bulky almanac. "Hum! Hum! That will be about—about —that will be this evening about twenty minutes to eight. And you will see how well I am obeyed!"

The little prince yawned. He was regretting his lost sunset. And then, too, he was already beginning to be a little bored.

"I have nothing more to do here," he said to the king. "So I shall set out on my way again."

"Do not go," said the king, who was very proud of having a subject. "Do not go. I will make you a Minister!"

"Minister of what?"

"Minister of—of Justice!"

"But there is nobody here to judge!"

"We do not know that," the king said to him. "I have not yet made a complete tour of my kingdom. I am very old. There is no room here for a carriage. And it tires me to walk."

"Oh, but I have looked already!" said the little prince, turning around to give one more glance to the other side of the planet. On that side, as on this, there was nobody at all . . .

"Then you shall judge yourself," the king answered. "That is the most difficult thing of all. It is much more difficult to judge oneself than to judge others. If you succeed in judging yourself rightly, then you are indeed a man of true wisdom."

"Yes," said the little prince, "but I can judge myself anywhere. I do not need to live on this planet."

"Hum! Hum!" said the king. "I have good reason to believe that somewhere on my planet there is an old rat. I hear him at night. You can judge this old rat. From time to time you will condemn him to death. Thus his life will depend on your justice. But you will pardon him on each occasion; for he must be treated thriftily. He is the only one we have."

"I," replied the little prince, "do not like to condemn anyone to death. And now I think I will go on my way."

"No," said the king.

But the little prince, having now completed his preparations for departure, had no wish to grieve the old monarch.

"If Your Majesty wishes to be promptly obeyed," he said, "he should be able to give me a reasonable order. He should be able, for example, to order me to be gone by the end of one minute. It seems to me that conditions are favorable . . ."

As the king made no answer, the little prince hesitated a moment. Then, with a sigh, he took his leave.

"I make you my Ambassador," the king called out, hastily.

He had a magnificent air of authority.

"The grown-ups are very strange," the little prince said to himself, as he continued on his journey.

II

The second planet was inhabited by a conceited man.

"Ah! Ah! I am about to receive a visit from an

admirer!" he exclaimed from afar, when he first saw the little prince coming.

For, to conceited men, all other men are admirers.

"Good morning," said the little prince. "That is a queer hat you are wearing."

"It is a hat for salutes," the conceited man replied. "It is to raise in salute when people acclaim me. Unfortunately, nobody at all ever passes this way."

"Yes?" said the little prince, who did not understand what the conceited man was talking about.

"Clap your hands, one against the other," the conceited man now directed him.

The little prince clapped his hands. The conceited man raised his hat in a modest salute.

"This is more entertaining than the visit to the king," the little prince said to himself. And he began again to clap his hands, one against the other. The conceited man again raised his hat in salute.

After five minutes of this exercise the little prince grew tired of the game's monotony.

"And what should one do to make the hat come down?" he asked.

But the conceited man did not hear him. Conceited people never hear anything but praise.

"Do you really admire me very much?" he demanded of the little prince.

"What does that mean—'admire'?"

*"Ah! Ah! I am about to receive a visit
from an admirer!"*

"To admire means that you regard me as the handsomest, the best-dressed, the richest, and the most intelligent man on this planet."

"But you are the only man on your planet!"

"Do me this kindness. Admire me just the same."

"I admire you," said the little prince, shrugging his shoulders slightly, "but what is there in that to interest you so much?"

And the little prince went away.

"The grown-ups are certainly very odd," he said to himself, as he continued on his journey.

12

The next planet was inhabited by a tippler. This was a very short visit, but it plunged the little prince into deep dejection.

"What are you doing there?" he said to the tippler, whom he found settled down in silence before a collection of empty bottles and also a collection of full bottles.

"I am drinking," replied the tippler, with a lugubrious air.

"Why are you drinking?" demanded the little prince.

"So that I may forget," replied the tippler.

"Forget what?" inquired the little prince, who already was sorry for him.

"The next planet was inhabited by a tippler."

"Forget that I am ashamed," the tippler confessed, hanging his head.

"Ashamed of what?" insisted the little prince, who wanted to help him.

"Ashamed of drinking!" The tippler brought his speech to an end, and shut himself up in an impregnable silence.

And the little prince went away, puzzled.

"The grown-ups are certainly very, very odd," he said to himself, as he continued on his journey.

13

The fourth planet belonged to a businessman. This man was so much occupied that he did not even raise his head at the little prince's arrival.

"Good morning," the little prince said to him. "Your cigarette has gone out."

"Three and two make five. Five and seven make twelve. Twelve and three make fifteen. Good morning. Fifteen and seven make twenty-two. Twenty-two and six make twenty-eight. I haven't time to light it again. Twenty-six and five make thirty-one. Phew! Then that makes five-hundred-and-one million, six-hundred-twenty-two thousand, seven-hundred-thirty-one."

"Five hundred million what?" asked the little prince.

"Eh? Are you still there? Five-hundred-and-one million—I can't stop . . . I have so much to do! I am concerned with matters of consequence. I don't amuse myself with balderdash. Two and five make seven . . ."

"Five-hundred-and-one million what?" repeated the little prince, who never in his life had let go of a question once he had asked it.

The businessman raised his head.

"During the fifty-four years that I have inhabited this planet, I have been disturbed only three times. The first time was twenty-two years ago, when some giddy goose fell from goodness knows where. He made the most frightful noise that resounded all over the place, and I made four mistakes in my addition. The second time, eleven years ago, I was disturbed by an attack of rheumatism. I don't get enough exercise. I have no time for loafing. The third time—well, this is it! I was saying, then, five-hundred-and-one millions—"

"Millions of what?"

The businessman suddenly realized that there was no hope of being left in peace until he answered this question.

"Millions of those little objects," he said, "which one sometimes sees in the sky."

"Flies?"

"Oh, no. Little glittering objects."

"Bees?"

"Oh, no. Little golden objects that set lazy men to idle dreaming. As for me, I am concerned with matters of consequence. There is no time for idle dreaming in my life."

"Ah! You mean the stars?"

"Yes, that's it. The stars."

"And what do you do with five-hundred millions of stars?"

"Five-hundred-and-one million, six-hundred-twenty-two thousand, seven-hundred-thirty-one. I am concerned with matters of consequence: I am accurate."

"And what do you do with these stars?"

"What do I do with them?"

"Yes."

"Nothing. I own them."

"You own the stars?"

"Yes."

"But I have already seen a king who—"

"Kings do not *own,* they *reign over.* It is a very different matter."

"And what good does it do you to own the stars?"

"It does me the good of making me rich."

"And what good does it do you to be rich?"

"It makes it possible for me to buy more stars, if any are discovered."

"This man," the little prince said to himself, "reasons a little like my poor tippler . . ."

Nevertheless, he still had some more questions.

"How is it possible for one to own the stars?"

"To whom do they belong?" the businessman retorted, peevishly.

"I don't know. To nobody."

"Then they belong to me, because I was the first person to think of it."

"Is that all that is necessary?"

"Certainly. When you find a diamond that belongs to nobody, it is yours. When you discover an island that belongs to nobody, it is yours. When you get an idea before any one else, you take out a patent on it: it is yours. So with me: I own the stars, because nobody else before me ever thought of owning them."

"Yes, that is true," said the little prince. "And what do you do with them?"

"I administer them," replied the businessman. "I count them and recount them. It is difficult. But I am a man who is naturally interested in matters of consequence."

The little prince was still not satisfied.

"If I owned a silk scarf," he said, "I could put it around my neck and take it away with me. If I owned a flower, I could pluck that flower and take it away with me. But you cannot pluck the stars from heaven . . ."

"No. But I can put them in the bank."

"Whatever does that mean?"

"That means that I write the number of my stars on a little paper. And then I put this paper in a drawer and lock it with a key."

"And that is all?"

"That is enough," said the businessman.

"It is entertaining," thought the little prince. "It is rather poetic. But it is of no great consequence."

On matters of consequence, the little prince

had ideas which were very different from those of the grown-ups.

"I myself own a flower," he continued his conversation with the businessman, "which I water every day. I own three volcanoes, which I clean out every week (for I also clean out the one that is extinct; one never knows). It is of some use to my volcanoes, and it is of some use to my flower, that I own them. But you are of no use to the stars . . ."

The businessman opened his mouth, but he found nothing to say in answer. And the little prince went away.

"The grown-ups are certainly altogether extraordinary," he said simply, talking to himself as he continued on his journey.

14

The fifth planet was very strange. It was the smallest of all. There was just enough room on it for a street lamp and a lamplighter. The little prince was not able to reach any explanation of the use of a street lamp and a lamplighter, somewhere in the heavens, on a planet which had no people, and not one house. But he said to himself, nevertheless:

"It may well be that this man is absurd. But he

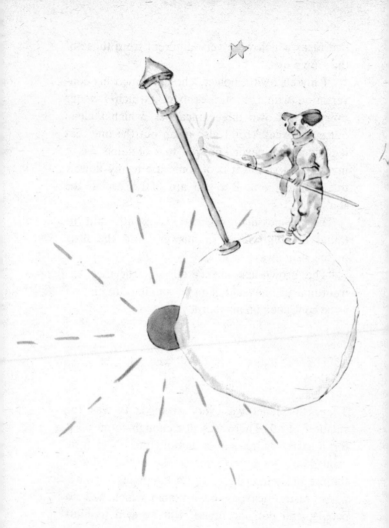

"I follow a terrible profession."

is not so absurd as the king, the conceited man, the businessman, and the tippler. For at least his work has some meaning. When he lights his street lamp, it is as if he brought one more star to life, or one flower. When he puts out his lamp, he sends the flower, or the star, to sleep. That is a beautiful occupation. And since it is beautiful, it is truly useful."

When he arrived on the planet he respectfully saluted the lamplighter.

"Good morning. Why have you just put out your lamp?"

"Those are the orders," replied the lamplighter. "Good morning."

"What are the orders?"

"The orders are that I put out my lamp. Good evening."

And he lighted his lamp again.

"But why have you just lighted it again?"

"Those are the orders," replied the lamplighter.

"I do not understand," said the little prince.

"There is nothing to understand," said the lamplighter. "Orders are orders. Good morning."

And he put out his lamp.

Then he mopped his forehead with a handkerchief decorated with red squares.

"I follow a terrible profession. In the old days it was reasonable. I put the lamp out in the morning, and in the evening I lighted it again. I had the rest of the day for relaxation and the rest of the night for sleep."

"And the orders have been changed since that time?"

"The orders have not been changed," said the lamplighter. "That is the tragedy! From year to year the planet has turned more rapidly and the orders have not been changed!"

"Then what?" asked the little prince.

"Then—the planet now makes a complete turn every minute, and I no longer have a single second for repose. Once every minute I have to light my lamp and put it out!"

"That is very funny! A day lasts only one minute, here where you live!"

"It is not funny at all!" said the lamplighter. "While we have been talking together a month has gone by."

"A month?"

"Yes, a month. Thirty minutes. Thirty days. Good evening."

And he lighted his lamp again.

As the little prince watched him, he felt that he loved this lamplighter who was so faithful to his orders. He remembered the sunsets which he himself had gone to seek, in other days, merely by pulling up his chair; and he wanted to help his friend.

"You know," he said, "I can tell you a way you can rest whenever you want to . . ."

"I always want to rest," said the lamplighter.

For it is possible for a man to be faithful and lazy at the same time.

The little prince went on with his explanation:

"Your planet is so small that three strides will take you all the way around it. To be always in the sunshine, you need only walk along rather slowly. When you want to rest, you will walk— and the day will last as long as you like."

"That doesn't do me much good," said the lamplighter. "The one thing I love in life is to sleep."

"Then you're unlucky," said the little prince.

"I am unlucky," said the lamplighter. "Good morning."

And he put out his lamp.

"That man," said the little prince to himself, as he continued farther on his journey, "that man would be scorned by all the others: by the king, by the conceited man, by the tippler, by the businessman. Nevertheless he is the only one of them all who does not seem to me ridiculous. Perhaps that is because he is thinking of something else besides himself."

He breathed a sigh of regret, and said to himself, again:

"That man is the only one of them all whom I could have made my friend. But his planet is indeed too small. There is no room on it for two people . . ."

What the little prince did not dare confess

was that he was sorry most of all to leave this planet, because it was blest every day with 1440 sunsets!

15

The sixth planet was ten times larger than the last one. It was inhabited by an old gentleman who wrote voluminous books.

"Oh, look! Here is an explorer!" he exclaimed to himself when he saw the little prince coming.

The little prince sat down on the table and panted a little. He had already traveled so much and so far!

"Where do you come from?" the old gentleman said to him.

"What is that big book?" said the little prince. "What are you doing?"

"I am a geographer," said the old gentleman.

"What is a geographer?" asked the little prince.

"A geographer is a scholar who knows the location of all the seas, rivers, towns, mountains, and deserts."

"That is very interesting," said the little prince. "Here at last is a man who has a real profession!" And he cast a look around him at the planet of the geographer. It was the most magnificent and stately planet that he had ever seen.

"Your planet is very beautiful," he said. "Has it any oceans?"

"I couldn't tell you," said the geographer.

"Ah!" The little prince was disappointed. "Has it any mountains?"

"I couldn't tell you," said the geographer.

"And towns, and rivers, and deserts?"

"I couldn't tell you that, either."

"But you are a geographer!"

"Exactly," the geographer said. "But I am not

an explorer. I haven't a single explorer on my planet. It is not the geographer who goes out to count the towns, the rivers, the mountains, the seas, the oceans, and the deserts. The geographer is much too important to go loafing about. He does not leave his desk. But he receives the explorers in his study. He asks them questions, and he notes down what they recall of their travels. And if the recollections of any one among them seem interesting to him, the geographer orders an inquiry into that explorer's moral character."

"Why is that?"

"Because an explorer who told lies would bring disaster on the books of the geographer. So would an explorer who drank too much."

"Why is that?" asked the little prince.

"Because intoxicated men see double. Then the geographer would note down two mountains in a place where there was only one."

"I know some one," said the little prince, "who would make a bad explorer."

"That is possible. Then, when the moral character of the explorer is shown to be good, an inquiry is ordered into his discovery."

"One goes to see it?"

"No. That would be too complicated. But one requires the explorer to furnish proofs. For example, if the discovery in question is that of a large mountain, one requires that large stones be brought back from it."

The geographer was suddenly stirred to excitement.

"But you—you come from far away! You are an explorer! You shall describe your planet to me!"

And, having opened his big register, the geographer sharpened his pencil. The recitals of explorers are put down first in pencil. One waits until the explorer has furnished proofs, before putting them down in ink.

"Well?" said the geographer expectantly.

"Oh, where I live," said the little prince, "it is not very interesting. It is all so small. I have three volcanoes. Two volcanoes are active and the other is extinct. But one never knows."

"One never knows," said the geographer.

"I have also a flower."

"We do not record flowers," said the geographer.

"Why is that? The flower is the most beautiful thing on my planet!"

"We do not record them," said the geographer, "because they are ephemeral."

"What does that mean—'ephemeral'?"

"Geographies," said the geographer, "are the books which, of all books, are most concerned with matters of consequence. They never become old-fashioned. It is very rarely that a mountain changes its position. It is very rarely that an ocean empties itself of its waters. We write of eternal things."

"But extinct volcanoes may come to life again," the little prince interrupted. "What does that mean—'ephemeral'?"

"Whether volcanoes are extinct or alive, it comes to the same thing for us," said the geographer. "The thing that matters to us is the mountain. It does not change."

"But what does that mean—'ephemeral'?" repeated the little prince, who never in his life had let go of a question, once he had asked it.

"It means, 'which is in danger of speedy disappearance.'"

"Is my flower in danger of speedy disappearance?"

"Certainly it is."

"My flower is ephemeral," the little prince said to himself, "and she has only four thorns to defend herself against the world. And I have left her on my planet, all alone!"

That was his first moment of regret. But he took courage once more.

"What place would you advise me to visit now?" he asked.

"The planet Earth," replied the geographer. "It has a good reputation."

And the little prince went away, thinking of his flower.

16

So then the seventh planet was the Earth.

The Earth is not just an ordinary planet! One can count, there, 111 kings (not forgetting, to be sure, the Negro kings among them), 7000 geographers, 900,000 businessmen, 7,500,000 tipplers, 311,000,000 conceited men—that is to say, about 2,000,000,000 grown-ups.

To give you an idea of the size of the Earth, I will tell you that before the invention of electricity it was necessary to maintain, over the whole of the six continents, a veritable army of 462,511 lamplighters for the street lamps.

Seen from a slight distance, that would make a splendid spectacle. The movements of this army would be regulated like those of the ballet in the opera. First would come the turn of the lamplighters of New Zealand and Australia. Having set their lamps alight, these would go off to sleep. Next, the lamplighters of China and Siberia would enter for their steps in the dance, and then they too would be waved back into the wings. After that would come the turn of the lamplighters of Russia and the Indies; then those of Africa and Europe; then those of South America; then those of North America. And never would they make a mistake in the order of their entry upon the stage. It would be magnificent.

Only the man who was in charge of the single lamp at the North Pole, and his colleague who was responsible for the single lamp at the South Pole— only these two would live free from toil and care: they would be busy twice a year.

17

When one wishes to play the wit, he sometimes wanders a little from the truth. I have not been altogether honest in what I have told you about the lamplighters. And I realize that I run the risk of giving a false idea of our planet to those who do not know it. Men occupy a very small place upon the Earth. If the two billion inhabitants who people its surface were all to stand upright and somewhat crowded together, as they do for some big public assembly, they could easily be put into one public square twenty miles long and twenty miles wide. All humanity could be piled up on a small Pacific islet.

The grown-ups, to be sure, will not believe you when you tell them that. They imagine that they fill a great deal of space. They fancy themselves as important as the baobabs. You should advise them, then, to make their own calculations. They adore figures, and that will please them. But do

"When the little prince arrived on the Earth, he was very surprised not to see any people."

not waste your time on this extra task. It is unnecessary. You have, I know, confidence in me.

When the little prince arrived on the Earth, he was very much surprised not to see any people. He was beginning to be afraid he had come to the wrong planet, when a coil of gold, the color of the moonlight, flashed across the sand.

"Good evening," said the little prince courteously.

"Good evening," said the snake.

"What planet is this on which I have come down?" asked the little prince.

"This is the Earth; this is Africa," the snake answered.

"Ah! Then there are no people on the Earth?"

"This is the desert. There are no people in the desert. The Earth is large," said the snake.

The little prince sat down on a stone, and raised his eyes toward the sky.

"I wonder," he said, "whether the stars are set alight in heaven so that one day each one of us may find his own again . . . Look at my planet. It is right there above us. But how far away it is!"

"It is beautiful," the snake said. "What has brought you here?"

"I have been having some trouble with a flower," said the little prince.

"Ah!" said the snake.

And they were both silent.

"Where are the men?" the little prince at last

*"You are a funny animal . . . You are no thicker
than a finger."*

took up the conversation again. "It is a little lonely in the desert . . ."

"It is also lonely among men," the snake said.

The little prince gazed at him for a long time.

"You are a funny animal," he said at last. "You are no thicker than a finger . . ."

"But I am more powerful than the finger of a king," said the snake.

The little prince smiled.

"You are not very powerful. You haven't even any feet. You cannot even travel . . ."

"I can carry you farther than any ship could take you," said the snake.

He twined himself around the little prince's ankle, like a golden bracelet.

"Whomever I touch, I send back to the earth from whence he came," the snake spoke again. "But you are innocent and true, and you come from a star . . ."

The little prince made no reply.

"You move me to pity—you are so weak on this Earth made of granite," the snake said. "I can help you, some day, if you grow too homesick for your own planet. I can—"

"Oh! I understand you very well," said the lit-

tle prince. "But why do you always speak in riddles?"

"I solve them all," said the snake.

And they were both silent.

18

The little prince crossed the desert and met with only one flower. It was a flower with three petals, a flower of no account at all.

"Good morning," said the little prince.

"Good morning," said the flower.

"Where are the men?" the little prince asked, politely.

The flower had once seen a caravan passing.

"Men?" she echoed. "I think there are six or seven of them in existence. I saw them, several years ago. But one never knows where to find them. The wind blows them away. They have no roots, and that makes their life very difficult."

"Goodbye," said the little prince.

"Goodbye," said the flower.

19

After that, the little prince climbed a high mountain. The only mountains he had ever known were the three volcanoes, which came up to his

"*This planet is altogether dry, and altogether pointed.*"

knees. And he used the extinct volcano as a footstool. "From a mountain as high as this one," he said to himself, "I shall be able to see the whole planet at one glance, and all the people . . ."

But he saw nothing, save peaks of rock that were sharpened like needles.

"Good morning," he said courteously.

"Good morning—Good morning—Good morning," answered the echo.

"Who are you?" said the little prince.

"Who are you—Who are you—Who are you?" answered the echo.

"Be my friends. I am all alone," he said.

"I am all alone—all alone—all alone," answered the echo.

"What a queer planet!" he thought. "It is altogether dry, and altogether pointed, and altogether harsh and forbidding. And the people have no imagination. They repeat whatever one says to them . . . On my planet I had a flower; she always was the first to speak . . ."

20

But it happened that after walking for a long time through sand, and rocks, and snow, the little prince at last came upon a road. And all roads lead to the abodes of men.

"Good morning," he said.

He was standing before a garden, all a-bloom with roses.

"Good morning," said the roses.

The little prince gazed at them. They all looked like his flower.

"Who are you?" he demanded, thunderstruck.

"We are roses," the roses said.

And he was overcome with sadness. His flower had told him that she was the only one of her kind in all the universe. And here were five thousand of them, all alike, in one single garden!

"She would be very much annoyed," he said to himself, "if she should see that . . . She would cough most dreadfully, and she would pretend that she was dying, to avoid being laughed at. And I should be obliged to pretend that I was nursing her back to life—for if I did not do that, to humble myself also, she would really allow herself to die . . ."

Then he went on with his reflections: "I thought that I was rich, with a flower that was unique in all the world; and all I had was a common rose. A common rose, and three volcanoes that come up to my knees—and one of them perhaps extinct forever . . . That doesn't make me a very great prince . . ."

And he lay down in the grass and cried.

21

It was then that the fox appeared.

"Good morning," said the fox.

"Good morning," the little prince responded politely, although when he turned around he saw nothing.

"I am right here," the voice said, "under the apple tree."

"Who are you?" asked the little prince, and added, "You are very pretty to look at."

"I am a fox," the fox said.

"Come and play with me," proposed the little prince. "I am so unhappy."

"And he lay down on the grass and cried."

"I cannot play with you," the fox said. "I am not tamed."

"Ah! Please excuse me," said the little prince.

But, after some thought, he added:

"What does that mean—'tame'?"

"You do not live here," said the fox. "What is it that you are looking for?"

"I am looking for men," said the little prince. "What does that mean—'tame'?"

"Men," said the fox. "They have guns, and they hunt. It is very disturbing. They also raise chickens. These are their only interests. Are you looking for chickens?"

"No," said the little prince. "I am looking for friends. What does that mean—'tame'?"

"It is an act too often neglected," said the fox. "It means to establish ties."

" 'To establish ties'?"

"Just that," said the fox. "To me, you are still nothing more than a little boy who is just like a hundred thousand other little boys. And I have no need of you. And you, on your part, have no need of me. To you, I am nothing more than a fox like a hundred thousand other foxes. But if you tame me, then we shall need each other. To me, you will be unique in all the world. To you, I shall be unique in all the world . . ."

"I am beginning to understand," said the little prince. "There is a flower . . . I think that she has tamed me . . ."

"It is possible," said the fox. "On the Earth one sees all sorts of things."

"Oh, but this is not on the Earth!" said the little prince.

The fox seemed perplexed, and very curious. "On another planet?"

"Yes."

"Are there hunters on that planet?"

"No."

"Ah, that is interesting! Are there chickens?"

"No."

"Men," said the fox. *"They have guns,
and they hunt."*

"Nothing is perfect," sighed the fox.

But he came back to his idea.

"My life is very monotonous," he said. "I hunt chickens; men hunt me. All the chickens are just alike, and all the men are just alike. And, in consequence, I am a little bored. But if you tame me, it will be as if the sun came to shine on my life. I shall know the sound of a step that will be different from all the others. Other steps send me hurrying back underneath the ground. Yours will call me, like music, out of my burrow. And then look: you see the grain-fields down yonder? I do not eat bread. Wheat is of no use to me. The wheat fields have nothing to say to me. And that is sad. But you have hair that is the color of gold. Think how wonderful that will be when you have tamed me! The grain, which is also golden, will bring me back the thought of you. And I shall love to listen to the wind in the wheat . . ."

The fox gazed at the little prince, for a long time.

"Please—tame me!" he said.

"I want to, very much," the little prince replied. "But I have not much time. I have friends to discover, and a great many things to understand."

"One only understands the things that one tames," said the fox. "Men have no more time to understand anything. They buy things all ready made at the shops. But there is no shop anywhere where one can buy friendship, and so men have no friends any more. If you want a friend, tame me . . ."

"What must I do, to tame you?" asked the little prince.

"You must be very patient," replied the fox. "First you will sit down at a little distance from me—like that—in the grass. I shall look at you out of the corner of my eye, and you will say nothing. Words are the source of misunderstandings. But you will sit a little closer to me, every day . . ."

The next day the little prince came back.

"It would have been better to come back at the same hour," said the fox. "If, for example, you come at four o'clock in the afternoon, then at three o'clock I shall begin to be happy. I shall feel happier and happier as the hour advances. At four o'clock, I shall already be worrying and jumping about. I shall show you how happy I am! But if you come at just any time, I shall never know at what hour my heart is to be ready to greet you . . . One must observe the proper rites . . ."

"What is a rite?" asked the little prince.

"Those also are actions too often neglected," said the fox. "They are what make one day different from other days, one hour from other hours. There is a rite, for example, among my hunters. Every Thursday they dance with the village girls. So Thursday is a wonderful day for me! I can take a walk as far as the vineyards. But

"If you come at four o'clock in the afternoon, then by three o'clock I shall begin to be happy."

if the hunters danced at just any time, every day would be like every other day, and I should never have any vacation at all."

So the little prince tamed the fox. And when the hour of his departure drew near—

"Ah," said the fox, "I shall cry."

"It is your own fault," said the little prince. "I never wished you any sort of harm; but you wanted me to tame you . . ."

"Yes, that is so," said the fox.

"But now you are going to cry!" said the little prince.

"Yes, that is so," said the fox.

"Then it has done you no good at all!"

"It has done me good," said the fox, "because of the color of the wheat fields." And then he added:

"Go and look again at the roses. You will understand now that yours is unique in all the world. Then come back to say goodbye to me, and I will make you a present of a secret."

The little prince went away, to look again at the roses.

"You are not at all like my rose," he said. "As yet you are nothing. No one has tamed you, and you have tamed no one. You are like my fox when I first knew him. He was only a fox like a hundred thousand other foxes. But I have made him my friend, and now he is unique in all the world."

And the roses were very much embarrassed.

"You are beautiful, but you are empty," he went on. "One could not die for you. To be sure, an ordinary passerby would think that my rose looked just like you—the rose that belongs to me. But in herself alone she is more important than all the hundreds of you other roses: because it is she that I have watered; because it is she that I have put under the glass globe; because it is she that I have sheltered behind the screen; because it is for her that I have killed the caterpillars (except the two or three that we saved to become butterflies); because it is she that I have listened to, when she grumbled, or boasted, or even sometimes when she said nothing. Because she is *my* rose."

And he went back to meet the fox.

"Goodbye," he said.

"Goodbye," said the fox. "And now here is my secret, a very simple secret: It is only with the heart that one can see rightly; what is essential is invisible to the eye."

"What is essential is invisible to the eye," the little prince repeated, so that he would be sure to remember.

"It is the time you have wasted for your rose that makes your rose so important."

"It is the time I have wasted for my rose—" said the little prince, so that he would be sure to remember.

"Men have forgotten this truth," said the fox. "But you must not forget it. You become responsible, forever, for what you have tamed. You are responsible for your rose . . ."

"I am responsible for my rose," the little prince repeated, so that he would be sure to remember.

22

"Good morning," said the little prince.

"Good morning," said the railway switchman.

"What do you do here?" the little prince asked.

"I sort out travelers, in bundles of a thousand," said the switchman. "I send off the trains that carry them: now to the right, now to the left."

And a brilliantly lighted express train shook the switchman's cabin as it rushed by with a roar like thunder.

"They are in a great hurry," said the little prince. "What are they looking for?"

"Not even the locomotive engineer knows that," said the switchman.

And a second brilliantly lighted express thundered by, in the opposite direction.

"Are they coming back already?" demanded the little prince.

"These are not the same ones," said the switchman. "It is an exchange."

"Were they not satisfied where they were?" asked the little prince.

"No one is ever satisfied where he is," said the switchman.

And they heard the roaring thunder of a third brilliantly lighted express.

"Are they pursuing the first travelers?" demanded the little prince.

"They are pursuing nothing at all," said the switchman. "They are asleep in there, or if they are not asleep they are yawning. Only the children are flattening their noses against the windowpanes."

"Only the children know what they are looking for," said the little prince. "They waste their time over a rag doll and it becomes very important to them; and if anybody takes it away from them, they cry . . ."

"They are lucky," the switchman said.

23

"Good morning," said the little prince.

"Good morning," said the merchant.

This was a merchant who sold pills that had been invented to quench thirst. You need only swallow one pill a week, and you would feel no need of anything to drink.

"Why are you selling those?" asked the little prince.

"Because they save a tremendous amount of time," said the merchant. "Computations have been made by experts. With these pills, you save fifty-three minutes in every week."

"And what do I do with those fifty-three minutes?"

"Anything you like . . ."

"As for me," said the little prince to himself, "if I had fifty-three minutes to spend as I liked, I should walk at my leisure toward a spring of fresh water."

24

It was now the eighth day since I had had my accident in the desert, and I had listened to the story of the merchant as I was drinking the last drop of my water supply.

"Ah," I said to the little prince, "these memories of yours are very charming; but I have not yet succeeded in repairing my plane; I have nothing more to drink; and I, too, should be very happy if I could walk at my leisure toward a spring of fresh water!"

"My friend the fox—" the little prince said to me.

"My dear little man, this is no longer a matter that has anything to do with the fox!"

"Why not?"

"Because I am about to die of thirst . . ."

He did not follow my reasoning, and he answered me:

"It is a good thing to have had a friend, even if one is about to die. I, for instance, am very glad to have had a fox as a friend . . ."

"He has no way of guessing the danger," I said to myself. "He has never been either hungry or thirsty. A little sunshine is all he needs . . ."

But he looked at me steadily, and replied to my thought:

"I am thirsty, too. Let us look for a well . . ."

I made a gesture of weariness. It is absurd to look for a well, at random, in the immensity of the desert. But nevertheless we started walking.

When we had trudged along for several hours, in silence, the darkness fell, and the stars began to come out. Thirst had made me a little feverish, and I looked at them as if I were in a dream. The little prince's last words came reeling back into my memory:

"Then you are thirsty, too?" I demanded.

But he did not reply to my question. He merely said to me:

"Water may also be good for the heart . . ."

I did not understand this answer, but I said nothing. I knew very well that it was impossible to cross-examine him.

He was tired. He sat down. I sat down beside him. And, after a little silence, he spoke again:

"The stars are beautiful, because of a flower that cannot be seen."

I replied, "Yes, that is so." And, without saying anything more, I looked across the ridges of sand that were stretched out before us in the moonlight.

"The desert is beautiful," the little prince added.

And that was true. I have always loved the desert. One sits down on a desert sand dune, sees nothing, hears nothing. Yet through the silence something throbs, and gleams . . .

"What makes the desert beautiful," said the little prince, "is that somewhere it hides a well . . ."

I was astonished by a sudden understanding of that mysterious radiation of the sands. When I was a little boy I lived in an old house, and legend told us that a treasure was buried there. To be sure, no one had ever known how to find it; perhaps no one had ever even looked for it. But it cast an enchantment over that house. My home was hiding a secret in the depths of its heart . . .

"Yes," I said to the little prince. "The house, the stars, the desert—what gives them their beauty is something that is invisible!"

"I am glad," he said, "that you agree with my fox."

As the little prince dropped off to sleep, I took him in my arms and set out walking once more. I felt deeply moved, and stirred. It seemed to me that I was carrying a very fragile treasure. It seemed to me, even, that there was nothing more fragile on all the Earth. In the moonlight I looked at his pale forehead, his closed eyes, his locks of hair that trembled in the wind, and I said to myself: "What I see here is nothing but a shell. What is most important is invisible . . ."

As his lips opened slightly with the suspicion of a half-smile, I said to myself, again: "What moves me so deeply, about this little prince who is sleeping here, is his loyalty to a flower—the image of a rose that shines through his whole being like the flame of a lamp, even when he is asleep . . ." And I felt him to be more fragile still. I felt the need of protecting him, as if he himself were a flame that might be extinguished by a little puff of wind . . .

And, as I walked on so, I found the well, at daybreak.

25

"Men," said the little prince, "set out on their way in express trains, but they do not know what they are looking for. Then they rush about, and get excited, and turn round and round . . ."

And he added:

"It is not worth the trouble . . ."

The well that we had come to was not like the wells of the Sahara. The wells of the Sahara are mere holes dug in the sand. This one was like a well in a village. But there was no village here, and I thought I must be dreaming . . .

"It is strange," I said to the little prince. "Everything is ready for use: the pulley, the bucket, the rope . . ."

He laughed, touched the rope, and set the pulley to working. And the pulley moaned, like an old weathervane which the wind has long since forgotten.

*"He laughed, touched the rope, and set the pulley
to working."*

"Do you hear?" said the little prince. "We have wakened the well, and it is singing . . ."

I did not want him to tire himself with the rope.

"Leave it to me," I said. "It is too heavy for you."

I hoisted the bucket slowly to the edge of the well and set it there—happy, tired as I was, over my achievement. The song of the pulley was still in my ears, and I could see the sunlight shimmer in the still trembling water.

"I am thirsty for this water," said the little prince. "Give me some of it to drink . . ."

And I understood what he had been looking for.

I raised the bucket to his lips. He drank, his eyes closed. It was as sweet as some special festival treat. This water was indeed a different thing from ordinary nourishment. Its sweetness was born of the walk under the stars, the song of the pulley, the effort of my arms. It was good for the heart, like a present. When I was a little boy, the lights of the Christmas tree, the music of the Midnight Mass, the tenderness of smiling faces, used to make up, so, the radiance of the gifts I received.

"The men where you live," said the little prince, "raise five thousand roses in the same garden—and they do not find in it what they are looking for."

"They do not find it," I replied.

"And yet what they are looking for could be found in one single rose, or in a little water."

"Yes, that is true," I said.

And the little prince added:

"But the eyes are blind. One must look with the heart . . ."

I had drunk the water. I breathed easily. At sunrise the sand is the color of honey. And that honey color was making me happy, too. What brought me, then, this sense of grief?

"You must keep your promise," said the little prince, softly, as he sat down beside me once more.

"What promise?"

"You know—a muzzle for my sheep . . . I am responsible for this flower . . ."

I took my rough drafts of drawings out of my pocket. The little prince looked them over, and laughed as he said:

"Your baobabs—they look a little like cabbages."

"Oh!"

I had been so proud of my baobabs!

"Your fox—his ears look a little like horns; and they are too long."

And he laughed again.

"You are not fair, little prince," I said. "I don't know how to draw anything except boa constrictors from the outside and boa constrictors from the inside."

"Oh, that will be all right," he said, "children understand."

So then I made a pencil sketch of a muzzle. And as I gave it to him my heart was torn.

"You have plans that I do not know about," I said.

But he did not answer me. He said to me, instead:

"You know—my descent to the earth . . . Tomorrow will be its anniversary."

Then, after a silence, he went on:

"I came down very near here."

And he flushed.

And once again, without understanding why, I had a queer sense of sorrow. One question, however, occurred to me:

"Then it was not by chance that on the morning when I first met you—a week ago—you were strolling along like that, all alone, a thousand miles from any inhabited region? You were on your way back to the place where you landed?"

The little prince flushed again.

And I added, with some hesitancy:

"Perhaps it was because of the anniversary?"

The little prince flushed once more. He never answered questions—but when one flushes does that not mean "Yes"?

"Ah," I said to him, "I am a little frightened—"

But he interrupted me.

"Now you must work. You must return to your engine. I will be waiting for you here. Come back tomorrow evening . . ."

But I was not reassured. I remembered the fox. One runs the risk of weeping a little, if one lets himself be tamed . . .

26

Beside the well there was the ruin of an old stone wall. When I came back from my work, the next evening, I saw from some distance away my little prince sitting on top of this wall, with his feet dangling. And I heard him say:

"Then you don't remember. This is not the exact spot."

Another voice must have answered him, for he replied to it:

"Yes, yes! It is the right day, but this is not the place."

I continued my walk toward the wall. At no time did I see or hear anyone. The little prince, however, replied once again:

"—Exactly. You will see where my track begins, in the sand. You have nothing to do but wait for me there. I shall be there tonight."

I was only twenty meters from the wall, and I still saw nothing.

After a silence the little prince spoke again:

"You have good poison? You are sure that it will not make me suffer too long?"

I stopped in my tracks, my heart torn asunder; but still I did not understand.

"Now go away," said the little prince. "I want to get down from the wall."

I dropped my eyes, then, to the foot of the wall —and I leaped into the air. There before me, facing the little prince, was one of those yellow snakes that take just thirty seconds to bring your life to an end. Even as I was digging into my pocket to get out my revolver I made a running step back. But, at the noise I made, the snake let himself flow easily across the sand like the dying spray of a fountain, and, in no apparent hurry, disappeared, with a light metallic sound, among the stones.

I reached the wall just in time to catch my little man in my arms; his face was white as snow.

"What does this mean?" I demanded. "Why are you talking with snakes?"

I had loosened the golden muffler that he always wore. I had moistened his temples, and had given him some water to drink. And now I did not dare ask him any more questions. He looked at me very gravely, and put his arms around my neck. I felt his heart beating like the heart of a dying bird, shot with someone's rifle . . .

"I am glad that you have found what was the matter with your engine," he said. "Now you can go back home—"

*"Now go away . . . I want to get down
from the wall."*

"How do you know about that?"

I was just coming to tell him that my work had been successful, beyond anything that I had dared to hope.

He made no answer to my question, but he added:

"I, too, am going back home today . . ."

Then, sadly—

"It is much farther . . . It is much more difficult . . ."

I realized clearly that something extraordinary was happening. I was holding him close in my arms as if he were a little child; and yet it seemed to me that he was rushing headlong toward an abyss from which I could do nothing to restrain him . . .

His look was very serious, like some one lost far away.

"I have your sheep. And I have the sheep's box. And I have the muzzle . . ."

And he gave me a sad smile.

I waited a long time. I could see that he was reviving little by little.

"Dear little man," I said to him, "you are afraid . . ."

He was afraid, there was no doubt about that. But he laughed lightly.

"I shall be much more afraid this evening . . ."

Once again I felt myself frozen by the sense of

something irreparable. And I knew that I could not bear the thought of never hearing that laughter any more. For me, it was like a spring of fresh water in the desert.

"Little man," I said, "I want to hear you laugh again."

But he said to me:

"Tonight, it will be a year . . . My star, then, can be found right above the place where I came to the Earth, a year ago . . ."

"Little man," I said, "tell me that it is only a bad dream—this affair of the snake, and the meeting-place, and the star . . ."

But he did not answer my plea. He said to me, instead:

"The thing that is important is the thing that is not seen . . ."

"Yes, I know . . ."

"It is just as it is with the flower. If you love a flower that lives on a star, it is sweet to look at the sky at night. All the stars are a-bloom with flowers . . ."

"Yes, I know . . ."

"It is just as it is with the water. Because of the pulley, and the rope, what you gave me to drink was like music. You remember—how good it was."

"Yes, I know . . ."

"And at night you will look up at the stars. Where I live everything is so small that I cannot show you where my star is to be found. It is better, like that. My star will just be one of the stars, for you. And so you will love to watch all the stars in the heavens . . . They will all be your friends. And, besides, I am going to make you a present . . ."

He laughed again.

"Ah, little prince, dear little prince! I love to hear that laughter!"

"That is my present. Just that. It will be as it was when we drank the water . . ."

"What are you trying to say?"

"All men have the stars," he answered, "but they are not the same things for different people. For some, who are travelers, the stars are guides. For others they are no more than little lights in the sky. For others, who are scholars, they are problems. For my businessman they were wealth. But all these stars are silent. You—you alone— will have the stars as no one else has them—"

"What are you trying to say?"

"In one of the stars I shall be living. In one of them I shall be laughing. And so it will be as if all the stars were laughing, when you look at the sky at night . . . You—only you—will have stars that can laugh!"

And he laughed again.

"And when your sorrow is comforted (time soothes all sorrows) you will be content that you have known me. You will always be my friend. You will want to laugh with me. And you will sometimes open your window, so, for that pleasure . . . And your friends will be properly astonished to see you laughing as you look up at the sky! Then you will say to them, 'Yes, the stars always make me laugh!' And they will think you are crazy. It will be a very shabby trick that I shall have played on you . . ."

And he laughed again.

"It will be as if, in place of the stars, I had given you a great number of little bells that knew how to laugh . . ."

And he laughed again. Then he quickly became serious:

"Tonight—you know . . . Do not come."

"I shall not leave you," I said.

"I shall look as if I were suffering. I shall look a little as if I were dying. It is like that. Do not come to see that. It is not worth the trouble . . ."

"I shall not leave you."

But he was worried.

"I tell you—it is also because of the snake. He must not bite you. Snakes—they are malicious creatures. This one might bite you just for fun . . ."

"I shall not leave you."

But a thought came to reassure him:

"It is true that they have no more poison for a second bite."

That night I did not see him set out on his way. He got away from me without making a sound. When I succeeded in catching up with him he was walking along with a quick and resolute step. He said to me merely:

"Ah! You are there . . ."

And he took me by the hand. But he was still worrying.

"It was wrong of you to come. You will suffer. I shall look as if I were dead; and that will not be true . . ."

I said nothing.

"You understand . . . It is too far. I cannot carry this body with me. It is too heavy."

I said nothing.

"But it will be like an old abandoned shell. There is nothing sad about old shells . . ."

I said nothing.

He was a little discouraged. But he made one more effort:

"You know, it will be very nice. I, too, shall look at the stars. All the stars will be wells with a rusty pulley. All the stars will pour out fresh water for me to drink . . ."

I said nothing.

"That will be so amusing! You will have five hundred million little bells, and I shall have five hundred million springs of fresh water . . ."

And he too said nothing more, because he was crying . . .

"Here it is. Let me go on by myself."

And he sat down, because he was afraid. Then he said, again:

"You know—my flower . . . I am responsible for her. And she is so weak! She is so naïve! She has four thorns, of no use at all, to protect herself against all the world . . ."

I too sat down, because I was not able to stand up any longer.

"There now—that is all . . ."

He still hesitated a little; then he got up. He took one step. I could not move.

There was nothing there but a flash of yellow close to his ankle. He remained motionless for an instant. He did not cry out. He fell as gently as a tree falls. There was not even any sound, because of the sand.

27

And now six years have already gone by . . . I have never yet told this story. The companions who met me on my return were well content to see me alive. I was sad, but I told them: "I am tired."

Now my sorrow is comforted a little. That is to say—not entirely. But I know that he did go back to his planet, because I did not find his body at daybreak. It was not such a heavy body . . . And at night I love to listen to the stars. It is like five hundred million little bells . . .

But there is one extraordinary thing . . . When I drew the muzzle for the little prince, I forgot to add the leather strap to it. He will never have been able to fasten it on his sheep. So now I keep wondering: what is happening on his planet? Perhaps the sheep has eaten the flower . . .

At one time I say to myself: "Surely not! The little prince shuts his flower under her glass globe every night, and he watches over his sheep very carefully . . ." Then I am happy. And there is sweetness in the laughter of all the stars.

But at another time I say to myself: "At some moment or other one is absent-minded, and that is enough! On some one evening he forgot the

*"He fell as gently as a tree falls. There was not
even any sound . . ."*

glass globe, or the sheep got out, without making any noise, in the night . . ." And then the little bells are changed to tears . . .

Here, then, is a great mystery. For you who also love the little prince, and for me, nothing in the universe can be the same if somewhere, we do not know where, a sheep that we never saw has— yes or no?—eaten a rose . . .

Look up at the sky. Ask yourselves: Is it yes or no? Has the sheep eaten the flower? And you will see how everything changes . . .

And no grown-up will ever understand that this is a matter of so much importance!

This is, to me, the loveliest and saddest landscape in the world. It is the same as that on the preceding page, but I have drawn it again to impress it on your memory. It is here that the little prince appeared on Earth, and disappeared.

Look at it carefully so that you will be sure to recognize it in case you travel some day to the African desert. And, if you should come upon this spot, please do not hurry on. Wait for a time, exactly under the star. Then, if a little man appears who laughs, who has golden hair and who refuses to answer questions, you will know who he is. If this should happen, please comfort me. Send me word that he has come back.